# 江岸向北

雪静 ■ 著

中国言实出版社

图书在版编目(CIP)数据

江岸向北 / 雪静著 . -- 北京 : 中国言实出版社，
2023.1
ISBN 978-7-5171-4342-0

Ⅰ.①江… Ⅱ.①雪… Ⅲ.①长篇小说－中国－当代
Ⅳ.① I247.5

中国国家版本馆 CIP 数据核字 (2023) 第 005117 号

## 江岸向北

责任编辑：张馨睿
责任校对：张国旗
封面题字：汪　政

出版发行：中国言实出版社
　　　　　地　址：北京市朝阳区北苑路180号加利大厦5号楼105室
　　　　　邮　编：100101
　　　　　编辑部：北京市海淀区花园路6号院B座6层
　　　　　邮　编：100088
　　　　　电　话：010-64924853（总编室）　010-64924716（发行部）
　　　　　网　址：www.zgyscbs.cn　电子邮箱：zgyscbs@263.net

经　　销：新华书店
印　　刷：成都市兴雅致印务有限责任公司
版　　次：2023年2月第1版　2023年2月第1次印刷
规　　格：880毫米×1230毫米　1/32　9印张
字　　数：226千字

定　　价：79.00元
书　　号：ISBN 978-7-5171-4342-0

江苏省作协第十七批
重点扶持文学创作与评论工程

# 目录

# 第一章

## *1*

一辆小车沿着一片黄灿灿的油菜花地奔驰，驾驶室内放着音乐，音乐和窗外的景色让年轻的何进心潮澎湃，不由吹起了口哨。

车匀速前进，何进开车稳，不喜欢突然加速，他在匀速的行进中欣赏音乐和窗外的美景，前方不远处出现了一块指示牌，何进望了一眼，知道拐个弯就到乌江了。

何进将车开至乌江驻马河口时，心里猛跳了两下，就像发来一个莫名的信号，使他不得不靠边停车。他关了音乐，解开安全带，认真地往窗外看了一眼，这个老河口曾在历史上发生过惊天动地的壮举，公元前202年，西楚霸王在此拔剑自刎，

完成了一代霸王虽败犹荣的慷慨悲歌。然而，西楚霸王的慷慨悲歌并未使乌江改道，它仍蜿蜒于长江北岸，最终辗转汇入滚滚长江。

何进推开车门，发现自己已过了本省的地界，这个叫乌江的老街与本省的乌江只一桥之隔，却霸气地将乌江亭、霸王祠、驻马河揽入自己的大视野中，俨然一副大文旅的气派。

何进上任后，已经在本土转悠了许多日子了，只要没有会议，他就开车出来转，后来双休日他也开车出来转，楚霸王的逃亡路线在本省的地界无可争辩，他与虞姬的情感故事已传为不朽的佳话，且有遗迹若干。但旅游资源至今没有挖掘，兰花塘、失姬桥、瓢儿井等都在原址荒着，随着城市化进程的不断加快，说不定哪一天这些遗迹就荡然无存了，有谁会对成王败寇的历史传说不惜钞票大动干戈呢。

乌江老街如一条安静的灰色链条，将历史牢牢锁住。游人的脚步只要踏上去，将链条解开，就会被西楚霸王惊天动地的故事吸引，那真是一个盖世英雄，不光是力拔山兮气盖世，还有乌江亭边的大义凛然："天之亡我，我何渡为？"

老街上不知哪家门店传出琵琶曲《霸王卸甲》，乐曲沉雄悲壮，又凄楚宛转，以音符和节奏描述项羽在四面楚歌声中与虞姬诀别的场面，堪称一曲绝世挽歌。

何进小时候就听爷爷讲过西楚霸王项羽的故事，他心里树立的英雄形象尽管结局是溃逃之路的自刎，仍时时闪现出英雄末路的火花。

何进站在老街的乌江亭旁，打量着亭子里的一切，重温着西楚霸王的故事。

公元前202年隆冬，天寒地冻，楚汉相争，项王兵败垓下，溃逃至乌江边，仅剩28骑。此时，面对滚滚长江和后边

纷至沓来的追兵，他一时无措。

愁云密布中，江面上突然漂来一条小船，小船在浩荡湍急的江水中就如同一片飘零的叶子，划桨的男人用力撑着船桨，他呼喊岸上的壮汉上船。他猜出这个壮汉就是火烧阿房宫推翻秦帝国的西楚霸王，虽说连日厮杀浑身带血，但站在岸上仍不失顶天立地威风凛凛的气度。

当划桨的男人将小船靠近项王时，他看清了项王的重瞳。有关项王重瞳的传说早在坊间流传，这让男人越发坚定了要将项王渡过江去的决心。

"我是乌江亭的亭长，项王乃盖世英雄，我要将你渡过长江去，到南岸再图霸业。"乌江亭长将小船靠到江边，乞求地望着项王。

项王从马上跳下来，神情疲倦又沮丧地说："感谢亭长一片苦心，只是随我征战多年的八千子弟都已战死沙场，我愧对江东父老，岂能一人过江苟活？大丈夫死要死得其所。"他恋恋不舍地拍着乌骓马，对亭长说："这马跟我征战南北多年，交托你好好照看吧。"说着，挥刀自刎，血溅乌江。

乌江边有一棵柳树，隆冬中的枯枝似在风中哭泣，亭长与枯柳一起哭，他边哭边将马拴到柳树上，无论白天黑夜都精心伺候。乌骓马日夜长嘶，它想把主人唤回来，可它再怎么嘶吼，主人也回不来了，当初主人挥剑自刎时那一摊血溅到了马的额头上，这血就像一个记忆主人的符号，永远嵌入了它的嘶吼中，没过几日乌骓马就在江边毙命了。

这是一匹有英节的乌骓马，跟它的主人一样忠贞不屈。从此人们便将此河称为止马河（又名驻马河），它是乌江的支流。

乌江亭与止马河……何进在此徘徊，他想寻找那棵柳树，

可它早被时间的风雨摧毁了。

突然，远处传来一声尖叫："蛇……蛇，快来人啊！"

何进一愣，继而循声望去，只见一女学生站在一块青石板上翘起脚尖叫喊，她惊慌失措的表情显然在预警此时此刻她周围正有危险发生。何进急忙奔过去问："蛇在哪里？"

女学生吓得几乎要哭出来了："就在青石板下边，你看它正爬呢。"

何进跃上青石板顺着女学生手指的方向看，果然看到了蛇，有一条绳子粗，浑身带花斑，他不由浑身打了个冷战，却故意壮胆说："蛇已经逃跑了，你看正往前边爬呢。"说着环顾左右，试图找一根棍子，如果蛇爬回来，他就用棍子挑起来甩出去。小时候，他在果树园里曾看见爷爷与蛇共舞过，可他从未有过这样的机会。蛇再也没回来，何进的心似有点小遗憾。

女学生仍紧张地哭丧着脸说："蛇真可怕。"

何进便给女学生壮胆说："有我呢，不用怕。"

女学生迈下青石板时，一阵风吹来，舒爽的风让何进感叹："生态环境好的地方才会有蛇呢。"

女学生接话说："这里生态环境肯定好，前边不远处就是凤凰山了。哎，帅哥，一同去凤凰山看霸王祠如何？"

何进被这突如其来的邀请惊得一怔，他打量着眼前的女学生，发现了她身上的清纯和文静，便毫不犹豫地答应了。

两人边行走边聊天，女学生问："我看你在这里转悠很久了，是要研究项王吗？"

何进未置可否，转而问："你呢？"

女学生说："我是在读的高中生，喜欢西楚霸王项羽，闲时出来转转。"

何进接着问："你一个人吗？"

女学生点点头，"当然一个人了。"

何进不由说："你胆子真够大的。"

女学生不以为然地笑道："这是旅游景区，有什么好怕的，莫非有狮子老虎不成？"

何进瞟了女学生一眼，故意揶揄道："有蛇呀！"

女学生的脸腾地红了，她知道这个帅哥在揶揄自己，便随口甩出一句话："让帅哥见笑了哈！"说罢快步朝前疾走。

何进在后边紧跟，边走边喊："慢点，急什么呀？"

女学生再未回话，也未回头，一直在前边疾走。

何进在后边紧跟，一男一女在风中、在绿树哗啦啦的奏鸣中，开始了奔向凤凰山的行动目标。

## 2

凤凰山上的树木荟郁，林深似海，风一吹，绿浪一波接一波的，颇有绿色仙境的神气。林子的面积也不小，什么鸟都有，花尾巴的、红冠子的、绿翅膀的……鸟儿们齐聚在树上撒欢鸣唱，虽是人听不懂的鸟语，却十分悦耳，让人不由就将脚步慢下来，想和着鸟的鸣唱节奏行走。可人的脚步总是难以和着鸟儿的鸣唱，这鸣唱起伏不定，忽而舒缓忽而沸腾，人要应和这节奏就必须学会跳鸟舞了。

何进虽不会跳舞，但他发现女学生行走的步履似在应和着鸟儿的鸣唱，她脸上的喜悦和跳动的步态几乎融进了林子的深广荟郁之中，不，还有鸟儿的鸣唱之中。

何进赶上来搭讪："你能听懂鸟儿语吗？"

女学生突然停下来，回头望着跟在自己身后的何进说："你怎么知道我能听懂鸟儿语？"

何进紧走几步站在她面前说:"你跳动的节奏就是鸟儿鸣唱的节奏。"

女学生仰天笑起来:"帅哥,你耳聪目明啊!"

何进也笑了:"你这是夸我呢?还是讥我呢?"说着从她身边一跃而过,抢到前边的小木桥畔说:"过了这个桥就是霸王祠了。"

女学生脸一扬调皮地说:"应该是女生优先呀,男生为何要抢在女生的前边呢?"

何进笑笑,开始往小木桥上走,边走边说:"这林子里除了鸟儿还会有蛇,男子汉要有担当,必须走在前边。"

女学生跟上来说:"还未到霸王祠呢,就开始学楚霸王的顶天立地敢于担当了,我真是服了你了。"

何进未语,在前边疾走。女学生在后边紧跟,她好像难以超越前边那位帅哥的脚步了。

进了霸王祠,一面书法墙引起了何进的好奇,他疾走几步,定睛细看,一个大大的剑字笔力遒劲,一看落款,何进笑了,这个书法家他认识,是江南文艺界的,习画,想不到字也写得潇洒,说江南是文化底蕴深厚的城市,就因为有一大批琴棋书画的艺术人才能摆得上台面。

女学生跟过来,仔细打量着墙上的书法,忍不住赞叹:"这个剑字写得有力量,大气,与楚霸王的气场吻合。"

何进没有转身,双目仍盯着剑字说:"西楚霸王志向宏大,胸怀自信,他曾言'书,足以记名姓而已;剑,一人敌,不足学;学万人敌'。他骁勇善战,所向披靡,24岁起兵,8年征战,打了70多场大仗,27岁跻身于十五路诸侯之列,以其勇猛无敌闻名天下。巨鹿之战让他扬名,他以一己之勇带领千万人,成功推翻暴秦统治。"

"最重要的是他情意深长，垓下之围慷慨悲歌：'虞兮虞兮奈若何？'这样的英雄我崇拜，我要写他。"女学生抢白说。

何进笑说："你要听我把话说完，学会倾听是一门艺术啊。"

"难道我说得不对吗？"女学生神情认真地望着何进。

何进接着说："项王败退乌江时，乌江亭长曾劝他渡江逃生，并说：'江东虽小，地方千里，众数十万人，亦足王也。'项王回答：'纵江东父兄怜而王我，我何面目见之？'在生死抉择的关头，项王并不看重个人的性命，而更看重家乡父老与江东子弟的感情。他一生虽是一场悲剧，世人却从这场悲剧中感到了一种震撼，一种忠贞不屈的人生信念，一种令人敬慕的人格力量。"

女学生神情认真地听何进讲话，待何进讲完，她仍两眼专注地望着他，一副渴望继续倾听的表情。

何进忽然不好意思起来，挥手说："走，到霸王祠里面看看吧。"

女学生与他并肩行走，好奇地问："帅哥，我想知道你是干什么工作的？我发现你组织语言的能力特别强。"

何进笑笑："感谢赞美，我的工作保密。"

"原来是克格勃呀。"女学生自找台阶下。

霸王祠前有一棵粗壮的构树，主干自根部分权，长成两枝，各自茂盛，枝叶迎风，如片片绿色的小旗在风中招展。

女学生突然扑上前，两手环住构树嚷："我终于看到你了！"

何进不由停下步子打量眼前的构树。

女学生好奇地问："帅哥，你知道这叫什么树吗？"

何进笑道："这可难不倒我，这是构树。构树是一种生命

力旺盛的树，它的繁殖能力很强，繁殖的方式也很多，不管用种子还是根茎都可以重新培育新的植株。它全身是宝，果子有补肾、强筋的功效，皮能利尿消肿，根也有消炎止痛的功效。还有改善记忆、预防乳腺癌的氨基酸、多种微量元素等。构树还有很高的经济价值，是造纸的高级原料。它的嫩叶含有大量的蛋白质，是很不错的动物饲料。如果将构树叶和其他的野菜一起煮，猪吃了容易贪睡长膘。构树的生长速度快，病虫害较少，吸附有毒有害气体的能力非常强，是比较好的绿化树木。"

女学生惊讶地睁大眼睛说："想不到你对构树有如此研究，一定是学林业的吧?"

何进看着构树说："我在大学读书时的专业与林业无关，但我曾经跟树打了几年的交道，学了一些有关树木的皮毛。"

"帅哥，你都快成树木专家了，怎么还这么低调呢?"女学生微笑地问。见何进不语，她又兴致勃勃说："帅哥，这构树有个传说，你知道不?"

"说给我听听吧。"何进期待地说。

"传说项王安葬后，坟前长出一株树苗，后来被一头牛啃掉了。但很快又长出一株，又被牛啃掉了。再后来反复长出数十次，简直是不屈不挠。有一个打鱼的人夜间路经此地，隐约听到有女人的哭泣声，他把这事讲给当地人听，人们便认定是虞姬来此陪伴项王，于是将坟墓圈护起来。果然不久，人们经常看见坟墓上空有紫云缭绕。据野史记载：原有乌桕树，甚耸秀，一县令恶其游客而伐之，今树地独不生草。乌桕树就是构树啊。"女学生双臂环树左右张望说："真的不生草啊，神树!"

"是神树，也是传说。"何进丢下一句话，转身进了霸

王祠。

女学生心情失落地望着他的背影，不情愿地移动着脚步。

何进在霸王祠里仰望着项王的塑像，不禁感慨道，"《和州志》记载：刘邦以鲁公号埋葬项羽后，乌江亭长即在项王自刎之地埋葬了他的血衣和残骸，并立亭以祀，名曰'项亭'。唐朝时建祠，大诗人李白的从叔李阳冰撰额'西楚霸王灵祠'几个字，长存至今。"

女学生忍不住笑起来："帅哥，你不觉得我们像在擂台比赛知识吗？"

"能与一位喜欢项王的女学生擂台比知识，十分光荣啊。"何进打趣说。

女学生纠正道："我真正想研究的是虞姬，不是项王。"

何进随口说："研究谁都无所谓，都差不多。"

女学生突然抬高了声音说："差得太远了，一个是男的，一个是女的，一个是项王，一个是虞姬。你有没有常识啊？就好像你和我，不能合并同类项。"

何进翻翻眼睛，做了个鬼脸，忽然想起了什么说："我倒突然想起一句话来了，'世上的事物往往因未形诸文字而湮没于黑暗，僵卧于棺木，迅即被人遗忘。凡形诸文字的，则生机勃勃地传播开去。'"

"这话有哲理，项王和虞姬都是史书上有记载的，会永远流芳百世了。"女学生说。

两人继续往前走，走到祠门外西南墙根下，见矗立着一尊夺人眼球的"抛首石"。这尊"抛首石"很魁伟，顶头朝前微突，如雄狮头状，颈部一线凹痕，石的正面为青灰色，背面赤黄色。"抛首石"三个大字自上落下，"首"字沿石型的扭曲而呈抛跌之势。

何进打量了片刻，忍不住喊："好石！"

女学生问："这石头的造型有点抽象，我真看不出好在哪里？"

何进说："艺术的美就在于抽象，这抛首石有个传说你知道吗？"

女学生摇头。

何进说："传说项王一剑砍下自己的头颅，猛地扔给了汉骑司马吕马童。生死关口，天下持刀剑自刎者颇多，从未听说过谁将自己的头颅砍下之后抛给对面的人。项王不为生死所困，置生死于谈笑间，其豪迈悲壮无人能与之相比。"

"'生当作人杰，死亦为鬼雄，至今思项羽，不肯过江东。'两千多年过去了，唯有李清照为项王写了这样的诗，可见他是多么令女人敬佩。"女学生说。

"女人崇拜英雄天经地义，可惜这个时代受女人追捧的不是英雄而是帅哥和小鲜肉了。"何进调侃说。

"NO，我就崇拜英雄，帅哥和小鲜肉不过是欣赏一下而已。说不定我很快就写一篇网络小说，被读者热捧呢。"女学生扬起脸说。

何进纳闷地问："你怎么一下子又想写网络小说了？高考是很重要的。"

"如今流行跨界，难道你不知道吗？"女学生一脸自信地望着何进说："我们加个微信如何？出了霸王祠就各奔东西了。"

何进婉拒道："我不玩微信，如果你真对项王感兴趣，欢迎你到我工作的地方去采风，那里遍地都是项羽溃逃时的遗迹，瓢儿井、兰花塘、鬼门关……你如果真的想写网络小说，我相信你去那里是能搜集到有用素材的。"

女学生立刻追问："你说的到底是哪里呢？"

何进用手一指左边的天空说："天浦，与这里相邻很近。"

女学生咯咯笑道："我一定去，但愿我们有缘再相见。"

何进笑笑，向前疾走。

天色有点暗了，霸王祠幽深的林子里风声四起。女学生紧跟何进的脚步，他们要在黄昏前奔出林子。

女学生说："我可不可以知道你的名字呢？需要我先把名字告诉你吗？"

"你想告诉就告诉呗，名字只是一个人的符号。"何进停下脚步，等着女学生跟上来，他已经听见她粗重的喘息声了。

女学生紧走几步赶上来说："帅哥，我姓周，名甜甜，全名周甜甜。"说着大口喘气。

何进纠正说："我不是帅哥，名叫何进。以后再见到我，喊我何进，别喊帅哥。我不喜欢这些流行语。"

周甜甜大声笑起来，笑过后说："我现在就纠正，何进不是帅哥，不能喊帅哥，只能喊何进。对吗？"

何进被眼前这个率性的女学生逗笑了，两人继续行走，何进走在前面，周甜甜走在后面，何进边走边说："我不光不喜欢帅哥这个词，也不喜欢美女这个词，帅哥和美女都只是对人容貌的赞美，其实人的美不只体现在容貌上，还有他的人品、气魄、思想和灵魂等。"

周甜甜急忙抢白："你的观点我完全赞同，项羽和虞姬就是力量之美。"

"这样的美才会被世人咏叹和赞美呀。"何进跟着评论了一句。

周甜甜笑说："男人就要生当作人杰，死亦为鬼雄；女人也要至今思项羽，不肯过江东。"

"忠诚是人类情感永恒的主题，无论何时都不会变。"何进补充说。

"看不出来你还是个很传统的男人，我真是雾里看花了。"

周甜甜脚下一滑差点跌倒，何进急忙转身一把扶住了她，周甜甜有点慌乱地说："今天幸亏遇上了你，差点又跌了一跤啊！"

树上有片叶子随风飘落下来，正好落在何进的头发上，周甜甜说："有一片树叶正吻你头发呢，要不要拿下来？"

"不要管它，难得被大自然亲热一回。"何进一动不动，生怕头上的叶子掉落。

周甜甜趁此抢先一步走到他的前边，放开嗓子唱起来："轻移步走向前荒郊站定，猛抬头见碧落月色清明。"

何进突然拍起了巴掌："唱得不错，有腔有韵的，看不出你还欣赏京剧《霸王别姬》。"说罢往天上望望说："哎，天边真悬着一弯白月牙了。"

周甜甜随后望了一眼说："真是的哟，那我们要加快脚步了，不然天黑之前冲不出这大林莽了。"

林深处，响起疾走的脚步，鞋过处是被踩倒的青草和枝杈，林莽从无怨言，不管人们怎样踩踏，最终靠自己恢复绿色的秩序。

### 3

卓然从图书馆出来时，黄昏的太阳正好照射在校园的湖面上，这是一个人工湖，按面积算应该是池塘，可学生们都习惯称它为金湖，毕竟池塘的小气不能代表大学校园的气质，而湖就可以把大学校园的气质完美地展现出来，比如北京大学的未

名湖。尽管卓然所在的大学难以跟北大相比，但在长江沿岸还是数得着的本科大学，特别是历史系，招生标准都是按一本的分数线录取，就业率也高达百分之七十，这七十是指考取国家公职人员的，还有百分之三十的学生自主择业，经商的成功人士更是数不胜数。"读史使人明智"，历史系的毕业生每逢相聚时总爱说这样的话，像是自炫自夸的卖弄。

卓然沿着金湖行走，欣赏夕阳在湖面沉潜又碎裂的独特美景，说这美景独特，一点也不夸张。每逢天气好时，夕阳会在黄昏时分跃上图书馆尖形的楼顶，随后就把它黄金般的大脸映在湖水中，这时的湖水就如同一面镜子，收集着夕阳的各种表情，先是一个金色大脸的自得其乐，紧接着湖上的风将这张大脸分割成无数的碎影，于是诡异神秘的气氛就呈现了，那是一湖的金子，如元宝如金条般散开来，金湖就这样被人叫开了。

最初发现这一美景的是校园里一位历史系教授，校园的建筑史不长，卓然是第一批走进校园的学生，历史系教授是她的老师，她与几个同学在湖边行走，黄昏的夕阳倒映在湖水中，那时候湖尚未取名，教授停住脚步说："你们看夕阳中的湖面多美呀，真是落日熔金啊！"一旁的男生抢白道："湖里全是金子，简直就是金湖。"

"金湖？这名字好啊！"教授话音落地，金湖之名不胫而走，一个妥妥的金湖就这样在校园里诞生了。

那个抢话的男生就是何进。

何进不是历史系的，但他选修了历史课，经常到阶梯教室听公开课，喜欢提问，提的问题也比较古怪，偶尔会让教授发蒙。此前卓然只是对他有些印象，但这次何进的抢白却给卓然一种非同寻常的回味，特别是他脸上那一双黑亮的大眼睛，当卓然的眼睛与他的眼睛对视时，卓然给他下了一个准确的定

义：这是一双探究的眼睛。对，探究，以后的时光中，卓然越发在意了何进的探究，这探究让他卓尔不群，不光引起全班女生的关注，更引起了卓然的关注。

恋爱便是从金湖之畔开始的，他们从黄昏走到深夜，卓然与何进都面临毕业的选择，何进说想当村官，到基层锻炼一下。卓然一愣，但她很快微笑地默认，她知道何进要是选择了什么，那就义无反顾了，她岂能阻止他前行？她看中他的也正是这一点，看准目标干到底。

"世事难预料"，在卓然被分到图书馆时，脑子里经常回味这句话，其实她只想在历史系当助教，可她这片叶子竟落在了图书馆。

何进则去了长江北岸的某村当了村官，给村支书当助理。一晃两年过去，卓然与他的感情还在原地踏步。卓然的父母很焦虑，想让卓然早日找到可心的男友，每次见到卓然都要催促。

卓然只好跟父母摊牌："我有什么办法，他一头扎进村里，我都联系不上他，他整天跟我玩失踪，我奈他何？"

"啊？你找个扎进村里的乡巴佬？他还跟你玩失踪？那些国企央企的中层领导年薪可都是几十万上百万呀！"卓然的母亲完全蒙了。

卓然说得不错，何进自从去了江北某村，大约半年的时间都不曾回到江南。当他回到江南时，见到卓然说的第一句话就是："自从落脚到村子，我才知道自己不会不懂的东西太多了。"然后他把手机拍的照片都抖搂出来，"你见过树要挂吊瓶吗？给树输营养液，我第一次见识。要知道我从小是跟着爷爷在田里跑大的，我认识很多树，可从没见过给树打吊针输营养液。"

　　卓然也被照片里的情景吸引住了，本来她是想嗔怪何进的，几乎在半年的时间里跟她玩失踪，打电话发微信经常不回，她以为何进移情别恋另有所爱了。看了何进拍的这些照片，再看看他乌漆麻黑的脸，卓然突然感到自己冤枉何进了。

　　卓然看最后一张照片时，发现是一眼枯井，便不解地问："这是什么呀？"

　　何进说："这就是我们村未来的钱袋子，兰花塘，传说虞姬与项王逃跑时，把一支兰花簪丢到这个塘里了。你说，这难道不是上天赐给我们村的旅游资源吗？"何进说到这里，两只眼睛闪闪发亮。

　　卓然的双眼也为之明亮起来，还未等她表达什么，何进又说："我一头扎进村里就是想干点什么，现在村书记也很想挖掘村子的旅游资源，我岂能袖手旁观？"

　　何进突然捧起卓然的脸问："这回你理解我为什么跟你玩失踪了吧？"

　　卓然故意挣开他的手，给他一个冰冷的后背，何进将她的后背又扳成了前胸："我不想背靠背，只想面对面。"

　　还未等卓然反应，嘴巴就被何进死死封住了。

　　随后他们在肥牛火锅城吃了一顿热腾腾的火锅，吃得热血沸腾。

　　自那日相见，又有很长时间的分别了，卓然停下脚步看金湖的水面，心想要是此刻突然出现何进的倒影，她会不会一下子扑上去呢？

4

　　何进离开霸王祠，就开车奔了汤泉的鬼门关，他已在这个村当了两年多的村支书助理。

村支书是本地人，熟悉鬼门关的一草一木，甚至哪家坟头长了几棵蒿草他都清楚。何进经常跟村支书四处转悠，有天他问起村支书鬼门关村名的来历，村支书说："别看这个村子不大也不怎么起眼，历史上却来过西楚霸王，楚汉相争，项羽率军转战南北，攻击刘邦所部，曾在此搭瞭望哨，设关口盘查桥林至汤泉古道上来往的客商，鬼门关因此而得名。"

何进对西楚霸王颇感兴趣，想不到鬼门关村居然在公元前202年留下过项羽的足迹。这简直就是不可多得的旅游资源，他忽然兴之所至说："秦二世元年，陈胜、吴广起义，24岁的项羽被起义的巨浪推上历史舞台，25岁便做了副将，26岁被楚怀王任命为上将军，27岁成了诸侯军的统帅，28岁自立为西楚霸王，29岁已统帅40万大军，30岁时，项羽势力渐弱，公元前202年，10万楚军被汉高祖刘邦军队包围……"

"项羽带领800骑士突围，最后只剩28人，溃逃过鬼门关时，虞姬用反话说'慢行'，项羽未领会其真意，真的慢行起来，险丧性命。"村支书接过何进的话说。

何进疑惑地问："自古英雄爱美人，项羽与虞姬之爱被后人津津乐道呀，怎么有这误会？"

村支书一笑："其实民间传说项羽是从不听虞姬话的，在这位目空一切的英雄眼里，女人之见皆为娘们见识，因此虞姬要劝说霸王时必定说反话，她在霸王欲过鬼门关时说的'慢行'其实是'快走'，哪知这回楚霸王真的听信了虞姬的正话，却忽略了其反意。"

何进似忽然想起了什么，急忙说："眼下全国都在搞美丽乡村建设，咱鬼门关就是现成的旅游资源啊，为什么不挖掘这个资源呢？"

村支书长叹一声："挖掘旅游资源谈何容易？那需要钱。这个村子里，民间传说真是挺多的，前边还有个绝命泉呢，走，我带你看看去。"

何进随村支书走上了小山坡，坡上长满了野花野草，村支书在一堆荒草中停下来，他弯下腰，扒开四周的乱石，一个古泉眼立刻显现出来。

"你看，这就是项王的'绝命泉'。村里有个传说，项羽溃逃至鬼门关时，饥渴难耐，只好坐在半山坡的湿地上喘息，这时他的乌骓马烦躁不安地用前蹄猛击地面，不一会儿马蹄大的一股清泉就涌现在项羽面前，项羽急忙喝下这救命水。后人便将此泉称为'绝命泉'，民间戏说'乌骓踏清泉，霸王要归天'。"

"哈，咱村的旅游资源真不少，要趁着建设美丽乡村的机会挖掘出来啊。"何进特别兴奋，好像一下子找到了工作的兴奋点。

村支书笑笑说："重整河山待后生啊，你若真有这心思，届时我们好好琢磨琢磨，楚霸王这资源不光咱村里有，附近的乡镇都有，他一路溃逃，路过哪个地方都会有故事留下来。"

何进听罢越发起劲了，一脸认真地说："那我们就此打造村里的旅游项目吧。"

村支书拍了拍何进的肩膀说："有年轻人助力，这事也许真能弄出眉目来。"

村支书姓赵，是从村会计干起来的，曾当过村主任，当村支书是近两年的事情。虽是一个村支书，却在鬼门关经历了诉说不尽的沧桑，村里人很服他，背地里都称他"赵能人"，后来索性全村都这么叫，他的真名实姓反被淡忘了。何进刚驻村时，只称他赵支书，他比何进年长十几岁，在一次填写表格时，何进才知道村支书的真名叫赵国志而不叫"赵能人"。

赵支书手指着山坡下的一个自然村说："你看，那个地方是六组，地势低洼，还有一个大湖，全村的人都姓秦，说是秦始皇的后人逃难到此地的。那个湖就叫秦家大湖，湖里有一种鱼叫'霸王鱼'。"

"这真是再好不过的旅游资源了。"何进望着远处的小山村感慨。

赵支书说："谁说不是呢，我就想坐地打造一个美丽乡村，现成的旅游资源啊。组里一共二十八户人家，有二十五户都不同意，要求搬到镇上住，以地换房。整个组易地搬迁，这谈何容易！如今凡事规划先行，触碰红线，弄不好就犯法了。我曾跟镇里申请过，镇领导说我异想天开。我现在两头受夹板气，上边说我搞美丽乡村不积极，下边又有一拨人跟我胡搅。六组有个女人带头胡搅，凶得很，外号'小广播'，每天早晨去集市上卖鱼，回来就拎个半导体四处转悠，国家什么政策她都清楚明白，哪个组有什么事情她都知道。我一想到这个女人，头皮就发麻。"

赵支书皱起眉头望着坡下的六组，正是黄昏时分，远处横着的民居沐浴在夕阳中，有两层小楼，外墙贴着瓷砖，这是日子比较富裕的人家，还有红砖砌的平房，也有水坯砌的房子，有点东倒西歪的样子，这就是贫困户了。

何进这时看到了一股炊烟从一排平房的屋顶冒了出来，他好奇地想要说什么，又有几家的屋顶也冒起了炊烟。紧接着就有狗吠声和鸟鸣声隐隐约约传进耳朵里，因尚有一段距离，声音似模糊不清，但这竟有了诗意，他忽然想起了古人的诗句，看看沉思的赵支书，诗到嘴边却没诵出来。

"这古村倒有一种诗情画意之美！"何进说。

　　赵支书转身看了一眼何进，索性说："要么你去六组住上些日子如何？广阔天地大有作为，这也是你深入田间地头与老百姓打成一片的好机会，你要是把最基层的一个村组弄明白了，以后干起工作来，那真是积累了行政经验接地气了。眼下，这个组正准备搞基础设施建设，你去担个责，顺便就把旅游资源调查清楚了，一举两得，你看我这安排如何？"

　　何进立刻答应下来，又感到自己没把握，便强调说："那我重点调研旅游资源，把六组的地理环境好好研究研究。"

　　"这可是个麻雀虽小五脏俱全的地方。你好好琢磨吧，说不定真能挖出一座金山来呢。可惜六组的人有眼不识金镶玉，总惦记着往镇上搬，住城里的楼房。镇上有什么好呀？现在的人就是吃不下苦了，只想着吃喝玩乐图一时的痛快。"赵书记突然对空中打了个喷嚏，然后他抹了一下嘴巴，挥手说："走吧，先回了。"

　　何进当晚就在村部写了篇日记，把进驻六组的工作计划排列了一下，其中有一条就是利用双休日调研村里村外的旅游资源。

　　刚写完日记，手机响了，卓然给他发了微信，问他明天是否返城，约他看电影。

　　何进这才意识到明天就是周末，但这个双休日他返城的可能性不大，他要去周边采风，沿着西楚霸王溃逃的路线调研。自从进了鬼门关村，他就没有回过城，大约有三个月了吧，反正时间不短了。

　　何进只好回卓然微信："什么电影？"

　　卓然说："科幻片《流浪地球》，很火的。"

　　何进犹豫着，似不敢答应。

　　卓然有点生气地问："你难道不想我吗？我们都多久没见

面了，我现在真有点怀疑我们究竟是什么关系了？"

何进回答："恋爱关系呀，这还有错吗？我们在校园谈恋爱时，同学们都知道我们的恋爱关系呀。"

卓然咄咄逼人："我们这个样子像恋人吗？差不多连彼此的模样都忘记了吧？"

何进紧接着发过去一段话："我怎么可能忘记你的模样呢？你就是上了'非诚勿扰'，我都能一眼把你认出来。"

卓然立刻回应："什么什么？你居然想让我上'非诚勿扰'，你莫非另有想法了吧？"

何进知道这样聊下去，两人会生出误会，便发出视频请求。

屏幕上，他们都看清了彼此。

何进黑了，脸也变长了。

卓然一脸愠怒的表情，一双眼睛满是怨怪和焦虑。

何进的心突然打破频率快速跳动了几下，他想此时此刻他唯一能表达的就是解释了，他要把自己的工作和雄心壮志解释给卓然听，他相信卓然是可以理解他的。

"我最近真的是没时间回去，要知道村干部们都是没有双休日的，每周能休息一天就很不错了，几乎所有的时间都在应付村里的事情。"何进认真地解释着。

卓然很不想听何进的解释，强调说："从江北村庄到江南城里开车最多两个多小时，周六这天你完全可以返程陪我看一场电影，你应该有这个时间的。"

何进说："我的时间都是独联体，不可以拆开的。周六周日我要连续跑几个地方。"

"那你就去跑吧。"卓然屏蔽了手机。

何进再打过去的时候，发现卓然把手机关了。

何进有点生气地想：你怎么就不能理解我一点呢？

何进走出村部，站在门前的小木桥上，乡村澄澈的天空正有一弯新月高悬，何进迎着月亮的脸问："你能不能给我评评理呀？"

月亮漠然地望着何进，不知地球人的心思。

## 5

虞的自述：

春天的第一缕风拍打大地的时候，风同时也拍打了我的脸，春阳下，我的脸是暖暖的红。我望了望天上的春阳，它太亮了，晃得我睁不开眼睛，我低下头，一朵虞美人正对着我盛开。这花又称丽春花、赛牡丹、满园春、仙女蒿、虞美人草、舞草等，它有很多种颜色，白色、粉红色和紫色，我因为特别喜欢这花，能听懂不同颜色的花语，白色的花语是高傲、圣洁；粉红色的花语是妖娆、奢侈；紫色的花语是安慰、遗忘。在所有的颜色中，我最喜欢高傲圣洁的白色，我盯着这花，心里就吟出了一首小诗：

"我不愿意做一朵柔弱的花，

任什么人都能摘下。

我愿意做一朵带刺的虞美人，

把轻狂的人儿刺扎。"

也许，虞美人根本没有刺，可我就这样写了，我喜欢啊。

这地方上可远眺大山，下可注目大河，又可平视一望无际的绿草地和草地上各式姿色的野花。

我每天在这里放羊，羊就在山坡上吃草，我不用管它们，我只看管好头羊就行了。青藤靠着山崖长，羊群走路看头羊，这是我叔叔跟我交代的。我叔叔还说，马在软地上常打前失，人在甜言上易栽跟头。

我刚想起这话，乌骓马就在远处的草滩上打起滚来，它不光打滚还打响鼻，它高兴了吧？也许知道我马上要骑上它远行了。

我躺在草地上，望天上悠悠的白云，白云好像在跳群舞，一阵风过，白云散去，只剩了领舞的。那舞姿楚楚动人，让我想起那个眼睛圆睁、脸上有胡须的壮汉，他被人誉为大英雄，可我只唤他项郎。我闭上眼睛，猜想此刻项郎在哪里呢？……这时，我隐约听到了乌江边上的箫声，我熟悉的楚歌之韵。

这箫声有点凄凉和婉约，不像从一个壮汉嘴里吹出来的，可这又很符合项郎的性情，他其实是一个不想称王的人，如果他有称王称霸的野心，就不可能在溃逃中放弃乌江亭长的劝说而拔剑自刎了。

这都是后话了，眼下我要骑上乌骓马寻找项王了，它已经在草地上打滚很久了，它可能已经期待尽早找到自己的主子了。

项的自述：

早晨醒来，我看见天边有一抹早霞，几乎红透

了半个东方，我为这壮美的景色欣喜不已。我未及穿好衣服就跑到乌江边，我蹚进水里，睁大我本来就大得不能再大的眼睛，用我的瞳孔往江水的深处看。我的瞳孔好像是双层的，小时候就有算命先生给我看过相，说我有两个瞳孔，传说中拥有重瞳的都是圣人，也被称作帝王之相。家人听说后愁眉不展，立刻关起门来不让人见到我，担心惹下祸患。平头百姓心里最渴盼的就是平安，平安是福常挂在嘴上，那些惊天动地的伟业意味着流血和死人，长辈们都不喜欢。又说重瞳的人都有强于常人的忍耐力，最后都能成就一番大事业，我的重瞳能否成就我的霸业，被我叔叔项梁验证了一下。

大约在公元前210年的春天，我随叔叔从吴中到乌江游玩。因为美丽的早霞照进水中，我在水中打量很久，传说水里有楚王丢失的青锋鸳鸯剑，是干将莫邪三年才打造成的，我如果能得到这柄青锋鸳鸯剑该多好！可我找了半天也未见蛛丝马迹，我失望地上岸，将腰上的箫取出来，坐在岸边吹楚歌。

这时，我叔叔项梁跑过来，说秦王嬴政今天要路经浙江会稽，问我想不想沾点帝王的霸气？

我对秦王真没什么好印象，昏君暴君杀人如麻。还未等我表态去还是不去，叔叔就牵来了一匹马，一把将我掠到马上，奔腾而去。

我是在一座大庙里目睹秦王风采的，他与我想象中的始皇大相径庭，瘦弱体虚、脸色苍白、虚汗直淌，特别是他的背一点也不挺直，像被开水烫过的虾一样佝偻着，我真不敢相信这就是统一文字、

统一度量衡、横扫六合的秦王……

我便忍不住跟叔叔小声说：就他这样子，将来我也能当皇帝，把他的位子占了。你信不信？

叔叔吓得急忙用手掩住我的嘴，悄声训斥道：大胆毛娃，说话没轻没重，这会招来杀身之祸的。

我不以为然地瞪大眼睛望始皇，叔叔担心我会继续捅娄子，急忙拉着我跑了。

跑了一会儿，叔叔突然停下来，扒开我的眼睛看，嘴里叨唠说：小时候，有算命先生说你长了四只眼睛，每只眼睛都是两个瞳孔。

我执拗地说：我不管自己几个瞳孔，反正我可以取代那个人。

叔叔一下子把我搂进怀里，用他的胸脯捂严实了我的嘴，我再也发不出声来了。

……

周甜甜把写好的文字看了一遍，感觉是篇很不错的小说，起码与从前的小说是不一样的，这是网络小说，不问出版社能不能出版，只要网上有读者的点击率，就算发表了。但有两个事情还是需要她动一番脑筋，一是小说的名字，二是自己的笔名，想了半天，最终把小说名字定为《霸王与兰花》，自己的名字叫"伪装者"，这是一部电视剧名，她喜欢剧中的男演员。而她自己现在的身份真像个伪装者，她不想跟人透露自己的真实身份，连名字都不想透露，"伪装者"成了她的符号。她自我感觉良好地将刚写好的文字发在了网上，如果这小说有成千上万的粉丝，她就成功一半了。

周甜甜将电脑关闭的时候，忽然想起那天在霸王祠遇到的

帅哥，不，是何进。她好像特别渴望何进能在网上看到自己发表的小说《霸王与兰花》，她写小说的原动力说不定就来自那天与何进的意外相遇呢，否则怎么可能心里不停地纠结写出小说来呢？

# 第二章

## *1*

鬼门关村六组是一个原生态自然村，村里的房子大多是平房，有的是用红砖砌的，有的是用青砖砌的，还有的用水坯砌的。靠村边的几户房顶用的是茅草，石头砌的墙缝里生出了小草，还有一朵狗尾巴花左右摇摆，整个房顶在往下倾斜，摇摇欲坠。

"有人吗？"何进冲屋里喊了几声，见没人回应，便伸着脖子朝里边张望，刚要迈步往里边走，身后突然被人使劲拉了一把，何进趔趄着差点跌倒，不由愠怒地转身，只见一中年妇女用手指着他的鼻子嚷："你没看见这房子要塌了吗？你真不要命了咋的？"

何进只好定下神来打量眼前的中年妇女，粉红袄的斜襟上衣，盘着中式的黑色扣子，裤子是宝石蓝色化纤料质的，脚上一双绣花黑布鞋，头发高盘在脑后，给人的感觉又时髦又土气，村花一朵。这番打扮看不出实际年龄，按当下时髦的话形容，具有超强的无龄感。

何进打量了一会儿中年妇女，不禁问："这家人呢？"

中年妇女脸一扬说："早就跑到城里赚钱去了，如今城里低头就能捡到钱，谁还在这兔子都不屙屎的鬼门关待着，那真是脑子里进水了。哎，你问这房子干吗？想买吗？如今城里人都想到农村买房子。你若买，我家里的房子比他家的好多了，

走，到我家看看去吧。"

何进身不由己跟在女人的身后，有点被绑架的感觉。一路上他不停地用眼睛打量村里的房子，这些老旧的房子透着农耕时代的生活气息，让他感到久违的亲切。小时候，他经常跟爷爷在田野里转悠，不是串村子就是钻果林，爷爷是百姓认可的治虫专家，虽然临死都没混上个公职，但凡是爷爷跑过的村庄，老百姓几乎都知道爷爷的名字。何进长大后，每逢看到丰碑两字，就自然而然想到爷爷，爷爷就是一座写在老百姓心里的丰碑。

快走到村头的时候，中年女人停下脚步，指着一座房子说："到我家了，进屋坐一会儿吧？"

何进打量着眼前的房子，这是一座上下两层的平板楼，看上去有些年头了，前后都有院子，前院用水泥抹平了，后院栽了青菜、香菜、生菜，靠边种了一排小葱，还有指甲草花。几只鸡在园子里啄食，有几棵青菜的叶子已被鸡啄出洞了。

何进站在菜园里立刻感到一股凉意，小风吹在脸上就像卓然的手拍打自己，他有点走神了。

这时，中年女人说："看中我这院子没有？能卖多少钱呀，你给估个价？"

何进面无表情地问："农村宅基地能公开买卖吗？"

中年女人不屑地瞟了何进一眼说："年轻人怎么这样死脑瓜筋呢？你若买，我们私下交易就是了，你知我知还能让天下知吗？"

何进接着问："你家里还有什么人吗？"

"没什么人了，如今家里就剩我一个人了，我特别想到城里去，真想把这房子卖了到城里买个小房子住。农村人太苦了，我苦了一辈子，现在苦不下去了。"

何进一边听女人诉说一边往前边观望，前边一家的房子已经盖起一层了，看样子是准备盖楼房，但停工了，钢筋水泥横七竖八地裸露着，好像在跟谁发怒过不去。

何进好奇地问："你家邻居在盖新房吗？"

"是呀，他家是养殖户，长年在秦家大湖养鱼卖，想把房子翻新，可村里人都想用宅基地跟镇上换安置房，搬到镇上去住，他家就停工了。"中年女人说。

何进心里已经明白了一个大概，故意说："镇上那么拥挤，哪有这里好呀？站在这里能看到秦家大湖，清风徐来水波不兴，多爽啊！"

中年女人见何进文绉绉的，便不服气地炫耀道："要说我们村里的风景那真是没得比，我们这个村古时候来过西楚霸王，还有他的马踏出的乌骓泉呢。秦家大湖有一种鱼就叫'霸王鱼'，专咬刘邦的屁股。"

何进忽然笑道："这么好的风景如果建成美丽乡村，城里人到这里看风景，让村里人靠旅游赚钱不是挺好的吗？"

中年女人两手一拍说："你是初来乍到感觉这里什么都新鲜，空气清爽，天空瓦蓝，又没有雾霾。搞旅游那真是头牌，可那要等到猴年马月呢？你看这村里的路歪歪扭扭的，别说是大车子，连小车子都开不进来。哎，你是怎么来的？两条腿走还是开车子？"

"我走来的。"何进轻描淡写回答。

"走来的？从城里走到这里那要走多久啊？"中年女人不相信地打量着何进，突然感到这人好眼熟，像是在哪里见过，又一时想不起来了。

何进笑笑："村部离这儿不远。"

中年女人恍然大悟，突然抬高声音说："敢情你是村部新

来的干部呀？那我跟你说啊，我们鬼门关组一定要搬迁到镇上，用我们的宅基地换镇上的安置房，镇上多舒服啊，交通方便、看病方便、孩子上学方便、买东西也方便。你回去跟村部领导说，你们怎么折腾都行，我就是不想住这里了，这把年龄也折腾不起了，想享点清福了。一辈子在乡下苦着，真是白活了。"

中年女人说话腔调越来越高，好像故意让全村人都听见似的。果然，何进转身欲走时，已有几个村人聚了过来，大多是上了年纪的妇女，有个老太太扯着自己的两只袖口喊："村领导，能不能让我吃个低保呀？我够吃低保的条件了。"

中年女人不耐烦地推了她一把说："你家两个孩子都在城里做大生意，要吃低保也轮不到你呀！人家现在说正事呢，你瞎搭搭什么呀？"

老太太翻着白眼沉下脸说："不就是搬到城里住嘛，想拆迁都想疯了。"

中年女人气呼呼嚷起来："拆迁拿现钱，谁不想呢？你若不想去镇上住，你留守好了，想搬到镇上住的还需要吃我给的定心丸呢。"

老太太跺着脚转身走了，边走边骂："就你能，小广播，真是能死你了。"

何进听了老太太的话，一下子明白眼前这个中年妇女就是赵支书说的"小广播"，他心里有数了。

何进怕招惹麻烦，匆匆离开村子奔了秦家大湖。

秦家大湖离村子不远，出了村口左拐沿着山坡道再走半个时辰就到了。刚下过一场小雨，路面有点泥泞，何进白色的运动鞋鞋面一会儿就变成了泼墨画，他低头看了看，无可奈何地笑笑，继续跑路。

这可真称得上是一个大湖，阴沉的天空下，湖水烟波浩渺，沿湖面往远处看，连绵起伏的老山笼罩在云雾下面，就像仙女披着白纱飘落人间，忽然一阵风刮过来，湖面跳荡起无数个小水珠，又一阵风吹过，小水珠集结起来跳舞，水一波一波漾过来荡过去，像是开放的水花在水面晃动，欢迎仙女的大驾光临……何进已很久没看过如此清新真实的大自然美景了，他在城里看到的山是有雾霾遮掩的，看到的水也是有浊物污染的，而这里的雾是雾霭，与霾差了一个偏旁，却是完全不相同的两个概念了。这一刻他的心突然与湖水一起同频共振，这就是人们所说的心潮起伏吧？

何进欣赏着湖光山色的美景时，不由张开嘴巴深呼吸，一股清新的空气如洁净的气流在他的喉咙里穿越，负氧离子！他在心里喊着。据说韩国超市里有新鲜的空气出售，卓然毕业时曾约他去韩国游玩，他没去，卓然就带回了一小袋新鲜空气，说是在韩国的超市买的，卓然还说我们国家肯定也有可以收集新鲜空气的地方，只是大家都忙着赚钱还没顾得上寻找呢。

秦家大湖的空气中负氧离子的含量应该达到出售的标准了……何进眯起眼，张大嘴巴，深深陶醉在清新真实的自然环境和空气中，好像有一束太阳光穿越雾霭轻轻落在了他的脸上，他感到眼前有明光一闪，不由睁开眼睛，目光所及之处，有个男人正在湖面抛网，他定了定神便直奔过去。男人依然抛网，并未注意有人到来且已经站在他的身后了。

何进准备跟男人搭讪时，男人抛出的网拖拽起湖里的水，一下子甩了何进满脸，他下意识地哎呀了一声，男人这才回过头来看了何进一眼问："到我们鬼门关看风景的？"

何进边擦脸边"嗯嗯"。

男人转过身继续撒他的网，这一网撒下去大约有半亩地的

面积，男人真是力大无比啊。

何进看着湖面，此刻的湖面异常沉静，这种沉静好像是专为入网的鱼儿准备的，是宣判鱼儿死刑前的安慰。他上前搭讪问："这一网撒下去能打多少鱼？"

男人说："鬼门关六组能干的劳力不是到镇上谋生了，就是到城里打工了，我留下来承包了这个湖，野生的鱼没多少，靠撒鱼苗人工喂养。不过，这湖里有一种鱼叫'霸王鱼'，是纯野生的，数量不多，捕上来到城里能卖个好价钱。"

"这鱼我听说过没见过，名字真挺霸气的，为什么叫这个名字呢？"何进好奇地问。

"这鱼跟楚霸王项羽有关，这大湖当年曾是项羽的饮马池，项羽率众骑士突围到这里，乌骓马见到湖水突然落泪不肯再向前迈步，使另一匹驮金银的马失蹄陷入湖中，湖面立刻漂起一种叫水铜钱的草，水铜钱下，游来一种会咬刘邦屁股的鱼，因项羽对刘邦恨之入骨，这鱼是专为项羽出气的，因此称为'霸王鱼'。"撒网的男人说。

何进未等男人的话完全落地，便接过话说："这个传说很不错，属于鬼门关旅游资源的内容。"

"要说旅游资源我们鬼门关当数全镇老大，光是楚霸王和虞姬的传说就歹（多）哩。"男人眼睛注视着湖面的网，话像是从后脑勺冒出来的。

"那如果开发鬼门关的旅游资源，你愿不愿意呢？"何进紧跟着问。

男人说："我一个人愿意没用，现在鬼门关六组大部分人都想到镇上或城里住，都盼着拆迁。农村人多苦哇，我们这辈人的苦日子年轻的娃子怎可能受得了呢？你看农村哪里还有年轻人的影子了？"男人刚说完就哎哟了一声，两手使劲拖住网

说："我网到一条大鱼，要是霸王鱼那就撞到大运了。"

何进见男人拖网拖得吃力，便急忙上前帮着拖，不一会儿，网里的鱼就摊在了湖边上，大大小小的鱼都在蹦跳，有一条个头最大也最胖的鱼被小鱼们压在了中间，它一个翻身腾跃起来，把网撑得老高终是未能破网。

男人忽然哈哈笑起来："你看，这条就是霸王鱼，我今天真是撞上大运了，这一条鱼就能卖几百块钱。好了，我没工夫跟你闲扯了，我得赶紧把这些鱼送进城里去。"

何进忙着用手机拍照，男人最后说的什么话他都没往耳朵里听。男人收拾鱼时，跟何进说："你以后要想吃新鲜的烤鱼，可以带一帮城里人到我们鬼门关六组来，在这湖边弄些柴草搭个架子烧烤，保证你吃的美味城里人没有。但要想吃霸王鱼，那要碰运气。"

何进一直在拍照，把男人刚说的这些话录了音，然后他跟男人挥挥手，快步奔回村部。

何进在自己的办公室闷了半天，到了晚上才把自己的想法整理清楚，他想自己首先要把今天在鬼门关六组的见闻讲给赵支书听，如果赵支书同意他的想法，他就正式打个报告，鬼门关六组是一个天然的旅游自然村，为何不因势利导发展旅游业呢？

正想着，手机响了，卓然发来微信："又周末了，还不返城吗？等你。"

周末了吗？何进看了一下手机上的时间，真的是又周末了，可眼下他没有精力和时间去消费和享受周末。他立刻给卓然回了信息："明天周六村部不休息，周日也许回去，但说不定。"随后发了个拥抱的表情包。

## 2

赵支书听完何进的汇报，略微沉思了一会儿说："你的想法与我不谋而合，我很赞同。但这是大事情，如果想办成，要有上边的支持，你上边有多少人脉资源？"

何进一愣，这个问题他真没仔细想过，人脉资源是指可以招商引资的领导，可以带钱投资的老板，可以给本地带来影响力的名人……这个他要仔细想想，从前自己没认真研究过，从现在开始他要认真研究这些了。

赵支书见何进一时沉默，便提醒说："周末了，明天村里没什么大事，你先回城里吧，顺便见见老同学们。"

何进笑说："您真是太善解人意了，本来我是不打算回城的，在村里摸摸情况。"

赵支书用手摸着半边脸说："回去吧，见见老同学们，活动也是生产力嘛。"

何进离开村部已是傍晚了，驱车回到城里正是灯红酒绿的晚上，城里的热闹让他好像久违了一样，食欲顿时在肚子里翻搅，使他不得不就近找了一家自助餐馆。

这家自助餐馆离何进读书的大学比较近，以前他曾跟卓然来这里吃过砂锅杂烩，坐下后想打电话约一下卓然，看看时间已经晚上八点多了，又无奈自己肚子饿得翻江倒海，便坐下来点了砂锅杂烩，想吃完了再给卓然一个惊喜。

砂锅杂烩在何进风卷残云般的吞食后，瞬间留下光溜溜的空碗。何进从桌子上的餐巾盒里扯出一张纸擦嘴，顺嘴打了个饱嗝，刚起身要走，有个女学生坐在了他的身边，何进是里座，女学生外座，何进要出去必须请女学生起身让路。何进刚要开口，想不到女学生一眼认出了他，惊喜地说："你不

是那天我在霸王祠见到的帅哥吗？不，是何进。"女学生急忙改口。

何进一愣，想不到在这里又与女学生相遇了，"周甜甜，这么晚了才来吃饭？"何进随口说。

"向你学习呀，与你同频共振。"周甜甜闪身，让何进走出过道。

当何进与她擦肩而过时，周甜甜又问："哎，何进，你到底是干什么的？我们已经遇见两次了，应该算是有缘分了吧，可至今不知道你的职业，你能不能告诉我呀？"

何进已走出过道，只好停下来说："等下次我们再遇见，我就告诉你。"

周甜甜往里边挪了挪，在最里边的位子坐下来，指了指外边的座位说："你能不能再陪我吃一锅呀，我的砂锅马上来了。"话刚落地，服务员就端着盘子送来了。

何进笑着推脱："我马上还有事情呢，下次有机会吧。"

周甜甜忽然站起身："哎，我今天真是有好消息告诉你，关于楚霸王项羽的。"

一听楚霸王项羽，何进不由坐了下来，问："那你说给我听听吧。"

周甜甜说："我刚刚知道我爸爸在研究楚霸王项羽，他那天跟我妈妈说项羽逃亡的路线有误，他要重新考证。"

"你爸爸是干什么工作的？"何进追问。

周甜甜翻了翻眼睛说："他是政府的公务员，我妈说他不务正业闲扯淡。"

何进笑笑，有点怀疑地问："上次在霸王祠没听你说嘛。"

周甜甜将一块菌菇放进嘴里，边嚼边说："这是我们家的秘密，怎好随便告诉别人呢？哎，那天从霸王祠回来我忽然有

写网络小说的欲望了，于是写了《霸王与兰花》的开头，发到网上去了，粉丝还不少呢。不过，谁都不知道这小说是我写的，我用了笔名。"

何进饶有兴趣地问："你的笔名是什么，小说发在哪个网站了？我上网看看。"

女学生说："当然可以了，我的网名叫伪装者，你网上一搜就出来了。"

"伪装者？名字好奇怪呀？"何进嘀咕了一句。

"一点都不奇怪，有部电视剧就叫《伪装者》。"

"原来如此！"何进释然一笑。

周甜甜又问："你到底是干什么工作的？"

何进感觉再隐瞒下去也没什么意义了，便回答："我是驻村大学生。"

"原来是村官呀。"周甜甜不以为意地扬了扬眉毛。

"现在还称不上村官，是实习服务生。"何进转而问，"如果你爸爸研究项羽，我很想抽时间去拜访他。"

"这要问问我爸爸何时有时间，他总是开会，不开会时就沿着项羽线路采风考证。待我问好了告诉你吧。"周甜甜边说边往嘴里扒粉丝。

何进说："那我们扫下微信，留个联系方式吧。"

"在霸王祠时你不是拒绝加我微信吗？"周甜甜放下筷子拿起手机扫码。

何进边扫码边说："此一时彼一时也。"

这时，卓然漫不经心走进餐馆，她左右扫了几眼，突然发现了何进，便惊喜地奔过来说："何进，你回来怎么不告诉我呀？"

何进刚要解释，卓然发现一位女学生正拿着他的手机扫

码，两人又靠得很近，立刻惊讶地沉下脸说："难怪呢。"转身一溜烟跑出餐馆。

何进随后追了出去。

周甜甜也随之追了出来，边追边喊："何进，你手机！"

何进接过周甜甜递来的手机，一溜烟跑远了。

周甜甜望着他的背影嘀咕："真是长安城里马蹄疾呀。"

卓然一直往前跑，她穿过了两个十字路口两个红灯，有辆车差点将她撞倒，她飞快地跳到了马路边的一棵树下，不住地大口喘气，她知道何进一直在后边追，她不想让他追上，那些谎言般的解释怎能抵消她心中日日夜夜的思念？原来他是另有所爱另有新欢了："何进，我不想再见到你！"她泪流满面。

身后突然伸过来两只手一下子捂住了她的眼睛，这手她太熟悉了，不用说就是何进。她使劲掰开这两只手，转身吼道："别靠近我，我不需要你！"

何进冷静地望着卓然，一脸发蒙的表情问："怎么了？你到底怎么了？我招惹你了吗？"

卓然满脸委屈地说："你回到城里不告诉我，却跟一个小美女吃饭，她是谁？你的新恋人吗？"

何进知道卓然因误会而生醋意了，不由释然一笑："她是我在霸王祠偶然遇上的一个女学生，崇拜项羽和虞姬，说她爸正在考证项羽溃逃线路，我们村准备搞有关项羽的文化旅游项目，就这样聊上了。"

卓然被何进脸上诚实的表情打动了，心潮开始平静，但仍半信半疑问："那你真想在村里搞旅游项目？有人支持你吗？"

"有啊，老支书就很支持我，我们鬼门关村有个六组，项羽曾在那里闯过鬼门关，民间传说还不少呢。我昨天去六组看了看，湖光山色景色迷人，加上楚霸王的传说，真是旅游的好

地方。"

何进一口气说完，他特别想以此平静卓然的情绪。他太了解卓然了，有理想有抱负喜欢读书，如果不是这一点，她不可能与出身乡下的何进谈恋爱，他们恋爱时，卓然曾带何进去家里看望父母，卓然的父母在一家外企工作，母亲是财务会计，父亲是工程师，家境较富裕。何进这样的农村娃子虽然考上了大学，但贫穷的背景是摆脱不掉的，何进至今记得第一次去卓然家里时，她母亲那鄙视的眼神，那眼神使何进吃了一半饭就放下了筷子。卓然因此还跟母亲吵了一架，母亲说这乡下的穷小子若买不起房别想进我家门。这话就像在何进心里敲响了警钟，自己若不能出人头地也就别想跟卓然结婚了。

何进在村里一住就是三个月，一百天的时间，卓然无时不在思念他，视频微信都不能代替见面的真实，可真见了面，竟有了餐馆的一幕，她心里着实委屈了一番，当何进讲明这一切后，她又释然了，她不想做个争风吃醋的小女人，何进很了解她的胸怀。

卓然问："那你回城就是为村里旅游的事吗？"

何进说："当然了。"

卓然失望地又问："就没有别的缘由了吗？"

何进看了看卓然，忽然明白她问这话的意思了，急忙调侃："有位佳人在水一方……"

卓然破涕为笑："那你今晚准备去哪里？"

何进忽然愣了，他还真没想过今晚去哪里，他只想见到卓然，现在卓然就在眼前，他究竟去哪里呢？卓然家里肯定不行，要么租个小酒店，村里有报销标准，他只要不超过这个报销标准就应该没问题。

"找个价格便宜的连锁酒店吧，明天一早我要到市相关部

门去咨询旅游项目呢。"

卓然忽然说："那你还不如住我们学校招待所呢，比酒店又便宜又干净。"

"好，那我去开车，车停在餐馆门口了。"何进刚转身，卓然快步跟上来："你为什么不问问我吃没吃饭啊？"何进笑着拉起她的手说："那我们再去吃砂锅如何？"

何进又陪卓然吃了砂锅，随后两人就开车去了学校招待所，何进住下来后，卓然准备回家了。何进从包里掏出草拟的乡村旅游设想说："你帮我看下，有没有需要修改的地方？"

卓然上学时就很会整理材料，何进毕业找工作投档都是卓然帮助整理的材料。后来卓然毕业留校图书馆，与她会整理材料有直接的关系。

卓然二话没说就把何进的乡村旅游设想翻开了，看了一会儿说："我感觉申报旅游项目的理由不是太充足，应该把项羽虞姬在鬼门关溃逃时的故事渲染一下。因为你申报项目，领导是要看材料的，如果你笔下的故事不能打动人，成功率也就不高。"

何进眼睛突然一亮说："你说得太对了，那我现在怎么补充呢？又没带电脑。"

卓然起身说："到我办公室去，我帮你补充一下，再重新打印。"

何进走到门口突然转身抱住了卓然，使劲吻了她。卓然半推半就说："将来我也许会成为你最得力的助手呢。"

"你现在就已经上岗了。"何进拉着卓然的手，走在校园的甬路上。

一钩新月挂在合欢树梢，那是上弦月，好像在为两个年轻人做一个清幽的背景。

# 3

李亚芬包完饺子就等卓然回来吃，饺子是荠菜馅的，前几天她与卓然的爸爸到江北郊游亲自挖的，卓然平时不回家，周末总是要回家吃顿饭的，李亚芬知道女儿喜欢吃饺子，一早起来就择菜剁肉，把馅子搅拌均匀又亲手和面。

卓然的爸爸卓大林一直在为阳台上的盆景剪枝，他喜欢栽花弄草，不喜欢做家务，但周末的饺子总是要包的，女儿卓然爱吃这一口。

李亚芬和卓大林包完饺子就等卓然回来，眼看午饭时间就过去了，还不见卓然的影子，睡懒觉也不能睡到晌午吧？李亚芬给女儿发微信，没回，又忍不住打电话，卓然说正在路上，有个事情要办一下，让爸妈别等她吃饭。

李亚芬一听就来气了："不为了你，谁还包饺子，星期天我和你爸到哪里玩去不好呀？"

卓大林见李亚芬跟女儿发火，奔过来抢下她的手机说："那我们先吃吧，不用等她了，饺子放冰箱里她回来再煮就是了。"

李亚芬愠怒地瞟了一眼卓大林说："你就会和稀泥，卓然这没紧没慢的性子，天生就像你。"

卓大林见怪不怪地一笑："不好的都像我，好的都像你行了吧？"

李亚芬忙着煮饺子，也就未回嘴。两人吃完饺子，李亚芬就出去跳广场舞了，卓大林洗了碗筷坐下看电视，他喜欢谍战剧，一部接一部地追，看完这部看那部，有时候还跟李亚芬讲电视剧里的情节，哪句台词不对，哪个情节太扯了，哪个人物性格太不符合逻辑了……李亚芬没兴趣，经常一句话就把他

顶回去了，只有女儿卓然喜欢听他讲解，听完还会鼓励他说："爸，您这辈子没当编剧真是亏大了，您是编剧高手啊。"卓大林每逢听到女儿的夸赞心里总是美滋滋的，在三人组成的家庭中有一个支持自己的女儿，他内心是有成就感的。

卓大林在家里一直是从属地位，李亚芬永远在他之上，他已经习惯了。李亚芬看不起他的原因是他出生在农村乡下，而李亚芬是城里人，父母都是造船厂的工人，当年李亚芬是接母亲的班进造船厂的，与卓大林在一个车间，经常带菜给卓大林吃，卓大林对这个比自己年长几岁的姐姐特别敬重，后来李亚芬提出与卓大林生活在一起，卓大林眼没眨就答应了。婚后，卓大林却吃尽了苦头，李亚芬对他简直就是"阶级压迫"，"乡巴佬"几乎成了李亚芬挂在嘴上的口头语了。卓大林有好长时间精神近乎抑郁，他特别想逃离这个家庭，是卓然的出生带给了他无尽的乐趣，女儿长大后凡事站在他一边，这让卓大林没有了孤独感。女儿读大学时卓大林坚持让她报考本市的学校，为的是可以经常见到女儿，卓然周末回家吃饭也就成了例行公事般的必须了。

李亚芬跳舞回来已是晚上九点了，卓然还不见人影，李亚芬问了卓大林后，卓大林不以为意地说："你问我，我问谁?"

李亚芬只好打卓然的手机，听到嘟嘟的忙音，她有点慌了，急忙把刚脱下来的外套重新穿上，跟卓大林嚷嚷："你还有心思看电视，赶紧找女儿去吧。"

卓大林眼睛仍紧盯着电视，这一集就快演完了，屏幕上那个女共产党员要英勇就义了，她那么年轻美丽，真是太可惜了。卓大林眼里闪着泪花，这泪花一下子被李亚芬看到了，她立刻沉下脸说："全世界的男人也就你看电视剧掉眼泪，真是替古人担忧，那是编造的假戏，真戏是马上下楼，找女

儿去。"

卓大林被李亚芬一吵，眼泪索性流了下来，他急忙拽着袖口擦净眼泪，跟着李亚芬下楼。

两人出了小区，在门口拦了辆出租车，直奔卓然的校园。到了校门口，差不多10点多钟了，门卫先是不让他们进，待他们说明情况，又要出示身份证登记。李亚芬从来不带身份证，但她能报出自己的身份证号码，卓大林有一张公园卡，卡上有身份证号码，两人七说八哄总算把门卫说服混进了校园，但他们不知道女儿住哪个宿舍楼，便冲着有灯光的楼奔去。

校园面积好大，卓大林和李亚芬进来后有点蒙圈，先是一片大广场，广场上有各式雕塑，灯光幽暗，李亚芬看不清雕塑的面孔，也不懂那雕塑的意义，她只管在前边疾走，把卓大林甩得好远。卓大林早已习惯凡事跟在李亚芬的身后了，慢半拍的节奏使他少挨骂甚至不犯错误。

走出雕塑群又是一片森林公园，树上挂满了小彩灯，五颜六色，一闪一闪的，好像星星跑错了地方。李亚芬往前疾走，哪里还有心思看这些小彩灯。忽然，她看见一棵树下有两个人影晃动，便有意让自己的脚步轻下来，悄声往那两个人影的跟前凑。当她看清两个年轻人在接吻时，竟一眼认出了那女生脚上的鞋，那是她在实体店里给卓然买的鞋，独一无二的鞋面和扣子。她的情绪立刻被眼前的情景激活了：女儿周末不回家原来是在偷偷谈恋爱，半夜三更还出来约会，那男孩子是谁？为什么不事先跟我说？要是再弄个何进那样的乡下男孩，看我怎么收拾你？

卓然与何进同时发现了附近有眼睛在注视他们，何进转过头一眼看到了卓然的母亲李亚芬，这个令他害怕的女人今晚可说是狭路相逢，他惊慌得手足无措，不知该上前搭讪还是赶紧

跑路。只见李亚芬母豹般冲了上来，她两手一挥劈开正拥在一起的他们，大声吼道："何进，想不到你还在勾引我的女儿，我今天告诉你甭做美梦！没有房子就不要当我的女婿，女儿不嫌丢人我还嫌丢人呢。"

卓然无论如何想不到母亲会来校园找自己，她奋不顾身上前拉住母亲说："是我请何进来学校的，我喜欢他，你管得着吗？"

李亚芬挥起手要打卓然，手举在半空时被冲上来的卓大林一把抓住了，他显然特别冷静，眼睛没看何进，只对卓然说："你妈给你包了饺子，你没回家吃，手机又打不通，我们才来校园找你的。"转而对何进说："小何，对不起啊！"

李亚芬见卓大林又和稀泥，立刻撒起泼来："应该道歉的是何进，他有什么资格跟卓然谈恋爱？"

卓然一把拉住何进说："我有资格跟他谈恋爱，是我要跟他谈的，他家里穷，那不是他的错误，谁有权利选择出生呢？但他本人有理想有抱负，有男子汉气魄，将来能干一番大事业。我不喜欢妈宝，更不喜欢小鲜肉，家里再有钱我也不稀罕。"说着，拉起何进跑了。

李亚芬刚要追赶，被卓大林使劲拉住了："你别瞎胡闹了，深更半夜的，把学生们都惊动起来，女儿还有面子吗？"

李亚芬使劲挣着，试图挣脱卓大林，但卓大林跟她死磕，她只好妥协了。两人沿着原路返回，李亚芬不停地说："我今天跟你挑明了，卓然就是不能跟何进谈恋爱，把一个乡下的穷小子领回家，一辈子填不满的穷坑，后半辈子你我要操碎了心啊。"

卓大林使劲拉着李亚芬，劝她说："依我看，何进这小伙子真是挺不错的，有责任感有上进心。别总骂人家乡巴佬，往前推一辈子我们不都是乡巴佬吗？不比人家高贵到哪里去。"

李亚芬胸臆难平说："他有什么责任感了？上进心能不能赚钱？"

卓大林不屑地瞟了李亚芬一眼说："上次女儿带他到我们家来，进门就帮着摆鞋子，把个歪扭的鞋架子摆得整整齐齐，城里有钱人家的孩子怎么可能干这事呢？他有上进心就是赚钱的根本呀！"

李亚芬见卓大林分析得条条是理，心里的怒气慢慢消停下来，嘴上仍没好气地说："反正咱家的女儿不能跟乡下的穷小子谈恋爱，否则咱家在街坊四邻面前都抬不起头来。"

卓大林忍不住怼她说："自己家的事情自己管，听别人家的闲言碎语干什么？再说，钱不是大风刮来的，钱是人挣来的，只要人有抱负就不怕赚不来钱。"

李亚芬猛地推开卓大林，气呼呼说："龙生龙凤生凤，我跟你穷了一辈子，不能再让我女儿也穷一辈子吧？"说着，疾步向前奔去。

卓大林在后边气喘吁吁紧跟，嘴上不停地喊："等等我呀，等等我呀。"

## 4

市委大院门口，何进经过门岗的登记，沿着一条甬路一直走到大院的左边，看到一幢楼前的门牌，打量了一眼便走了进去，又经过门岗的登记和询问，这才乘电梯到了十楼，出了电梯见一办公室的门开着，里面坐了一位中年男人，双手在身前对握，眼睛俯视桌面，一副苦思苦索的神情。

何进悄悄走了进去，中年男人这才抬起头打量眼前这个年轻人："你找谁?"

何进笑笑："我是江北的一名驻村大学生,今天想来咨询一个项目?"

中年男人问："什么项目?"

何进说："我们村想搞文化旅游项目,不知都需要什么手续?"

中年男人说："乡村文化旅游必须具备两个基本点,一是要看地方政府是不是有这个远景规划? 二是要看村里是否有历史文化的支撑点? 旅游是个文化概念,没有历史文化支撑的旅游是个空架子,轰轰隆隆热闹一阵,一时的热闹过后便是永久的冷落,那些曾经热闹而今门庭冷落的美丽乡村就是很好的例子。"

"我们村有历史文化资源,楚霸王项羽溃逃时曾路过一个鬼门关,就在我们村,那里留下许多民间传说呢。"何进认真地看着中年男人,觉得这个办公室正是自己要找的部门。

中年男人听了何进这番话,眼睛突然一亮说："你坐下,仔细说说看。"

何进坐在中年男人对面的沙发上,从包里掏出一叠材料说："请您看看我们村的材料。"又说："我怎么称呼您?"

中年男人起身为何进倒了一杯水,递给他说："我姓周,周志远,是这个部门的副职,分管美丽乡村。"

何进立刻面生喜悦问："那我称您周主任?"

中年男人未置可否,翻开何进的材料看着。

何进趁此打量办公室的装饰,发现周主任办公桌的左边有一块板子,上面粘贴了一张图,他睁大眼睛细看竟是项羽逃亡路线图,他突然想起女学生周甜甜说过的话："我爸爸在研究项羽溃逃路线图,说从前的线路有误差。"莫非眼前这个周主

任就是她的爸爸？……如果世上真有这么巧的事情，那算是撞上大运了。

周主任看完材料，忽然站起身坐到了何进身边，何进礼貌地往沙发的一侧挪了挪，一副倾听周主任教诲的表情。

周主任抖着手里的材料说："我对项羽这个人一直崇拜有加，他坦荡而豪气，有胆量而不耍阴谋，在可以逃生时竟为了一路伴其生死的兄弟们自刎乌江，生作人杰死为鬼雄，我在大学期间就喜欢研究他了。"

何进突然感觉自己在茫茫人海中找到了知音，心境一下子豁然开朗，忍不住说："我也崇拜项羽。敢问周主任在哪所大学读书？"

"江南大学历史系。你呢？"周主任转而问何进。

何进忽然笑起来，脸上的笑容就像注入了阳光一样明媚，周主任在一旁不解地望着他，难道自己说错话了吗？正疑惑，何进笑着说："原来我们是校友，我也是江南大学毕业的，您是学兄啊。"

周主任脸上的表情放松开了，像是突然遇上了知己似的说："这下我可找到志同道合的人了，读史使人明智，我们那一届同学从政的、经商的个个都是精英，可以说干什么成什么。"

周主任的语气里带着不容置疑的自豪感，见何进一直在倾听，便兴致颇浓地说："学了历史才明白成王败寇的深刻道理。不过，历史上许多失败的帝王并不能引起后人的同情，唯项羽令人同情和敬佩，虽败犹荣啊。"

何进感觉现在是自己敞开心扉表达意愿的时候了，便说："如果我们鬼门关村能把有关项羽的文化旅游项目做下来，也算是对项羽精神的一种立体宣传了。"

　　周主任内心小有激动，总算有个应和自己观点的人了。他不好在初次见面的年轻人面前过多袒露自己的想法，便起身走到窗前，望着窗外的一排水杉说："你们的想法很好，这事说难也难说容易也容易，只要上下思路达成了共识，项目实施起来也就顺利了。"

　　何进见周主任话说得比较诚恳，便进一步说："周主任，今天真想不到遇上您了，等于我们村里的这个项目撞上了大运，您能为这个项目跟方方面面的领导呼吁一下吗？"

　　周主任用手指弹了一下桌面说："义不容辞。不过，你们这个规划还要更细一些，论证更充分一些。你看我正在论证的《项羽溃逃线路新考》，光是图就绘了好几张，这一张我才稍稍满意一点。"

　　何进凑上前看着问："这是您自己绘的图吗？"

　　"是呀，不够标准吗？"周主任侧过脸望着何进。

　　"国家地理的测绘标准。"何进这话有点半开玩笑，不像是恭维，他不喜欢恭维人。

　　周主任会意地笑了，他心里也很排斥恭维。

　　何进敬佩周主任，又不知怎么表达，说重了会是恭维，说轻了又词不达意，便一脸恭敬地笑。

　　周主任见何进颇有兴致，便继续接着刚才的话题说："我这个项羽逃亡线路其实是在向学术界发声，难度相当大，想推翻以往约定俗成的定义是很不容易的事情。尽管如此，我还是坚持做下去，向权威挑战。"

　　何进接话说："周主任如果把这事做成了，对鬼门关村的项羽文化旅游项目也是一个很大的推动啊，我心里真诚地期待着。"

　　周主任将目光转向项羽逃亡线路图说："我这个线路图是

旅游的大概念，它不仅关乎历史文化，还关乎邻省邻县的旅游资源，路漫漫啊。不过，我这个人就喜欢拣最难的事情做，越难越能激发内心的激情，我不喜欢温暾水一样的工作节奏。你呢？"

何进急忙说："我总算找到榜样了，以后要向周主任多学习啊。"

话音刚落，手机响了，何进扫一眼是赵支书发来的微信，便说："周主任，今天您让我长了不少见识，我会经常来向您讨教的。村里有事我先回了啊。"

周志远说："这个旅游项目很不错，要慢慢议。常联系啊。"

何进带上了自己的材料，同时也带上了偶遇知音的好心情。

周主任今天的心情也很不错，何进走后，他重新给自己冲了杯浓茶，一边喝一边沉思，一件事情的成功真需要上下呼应八方联动，所谓成功的契机就指的是这些吧。

## 5

赵支书不在村部，村部里静悄悄的，办公室也没几个人。何进问了一下，得知赵支书正在鬼门关六组处理棘手的事情，他二话没说就奔了六组。

六组留守在家的男女老少把赵支书和村部的两个干部围得水泄不通，本来个子就不高身体又偏瘦的赵支书想冲出包围圈，他的脑袋显然比别人的脑袋矮了半头，另两个村干部试图帮他往外突围，可手拉手的村民就像筑起一道骨肉栅栏，任你怎么折腾也翻不出这栅栏。赵支书又不能动怒，村民的手机镜头纷纷对着他的脸，只要怒脸骂一声娘，村民立刻拍下来发到网上，村支书辱骂老百姓，你就是浑身长满了嘴也说不清啊。

"小广播"显然是领头的，她两手掐腰、唾沫横飞地吵嚷："修什么路啊？我们六组的老少爷们、兄弟姐妹就是要到镇上住，全组的人都同意搬到镇上，你们村委会为什么对民意置之不理？你们还是共产党的村委会吗？我们祖祖辈辈都住在这鸟不屙屎的鬼地方，国家早就开放搞活了，为什么还让我们在这里憋屈着？农村人也要享受改革开放的成果！我看你赵支书是存心跟我们六组的老少爷们、兄弟姐妹过不去，今天你不答应我们的条件，这路就修不成！"

"小广播"一跳老高，像猴子撑杆一样在半空中做个天不怕地不怕的手势。她这个动作很生猛，好像是指挥棒，村民全都跟着跳起来，有的骂赵支书，有的骂村干部。

赵支书和另两个村干部一动不动任他们叫骂，大有好虎架不住一群狼之势。

何进赶来时，六组的村民正盯着赵支书起哄，也就没太在意他的到来。他愣怔了一会儿，暗想该怎么为赵支书一行人解围，他往人群里挤了挤，试图挤进去把赵支书救出来，可人群就像密不透风的墙将他死死挡在外面。何进知道这种群情激愤的场面，唯一的办法就是分散大伙儿的注意力。他退出人群，左顾右看，一时想不出特别好的主意，如果打110报警，恐怕会激化矛盾，也会把小事扩大，这是赵支书最不愿意看到的。何进左右为难，忽然发现前边不远处有一大堆茅草，在一家院落的后面，与这家房子还有一段距离。他忽然想起那是"小广播"的家，她曾带他去家里看过房子，便灵机一动，快步跑过去，掏出口袋里的打火机，一下子就将茅草点着了，瞬间浓烟四起。

"小广播"眼尖，大声呼喊起来："哎呀，我家着火了！"她冲出人群，撒腿就往家里飞奔，眼见火光伴着浓烟冲向半空。

大伙儿呼啦一下散了，跟着"小广播"朝起火冒烟的地方奔跑，边跑边喊："救火啊，着火了！"

赵支书趁机与另两个干部冲出包围圈，他们往起火的方向看了看，火苗已经熄了，只有浓烟在空中弥散。他们疾走到村口时，发现何进正站在路口微笑地等他们，赵支书忽然猜到了什么："是谁放的火？"

何进笑答："是我，围魏救赵。"

赵支书一拳砸在何进的肩膀上，笑说："你小子真是聪明啊！不过这招够损的，以后千万不能用了，水火无情，真要酿成大祸就麻烦了。"

何进说："我也是被逼得没办法，看到了那堆柴草才想出了这损招，幸好离'小广播'家的住宅还有距离，不然也不敢有这胆子放火。"

"你哪里找来的打火机呀？我看你平时也不抽烟嘛。"赵支书好奇地问。

何进笑着解释："真也巧了，见周主任之前我特意买了个打火机，还买了一包细口烟，谁知在周主任那里没用上，竟在鬼门关六组用上了。"

赵支书听后哈哈大笑说："小何你真是有眼力见，到底是受过高等教育的人呢，肚子里的墨水多办法也就多。哎，我这辈子就是书读少了，眼界不开阔。"

另两个村干部见何进与赵支书聊得热闹，便骑着自行车朝前走了。

赵支书索性慢下脚步，回头望着六组，感叹道："你都看见了吧？农村工作就是这么难做，村民跟你胡搅蛮缠，你真是拿他们没办法，他们政策法律比你都懂，动不动就给你上纲上线，现在的村民可不好管喽。"

何进说："赵支书，我爷爷曾跟我说过一句话：管人是地狱。我们还是要疏导群众的思想，争取调动他们的积极性，合力建设美丽乡村。"

"你这想法都好，话也是报纸上的话，但推动起来难度就大了。"赵支书边说边往前走，像是想起了什么，忽然转身问道，"你今天的收获怎么样？见到管事的领导了吗？"

"见到了，在发改委见到一个叫周志远的主任，跟我是大学校友，他本人对项羽很感兴趣，一直在研究项羽逃亡线路，说项羽逃亡线路跟历史上的定论有误差。我跟他汇报了鬼门关村有关项羽的传说和准备做旅游文化的设想，他特别支持，并要我提供一个比较完整的方案。"何进一口气说完，两眼望着赵支书，期待他的表态。

赵支书立刻说："哪天约个时间，请这位周主任到鬼门关看看，咱这地方山清水秀，楚霸王项羽留下过足迹，打造成美丽乡村有得天独厚的条件，方圆百里没有哪个地方能跟我们这个地方相比。哎，我真搞不懂，村里这些人为什么非要搬到城里去住不可呢？城里有什么好？人多车多乱哄哄的，都住楼上，来了瘟疫都没地方躲。"

何进与赵支书又并肩走了几步，一阵风吹来，空气中燃烧柴草的味道依然很浓，他不由回头望了一眼，见有几个村民正朝这边比画，于是一把拉起赵支书说："快跑，村民一旦纳过闷来追上我们，那就麻烦大了。"

赵支记跟着何进跑起来，边跑边说："回去你先把方案整理一下，然后我们再开会讨论。"

"好的，没问题。"何进应道，他一直跑在赵支书的前边，不时回头拉赵支书一把，见赵支书气喘吁吁的，心里不由感慨：年龄真是个宝啊。

## 6

周志远下班回到家，妻子郑苹正在烧饭，女儿周甜甜马上要高考了，这是人生命运的重大转折点，她要服务好女儿，不停地给女儿变换花样做吃的，对周志远已是顾不上的冷漠，这让周志远心里很不舒服，但他深知在这个家里被关注的重点早已不是自己，而是女儿周甜甜了。

周甜甜一直以备考复习功课的名义闷在自己的房间里，母亲郑苹每次喊她吃饭都像请大牌明星似的，三请四邀笑脸相迎。

郑苹烧好了糖醋鱼，涮了锅，还要烧个鸡蛋西红柿汤，一切妥当了，便让周志远去女儿的房间叫她出来吃饭。

周志远正刷微信，对郑苹的话似未听进耳朵里去。郑苹又催促了一声，周志远这才边看手机边走向女儿的房间。

他推开女儿房间的门，见女儿目不转睛地盯着屏幕，似未注意他的到来。周志远立刻退出手机微信页面，悄悄走到女儿的身后，想看看她究竟在电脑上干什么。

周甜甜打在电脑上的字根本就不是复习题，倒像是一篇故事，开始他以为是记叙文，接下来的数行文字让他惊讶得大气不敢出，原来女儿在写"项王与虞姬"的网络小说，笔名是"伪装者"。

周志远屏住呼吸悄悄拉开门走了出来，正好郑苹往桌子上摆菜，她抬头看见周志远问："叫女儿了没有？她怎么还不出来吃饭呀？"

周志远愣着，不知当说不当说自己侦探到的情况，当他的目光与郑苹的目光相碰撞时，他打定主意隐瞒不说，郑苹的脾气他太知道了，平时很少发火，一旦火爆起来就会熊熊燃烧难以熄灭，这势必会影响女儿考试的心情。周志远决定隐瞒，待自己慢慢与女儿解开心结。他笑道："甜甜正忙着，我刚催过了，要不我再催催去。"

周志远说着跨到女儿房间门口，用手拍着门高喊："甜甜，吃饭了，你妈等急了。"

周甜甜总算从房间里出来了，她揉着眼睛，不耐烦地坐在饭桌前说："你们就认吃，一天到晚吃吃吃，跟猪有什么区别，烦不烦啊？"

郑苹将几个菜往她跟前推了推说："高考前补充营养是必须的，我的乖女儿，要是你因营养不良而考糊了，那可真是妈妈的罪过了。"

周志远拿起筷子说："别说废话了，在女儿面前说话要说有含金量的，快吃吧，饭菜都凉了。"

"就是。"周甜甜翻了母亲一眼，搛了一口鱼。

郑苹不停地往周甜甜的碗里搛菜，"你多吃点，这个好吃。"

周甜甜没好气地说："我自己又不是没有手，你烦不烦呀！"

周志远闷头吃饭，一声不吭。

这夜，周志远失眠了，他第一次如此严重地失眠，翻过去折过来又翻过去再折过来，郑苹被他折腾醒了，问："你这个人真是好奇怪，半夜三更不睡觉瞎折腾什么？"

周志远未吱声，待郑苹重新入睡，他悄悄起身，拉开女儿

房间的门，女儿睡熟了，打着呼噜。他想打开女儿的电脑看个究竟，但又怕惊醒了女儿，犹豫了一下，还是退出去了。他坐在客厅里，推开窗子抽烟，他该怎么跟女儿解开这个结呢？烟雾如愁雾在他的眼前缭绕。

第二天一早，周甜甜要到学校去填表，郑苹也上班了，周志远故意留在了家里，他要看看女儿究竟在写什么，事关人生前程，为父不能不干预吧。

项的自述：

　　我依旧坐在乌江边吹箫，快晌午的时候，天色忽然暗起来，我仰头望天，尚未弄明白这天色究竟是怎么回事，就见乌云翻滚飞沙走石，我整个被卷入了黄色的沙尘中，瞬时被黄色的旋风卷到半空又猛然抛下。这时，我感觉有一匹马冲我奔来，我被人瞬间掠到马上，冲出黄色的沙尘圈，这时我听见马上的人喊："项，你没事吧？搂紧我啊！"

　　这话虽像是命令，却不乏阴柔之声，虞就是以这样的方式来到了乌江边，来到了我的面前，从此我的生活中多了一个女人和一匹乌骓马。

　　力拔山兮气盖世的我，征服一个女人容易，驯服一匹马却有难度，当乌骓马面对我一个人的时候，竟一反常态地尥蹶子甩尾巴，马尾巴甚至甩出了如鞭子一样的啪啪声。看谁狠?! 我夺过虞手里的鞭子，啪啪啪向乌骓马猛抽，乌骓马朝天嘶吼几声，腾空向远方奔去。

　　虞急了，嗔怒地从我手里夺过鞭子说："你知道刚才天上为什么刮囚风吗？君主有暴政，老天才刮

囚风。"

"啊哦，我只知道那叫沙尘暴，怎么还叫囚风呢？这名好雅！"我不以为意地盯着远处，我在寻望乌骓马。

虞说："项郎，要知道我和乌骓马是穿过囚风来找你的，你身上的霸气能征服我，但未必能征服乌骓马，它很可能被你的霸气吓跑了。"

"啊哦，莫非我的威风凛凛在马身上不作数？"

虞说："不见得柔软的东西就没有力量，舌头柔软可它照样能杀人。你若对乌骓马变换驯服术，我就把它唤回来。"

我未语，虞的语气让我心里不舒服，她毕竟是娘们。但她焦虑的表情又让我心疼，我只好答应了她的请求。

虞一声口哨吹响，这口哨吹得真长，像演奏的长笛似的，此起彼伏响在乌江江面上。不一会儿，我就听到了由远及近的马蹄声，乌骓马尚未现形时我就看到它奔跑的身影了，这真是一匹被虞驯服的马，但要跟着我东征西战似还不够勇猛。

乌骓马跑回来时，见到虞不停地打响鼻，对我仍是尥蹶子。我看看手里的鞭子刚要举起来，只见虞抚摸着乌骓马的脖子说："乖，你是一匹战马，这个男人才是你真正的主人，你要服从他的霸气，他会把你驯服成世上独一无二的马，不光能跑还有霸气，而我以前对你的驯服在这个男人面前全都废了，你要像他一样力拔山兮气盖世！"

虞这番话让我相信舌头真能杀人，乌骓马一定

听懂了虞的话，当我再度靠近它时，它冲我打了两声响鼻，然后我就悠然地牵上它到乌江边溜达了，从此那支箫被我扔到了一边。

虞的述说：

项在乌江边遛乌骓马，乌江水奔流不息，水流声颇有节奏，我真想听他吹箫。可项一直在遛马，不是遛，是在驯马。他身上那种咄咄逼人的霸气，与江边的绿树和小船形成鲜明的对比，这富有生机的画面是恬淡生活最佳的组成部分。我内心十分渴望。

我拿起项的箫吹起来，可我怎么也吹不准曲调，我想吹一曲楚歌，不是调门高了，就是调门低了，但箫声传递的情绪还是感染了项的情绪，他放开乌骓马向我奔来。

项与我坐在江边，看远处的乌骓马闲适地吃草。他从我手里接过箫，在嘴边运了一口气就吹起来。他吹的是楚歌，我听了一曲就想哭，我有点想家了，希望项骑着乌骓马带我回家，我喜欢家乡的绿草和野花，我们在原野上扑蝶多好！

项猜出了我的情绪，他停止了吹箫，望着远处的江水和乌骓马说："虞，我知道你想家了，我也想了。你知道眼下我最想过的是什么样的生活吗？"

我摇摇头，故意不说出自己的猜想。

项说："我想带着你骑着乌骓马浪迹天涯，过一种诗剑逍遥的生活，做一个正儿八经的好丈夫。可

我不能，这之前我必须把天下打下来，称王称霸，这是上苍给我的使命。我叔叔带我见到秦皇时，我说我要取而代之。这事不会拖太久，我现在就为此做着准备。虞，难道你不希望你崇拜的男人是个盖世无双的大英雄吗？"

项在期待我的回答，可我无话可说。我的眼前是一片良辰美景，那里有耕作的男女老少，他们唱着楚歌，天下太平。而项的宏伟抱负是要流血的，血让我的眼前红光闪闪，让我的心永无宁日。

项见我无语，突然站起身左右望望，然后走到我的身后，从后面使劲抱住了我，他的力气真大，我浑身的筋骨都要被他挤碎了，力拔山兮气盖世这话，我是在此时才忽然悟出的，以前只是随便听听而已，没有走心。

我想从项的怀抱挣脱出来，可这挣脱显得那么没用。我越是挣脱，项把我搂得越紧，他哈哈大笑，而我简直要窒息了。忽然，天边涌来一团乌云，紧接着就是一阵大风，风吹得天昏地暗。项不得不放开我，望着天空说："云彩往西，牛倌羊倌披蓑衣。要来大雨了！"

项的眼神深不可测，我从未看明白他的眼神，幽深得如古老的山洞。就在我打量他的眼神时，项忽然说："虞，西北那个地方好像有事情发生了，我要找我的叔叔项梁去了。这箫就送给你，想我的时候吹楚歌，我能听见。"

我接过项的箫，不知道应该说句什么。这时，他将手指放进嘴里吹了声口哨，乌骓马箭一样飞奔

过来，项骑上它在大雨落下之前飞奔而去。

项去当英雄了，而我呢？

……

文字到这里终止了，这显然是一段没写完的楚霸王与虞姬的故事。不过，单从文字看，女儿甜甜还是很有文学创造力的，这让周志远由衷欣慰。只是面临考试的女儿写网络小说，势必会影响她的成绩，而一旦高考分数不理想，进入不了理想的大学，后面的工作都成问题，这毕竟是一个讲究学历的时代。可他又能以什么方式阻止女儿写网络小说呢？或者让她暂且搁置，高考过后再继续网络小说的创作。

周志远忽然发现教育孩子真是个学问，以前都是郑苹负责女儿的一切，现在面对复杂的局面，他也感到束手无策了。他站起身，退出网页，忽然想起电脑最初是关闭状态还是睡眠状态呢？他不能留下一点点让甜甜怀疑的蛛丝马迹，女儿的敏感和聪明他是领教过的，他曾想过女儿将来报考公安大学当个女侦探，郑苹一票否决，他也就没再提起。如今看来，女儿甜甜文学功底不错，又热衷写网络小说，高考志愿真要她自己填报了，家长的意见仅供参考。

周志远拿着车钥匙下楼的时候，忽然想起了一个主意，他何不在双休日去考证项羽逃亡路线时把女儿带上呢？在不影响她复习功课的情况下，顺藤摸瓜将她的所思所想弄清楚，对症下药，也许比生硬的说教更容易让她接受。

## 7

今天周末，周志远准备带女儿出去兜风，沿着项王溃逃线

路走一走。郑苹值班，护士职业决定了她的休息日是不规律的，周志远和周甜甜都已经习惯郑苹的作息时间了，每逢周甜甜对妈妈的作息时间嗤之以鼻时，郑苹就将枕边书《特蕾沙修女》拿给她看，有句名言周甜甜早已烂熟于心了："如果我看到一群人，我不会有所行动。如果我看到一个人，我一定会的。如果你批评他人，你就没有时间付出爱。"

周甜甜知道这是妈妈十分推崇的极具大爱的女人，她嗤之以鼻的表情立刻转换成了嘴角的微笑。

"妈妈今天如果跟我们一道出去多好，一家三口春游棒棒哒！"周甜甜往背包里塞着零食说。

周志远拎起了几瓶矿泉水，跟女儿一边下楼一边说："你妈妈的职业你应该理解呀！"

周甜甜将背包带紧了紧说："我妈真是好辛苦啊。"

周志远趁机问："马上就要高考报志愿了，你究竟想学什么，至今我和你妈也没听你说嘛。"

周甜甜加快了脚步，比爸爸先迈下几个台阶，回头望着他说："反正我不会学医，也不会学历史。绝不继承你们的衣钵。"

周志远接着问："那你究竟想报考什么呢？"

已经完全走下扶梯的周甜甜说："先保密不告诉你们，免得你们总干涉我的生活。"

周志远未置可否，高考前的备战期，对女儿说话要特别小心，不能让她的情绪起波澜。

今天要跑很远的路，周志远将车开出城后，在郊外的加油站加了点油，然后就驱车奔跑在公路上。

周甜甜眼睛一直盯着窗外的绿色，这绿色跟她前段时间看到的绿色有所不同了，那时的绿是鹅黄色的浅绿，在柳梢上特

别明显，现在已转成翠绿了，再过不久又会转成深绿了，大自然是任性的，它可以无所顾忌地摆弄自己的调色板，人真是拿大自然没办法。周甜甜由大自然的绿色又想到上次见到的何进，想到项王与虞姬和自己写的网络小说……她正想得出神，耳畔响起周志远的问话："甜甜，你猜今天爸爸准备带你去哪里呀？"

周甜甜只好将自己的思绪不情愿地收回来，转身望着紧握方向盘的周志远问："爸爸，我在您的肚子里装了窥视镜吗？能猜透您的心思。"

周志远自讨无趣地笑笑，忽然加大了油门说："今天我要带你去老山上的龙洞看看，那里曾是韩信的藏兵洞。不过，车开不到山顶，到了山下我们要爬山，你能行吗？"周志远扭头瞟了女儿一眼。

周甜甜不以为意说："我能有问题吗？如果我连山也爬不动了，还能参加高考吗？但我今天不想爬山，我对韩信也没什么兴趣，我只对项王和虞姬感兴趣，您还不如带我到乌江边走走呢。"

周志远不禁联想到女儿写的网络小说《霸王与兰花》，但他不敢说出口，这是女儿的秘密，神圣不可侵犯。于是他说："喜欢项王和虞姬，必须了解楚汉战争。而韩信又是一个绕不过去的人物。"

周甜甜说："既然老爸这么说，那就由着老爸喽。"

周志远将车开到老山下的一个湖边，周甜甜从车里跳下来，一下子就被眼前的美景惊呆了，绵延起伏的老山如众兄弟手牵手聚集在一起，颇有一种横看成岭侧成峰的美感。最高的山上有一座塔，与山峰一起倒映在湖里，山峰深处的雾霭已被太阳的金剪刀剪成一缕又一缕的轻纱，如仙女的长袖飘逸在湖

水中，给人神秘幽深之感。

周志远见女儿很兴奋，自己也随之兴奋起来，指着远处说："那个有塔的山岭叫狮子岭，岭上有兜率寺，会画观音的老法师圆霖曾在那里做住持。老山到了这里就叫西山了，最高峰叫大刺山，比江南的紫金山矮了几米，但在江北也是最高峰了。我们要沿着山那边的路爬上去，龙洞就在那个位置。"周志远用手指了一下远方。

周甜甜仰头看看说："好险呀，今天我们是探险来了。"

周志远拍拍她的肩膀说："没事，有老爸陪着呢，难得在高考前登高望远。"

周志远找了个位置把车停好，就带着女儿沿着一条小路往山上走，开始路还顺，再走一会儿就是崎岖山路了。有个老头儿在山坡上寻着什么，周志远上前一步问："老人家，龙洞是在前边吧？"

老头儿仍在低头寻着什么，有一搭无一搭地回答："在前边，要走好远哩。"

周甜甜好奇地问："老爷爷，到底有多远啊？"

老头儿瞟了一眼周甜甜，打趣道："能把你的腿跑细喽！"

"啊？这么远呀！"周甜甜吃惊地睁着大眼睛。

老头儿接着说："姑娘，龙洞又大又宽敞，韩信大将在里边藏过兵哩。不过，进洞里可不太容易，要用绳子绑住身子放下去，洞里有青蛇，进去容易出来难，里边还有上千只蝙蝠哩。"

周甜甜脸上现出一种异样的表情，周志远知道她害怕了，便试探地问："要不我们回转？"

未等周甜甜应答，老头儿又说："你们都走到这儿了，不上山岂不是白跑路了吗？我如果不是采山珍，就陪你们一起上

去了。"

"这儿有什么山珍呀?"周甜甜好奇地问。

"山珍可多了,有灵芝草、有蘑菇,还有蒿根,多得数不清。好了,你们赶紧上山吧。"

周志远几乎是推着周甜甜上了山,他一直走在后面。转身回望,村庄已经落在身后的半山腰里,变成了一个小小的黑点。波浪般起伏的山岭在空气澄碧的晴空下显得分外苍翠,一直绵延到肉眼望不到的地方。太阳出来了,阳光打在脸上火辣辣的,周甜甜把遮阳帽往下扯了扯,几乎盖住了整个额头。

山路崎岖,路上除了野花野草、大树小树,还有大大小小经过风化雨蚀的石头,石头有的昂头望天,有的低头探路,还有的伸出臂膀拥抱天地,无论何样形态,石头的根都扎进了土里,且是深扎。

周甜甜压低额上的太阳帽,躲避头顶的阳光,一路上她最喜欢的就是奇形怪状的石头,不时停下步子打量。

"爸爸,这些石头都像穿上了花衣,花衣的色彩好像磨旧了似的,好时尚呀!"

周志远指着甜甜脚下的一块石头说:"石头上的花衣应该叫花斑,是大自然风化雨淋的结果。"

周甜甜兴奋地说:"爸爸,我真的好喜欢这些石头,要是搬回去放在家里多好呀!"

周志远笑说:"那就等于断了石头的命根了,石头放在不是它待的地方,还能活吗?"

"那石头也有生命吗?"周甜甜好奇地问。

"万物皆灵都有命,石头也如此。中国古典小说《红楼梦》原名就叫《石头记》,作者曹雪芹在小说的开始讲了一个故事,说女娲炼石补天时,剩下一块石头未用,便将其丢弃。

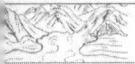

没想到这块石头经锻炼后，灵性已通。后来这块石头幻形入世，也就是后来的宝玉。"周志远认真地给女儿解释，现在他跟女儿讲话要走心，女儿大了，他的话会影响女儿的心灵。

周甜甜将遮阳帽往上提了提，露出大半个脸说："爸，我现在越来越佩服你了，读了那么多的书，知识丰富。"

"爸爸这辈子就喜欢读书，还喜欢较真，以后你考上了大学就要多读书，读书能改变一个人的气质和心境。满腹诗书气自华。"周志远又说。

"可我妈妈就没有你爱读书。"周甜甜说。

周志远愣了一下，想不到女儿说出这样的话，他立刻纠正："你妈妈也喜欢读书，只是她的工作太忙，只能读与业务相关的书，她不是向你推荐了《特蕾莎修女》吗？"

周甜甜笑笑："爸，你对我妈真的好，从未说过她坏话。"

周志远扯了扯女儿的背包，调侃道："我能说曾跟我一起创造生命的女人的坏话吗？要是我说她坏话，就没有你这个小生命诞生了。"

周甜甜转过身，认真打量着周志远说："爸，我真觉得您挺爱我妈妈的。"

周志远笑笑："那是因为你妈妈做得好。"说着，推了推周甜甜说："走，路还远着呢，我们得快点走了。"

周志远快步走在了前边，甜甜在后边紧跟。走了大半个时辰，龙洞终于到了，洞口就像张开的龙嘴，从洞口往里看黑暗幽深寂静诡异，岩石如斧劈刀削一般，一股冷气猛然袭来，让人浑身激灵。

周甜甜有点胆怯地问："爸爸，这真是韩信大将的藏兵洞？"

周志远正看着，未回答女儿的话。

周甜甜催促道："爸爸，我问你话呢。"

周志远这才指着石壁上的字迹说："甜甜你看，宋代诗人秦观曾来过这里，这壁上的诗句就是他题写的：'壁间泉贮千钟碧，门外天横数尺青。更欲杖筇留顷刻，却疑朝市已千龄。'"

周甜甜凑到爸爸跟前，踮起脚仰脸看着说："秦少游是高邮人，从高邮到天浦老山龙洞要大几百里路呢，那时候又没有汽车，他怎么来的呢？"

"骑马呀，快马加鞭，你看古代的人生活得多么有情调，一匹快马一杆鞭子游遍名山大川。"周志远羡慕地说。

周甜甜说："爸爸，我们赶紧下去看看吧，这洞到底神奇不神奇，要下到洞里才能知道呢。"

周甜甜说着就要往洞里钻，周志远一把拉住她说："你不能逞强，爸爸要先下去，你在后边跟上。"

周志远不由分说就率先下到洞里，他随手又拉住了女儿的手。两人进洞后，看到石壁上有绿莹莹的苔藓，迎着光还能看到白色水滴从洞顶垂落，滴滴答答的水滴声音更显出洞里的幽静诡异，再往前走大约 40 米，洞左边倾斜而下，右边又有一个岔洞，深大约 30 米。洞里没有游客，这让周甜甜有点紧张，发怵地问："爸爸，我们今天算不算探险呢？"

周志远知道女儿胆怯了，一把将她拉到自己身边说："就算是探险吧。你看这个洞容纳上千人肯定没有问题，传说是韩信的藏兵洞，应该不会错吧？"

"韩信点兵，多多益善，真有成千上万的兵啊。"周甜甜的声音又清又脆，洞的四壁立刻有了回声。这时，无数悬于壁上的蝙蝠忽然腾空而起，"爸爸，有蝙蝠！"周甜甜尖叫一声。

周志远急忙将女儿护在身后，周甜甜吓得直往龙洞口奔。

周志远拉着她说:"这洞里就是蝙蝠的窝,你看崖壁上积的蝙蝠屎多厚呀,蝙蝠屎是中药,叫夜明砂。"

周志远从容不迫的心态让周甜甜吃了定心丸,驱散了她内心的惊慌,不由说:"爸爸,你怎么什么都知道啊?"

周志远故意抬高嗓门说:"你不是说爸爸特别爱看书吗?开卷有益啊。"

"以后跟爸爸在一起,不看书真是不行啊。"周甜甜紧拉住爸爸的手说。

出了龙洞口,恰遇老头儿走上山来,他手里拎着一截葛根,有碗口粗细。

周甜甜一眼就认出了他,这是刚上山时遇到的老爷爷。未等周甜甜开口,老爷爷就料事如神地呵呵笑着说:"敢进到龙洞里就是英雄!洞里有小蛇,青色带有红纹,为神龙之种。传说里面有 990 个洞,只有一个洞通往长江,找到这个洞才能活,否则就是死。当年日本鬼子准备炸这个洞,龙洞口竟出现一条小青蛇,吓得鬼子抱头鼠窜。"

周甜甜说:"我们没遇到青蛇,但看见蝙蝠了。"说罢好奇地打量着老爷爷手里的葛根问:"老爷爷,您手里拿的是什么呀?"

老头儿说:"野葛根,好东西。"

周志远凑上前说:"这么粗的葛根,要长好些年吧?"

老头儿说:"起码十年以上,山里都是宝啊。"

老头儿边说边继续往山上走。

周志远带着甜甜下山,好像有一种力量推着走一样,速度不由加快。走到一处平缓的地段,周甜甜嚷饿了,周志远望望头顶上偏西的太阳,便坐到一块石头上掏出背包里的食物,父女俩开吃。

周志远嚼着面包问："甜甜，你今天最大的收获是什么？"

周甜甜正吃火腿肠，她拿开堵在嘴上的半根火腿肠说："我忽然想学考古。"

周志远愣了一下，神情认真地望着女儿说："马上高考了，不要再想那些不切实际的事情吧。"

周甜甜正儿八经道："我真的想学考古，可以在古墓里穿越，猜度和判断古人的生活。"

"你穿越虞姬和项王的历史就够了！"周志远神情有点异样。

"爸爸，你怎么知道我穿越虞姬和项王了，莫非你看了我写的网络小说？"周甜甜一惊，继而试探地问。

"没、没有哇，我是随便说说的。"周志远急忙掩口，满脸堆笑说。

周甜甜用怀疑的眼神挖掘着爸爸脸上的表情，感觉他心怀鬼胎。

# 第三章

## 1

村委会在村部如期举行，所有应到人员都来了，病休在家的村主任方玉婉也来了，赵支书见她面色黄白，便关切地说："如果不能上班，就再休息几天吧。"

方玉婉一脸憔悴的笑容说："差不多了，小手术，总歇着心不安。"

方玉婉是土生土长的鬼门关人，最初从妇女主任干起，人微胖，说话和颜悦色，别人怎么激动她都不动声色，是个以静制动的高手。村里居家妇女多，东家长西家短的矛盾不少，只要方玉婉到场，干戈化玉帛之举常有，群众中自然就有了好口碑。前些日子她因病休在家，村委会也就迟迟未开，听说是讨论鬼门关项羽文化旅游项目，方玉婉立马提前上班了。

赵支书率先发言，每开村委会他都要打头炮，他不说话没人敢先发声，赵支书在鬼门关村好像也树起了自己的形象，形成了自己的威仪，这威仪是靠他前期创业起家苦出来的，他种过西瓜、卤过鸭子、炕过鸭苗，在鬼门关村树起了开放搞活致富的个体样板，被村里的老支书发现了他吃苦耐劳的苗头，便举荐他到村委会，开始是当农技员，后来干会计，再后来当村主任，最后被村民选为村支书。

赵支书虽然只有初中文化，但他喜欢读书，办公桌上总是摆着几本应时之书，有关政治、金融、养殖的书以及反映官场

生活的长篇小说等都有，开卷阅读已成为他生活的必需，他可能就是靠着这些书准确地把握了自己。后来他参加了全国公务员考试，变成了正式的村官，这对数十年前炕鸭苗做小本生意的他来说原本是天方夜谭，但机会总是留给有所准备的人，这已经成了约定俗成的规律。

赵支书讲话底气足，一口气能讲个把小时，从不停顿。他也不讲干巴巴的文件，而是用乡风民语解读文件，用通俗易懂的话贯彻上边的指示精神，这就让他的讲话经常获得掌声和笑声，旁观者一副大眼瞪小眼的倾听表情。

赵支书说："鬼门关村虽在天浦辖区，但距离城区较远，村里的壮劳力都到城里打工去了，村里怎么发展何去何从，上边已经有了明确的指示：绿水青山就是金山银山。我们鬼门关村有六个自然村，也就是六个组，青山我们有，放眼望去隔着玻璃我都能望见老山，那真是郁郁葱葱，山上要什么有什么，你想吃的山上都有。老山在我们境内叫西山，起伏平缓，通俗点形容颇像一个又一个的馒头，还像众兄弟手拉手蹲在那里准备起跑比赛。我们有座山叫皇帝山，我们还有座山叫皇后山。鬼门关不缺水，水碧绿清澈，秦家大湖浩荡无边的水用烟波浩渺形容恰如其分。更重要的是我们这里来过西楚霸王项羽，他在这里经过鬼门关，虽然是溃逃，却留下了许多可供后人津津乐道的传说，比如秦家大湖的霸王鱼，这可是一条独霸一方的鱼，一道非我鬼门关莫属的菜。这是我们鬼门关不可多得的旅游资源，如果说过去我们还没有意识到，那么现在我们已经深深懂得这旅游资源的独特性和重要性了，我们这里的旅游资源是独一无二他方没有的，我们今后要好好开发利用这资源，为村里的百姓造福，让每个村民都尝到开放搞活的果实。"赵支书说着停下来，目光扫向全场，他要开始讲下一个话题了。

果然他喝了一口水，又开腔说话了："我就弄不明白了，有些村民放着大自然给予我们的财富不利用，非要吵着闹着搬进城里享清福，你真以为城里的天上会掉馅饼吗？城里固然好，可农村的好在城里是找不到的，你若真的搬进城里了，再想搬回到咱这一亩三分地，那就要梦想下辈子了。现在我就跟鬼门关的人说一声，天上不会掉馅饼，财富要靠我们自己的双手劳动创造。这几天我让驻村干部何助理拟了个村庄发展规划，大伙儿看看有什么意见没有？小何，该轮到你发言了啊。"

赵支书说罢扔了一根烟给何进，他知道何进不抽烟，这只是催促他发言的信号。

何进笑着将烟推到一边，把整理好的规划材料摊开，便详细地讲述起来。他讲话显然没有赵支书讲话接地气，还带着中规中矩的概念先行，但他毕竟受过高等教育，一下子把村庄旅游市场推到远大前程的文化高度，终是让在场的人刮目相看。特别是方玉婉，她觉得鬼门关太需要像何进这样有知识、有文化、有抱负的人才了，村里考上大学的年轻人毕业后都留在城里工作了，回到村里的几乎没有。这其实是一个村庄的悲哀。

何进最后说："我前几天到市里找到相关部门，有个年轻的领导正在重新考证项羽溃逃线路，我大体把鬼门关村的旅游资源跟他讲了，他很有兴趣，还答应到我们村来考察一下。"

"这真是太好了。"方玉婉忽然插话，她好像已经没有耐性等赵支书点名让她发言了。

赵支书望着方玉婉说："方主任，如果鬼门关真开发旅游项目，群众工作还是要你多担待，尤其是那些老妇女们。这可是重头戏呀，别人先不说，六组那个'小广播'方丽花就够摆弄的。不过，你们同族，一笔写不出两个方字，这个方丽花就

归你管了吧。"

方玉婉表态说："没问题，这方丽花就交给我摆平好了。"

赵支书叮嘱说："你可千万别大意，前几天我带两个干部去六组丈量土地修路，她竟带着六组的人搞围攻，若不是小何急中生智想了个办法解围，真不知道会闹出什么笑话来。"

方玉婉看了何进一眼，何进沉默不语。

方玉婉叹息说："哎，这女人确实让人头疼。"

赵支书接着说："就看你怎么摆平了，对这号人还真需要灵活的战略战术，诸如敌疲我扰敌进我退。"

会场上有人发出笑声。何进不敢笑，使劲忍着，暗想赵支书真是活学活用啊，把对敌方针都搬出来了，这话要是被"小广播"抓住把柄又是麻烦，好在她不在会场。

赵支书环顾会场，对大伙儿说："看看大伙儿还有什么要说要补充的吗？等方案批下来，鬼门关村就要加大马力晃着膀子苦干了。"

大伙儿又议论了一会儿，方玉婉起身推开了窗子，立刻有一股清风冲进会议室。

## 2

第二天一早，太阳躲在云层里不肯出来，片刻露了个脸又缩回云层里去了。方玉婉把洗好的衣服晾在阳台上，望了一会儿半阴半阳的天，感觉云彩不像是积雨云，便放心地出门，骑上自行车奔了鬼门关六组。

方玉婉在镇上住，丈夫是镇上的小学老师，孩子也在镇小学读书，这让她有精力在工作上周旋。她自担任村主任起，村妇女主任的担子仍挑着，她多次跟赵支书要求放下村妇女主任

的担子,但因一时未找到合适的人选,也就只好由她一个人先担着了。鬼门关村有多少个满肚子咕咕鸟的妇女她都打过交道,最难缠的当属方丽花,大伙儿叫她"小广播",这个女人小学都没毕业,不到20岁就开始跟村里一个混混同居,经常无事生非,鬼门关的社会治安不好,有一半是她招惹来的,后来小混混开大卡车跑运输,在路上出车祸死了。失去丈夫的方丽花从此像变了一个人,女人的柔性全没了,见天跟天吵见地跟地吵见人跟人吵见鬼跟鬼吵,全鬼门关的人都是她的敌人。方玉婉心里不愿意跟这个女人打交道,用胡搅蛮缠没理辩三分形容她都太雅了,用"小广播"形容又调侃了,面对这样一个女人你需费很多心机,而最终的心机又会枉费。

六组离镇上和村部都远,还要爬一个斜坡,方玉婉骑了半个多小时的自行车才到村口。六组的自然风光是鬼门关之最,半山坡上就能看到湖光山色,山是绵延起伏的老山,湖是秦家大湖,湖里映着山景,山上罩着云雾,传说那云雾里藏着十条龙,有一条龙潜在秦家大湖里。

方玉婉边推车行走边看路上的风光,风清爽地吹,扑在脸上像抓痒,她好像第一次感到六组的美,这美是天然的没有雕琢的,旅游不就是需要看真山真水吗?到了坡顶时,随风传来一阵叫嚷,仔细听像是男女在吵架。方玉婉又骑上自行车,朝吵架的方向飞奔,她看到了方丽花与捕鱼的秦大招吵架,方丽花手里拎着两条鱼,唾沫横飞地骂着什么。方玉婉赶到时,方丽花正跳起来指着秦大招的鼻子骂,周围聚了不少人,似在看热闹。

秦大招说:"秦家大湖我承包了,你凭什么到我承包的湖里捞鱼?"

方丽花得理不饶人地骂道:"你承包了?你在娘肚子里时

秦家大湖就有了，你爸爸你爷爷未得人形时秦家大湖就有了，到如今怎么就成了你一个人的了？那你把它叫答应了，我这鱼就还给你！"

秦大招气得脖颈子上的青筋都绷起来了，他扑上来骂："我打你个不要脸的女人！"手刚伸到半空又停住了，只见方丽花眯起眼将脸靠过来嚷："你打呀，我多少年都没尝过男人的大巴掌了，你今天就让我尝尝滋味吧。"

秦大招一把将方丽花推了个趔趄，方丽花即将倒地的瞬间被眼疾手快的方玉婉用手拉住了。

"怎么又吵架了？天天吵架，让村里这么多人围观，你无上光荣啊？"方玉婉一脸严肃地说。

秦大招急忙为自己开脱："方主任，这个不要脸的女人每天在我承包的湖里偷鱼拿到集上卖，秦家大湖我承包了，我跟村部签了合同的。"

方丽花嚷道："秦家大湖是老天爷给我们六组村民的，湖里的鱼本来就有我一份。"

秦大招据理力争："我年年撒鱼苗买鱼食，难道你眼瞎了没看见？"

方丽花一跳老高，骂道："你才眼瞎了呢，我捞的鱼是老天爷从天上撒的鱼苗，不是你秦大招撒的，你秦大招撒的鱼苗长不成这么大的鱼。你睁眼好好看看啊！"

围观的村里人立刻哄笑起来，相互嘀咕："占便宜都能编出理由，真不愧是'小广播'！"

"看方主任怎么说吧。"村民把包袱扔给了方玉婉。

方玉婉沉下脸，对方丽花说："秦大招承包了秦家大湖三年，跟村委会有合同，你现在从湖里捞鱼就是侵犯了人家的私权利，犯法啊！"

方丽花气鼓鼓地嚷："秦大招想承包就承包，没经过六组人同意吧？秦家大湖是我们六组人的湖，不是他一个人的。"

方玉婉扫了一眼围观的村人，见大伙儿一副漠然的表情，便说："方丽花，我今天就是为你来的，六组马上要搞旅游规划了，你别成为美丽乡村建设的绊脚石。"

方丽花跨前一步，脸几乎抵到了方玉婉的脸上，方玉婉后退着，方丽花又跨前一步，伸手指着她的鼻子说："方主任，你可是咱们方家人，一个祖宗的，难道真向着外姓人说话吗？"

方玉婉说："我向理不向人，你别忘了上次你诬陷赵支书，还是我帮你摆平的呢，你欠着我一个大人情啊。"

方丽花的神经像被什么刺激了一下，忽然蔫了，这是她的丑陋史，方玉婉当着这么多人的面揭伤疤，真是打她的脸了。她二话没说转身就走，手里拎着的鱼直晃悠。

秦大招喊："鱼是我的，你给我放下！"说着试图追赶。

方玉婉拦住他说："这次就算了吧，不就两条鱼吗？算你救济她了，下次她再不敢了。"

方丽花耳朵尖，风把方玉婉的话送进了她的耳朵里，她突然停下步子，转过身说："下次我还捞鱼，秦家大湖是六组村民的，不是他一个人的，他说承包了，那承包费为什么不给村民分一点呢？"

"你敢？看我不剁掉你的手！"秦大招高声嚷道。

方玉婉一脸严肃说："方丽花，你要是知法犯法，下次就轮不到我跟你说话了。"

方丽花不服气地嚷："别拿这话吓唬我，没吃过肥猪肉还没见过肥猪走吗？"

围观的村民哄笑起来。

方玉婉趁机说："大伙儿别哄闹了，今天我想来征求一下意见，六组搞美丽乡村建设，发展旅游业，大伙儿有什么想法吗？"

秦大招说："不是说六组要全部搬到镇上住吗？怎么又不搬了，我家房子盖一半都停工了。"

方玉婉说："谁跟你们讲六组要集体搬迁的？村委会都不知道的事情，你们怎么会知道呢？"

一女村民说："方丽花给12345打过电话，还写了个申请递上去了，我们都按手印了。"

方玉婉心里忽然沉了一下，真有这事？那她今天要跟方丽花好好理论理论了。

在辈分上，方玉婉管方丽花叫婶子，虽不是直系血亲，但总在方字辈上，今天方玉婉当着众人的面给了方丽花一个下马威，对长辈来说是不敬之举，但方丽花的行为实在是不讲规矩又突破了底线，她身为鬼门关村主任，立身之本就是公私分明，她立在理上了。

方丽花的惹不起远近闻名，方玉婉站在她家的大门口时，心跳有点加速。她大舒了一口气，刚伸手拍了一下门环，院里的大狗就狂叫起来，方玉婉特别怕狗，腿不停地抖动，嘴上大声嚷道："婶子，是我，请你把狗拴起来吧。"

院里没人应，只有狗叫声越来越响。

方玉婉又使劲拍了两下门，院里这才响起方丽花的叫骂，她在骂狗："叫什么叫？狗眼看人低，真不知道你是吃屎的了吗？"

方玉婉听出方丽花在指桑骂槐，心里不由憋了一口气，这个"小广播"，真是不识抬举！就在她转身想走开的时候，门突然开了，方丽花对着方玉婉嚷："狗我已经拴上了，你这么

大个干部还怕狗？狗通人性，不咬人咬鬼！"

方玉婉见方丽花满脸怒气，一副不泄私愤不罢休的样子，便镇静着自己的情绪说："那我就不进去了，有话就在门口说吧。婶子，我问你，你当真联合六组村民给12345写信了？"

方丽花脸一扬，一副盛气凌人的表情说："是呀，把六组全体村民的意愿往上反映不对吗？"

方玉婉按捺着情绪说："婶子，六组整体往镇上搬迁的事情，村委会已经跟镇上反映多少回了，镇上要反映到区里，区里再反映到市里，这是公事不是私事，要一级一级反映，上边要按规划办，你带着六组的人这样做是不符合规矩的，会给村委会找麻烦的，你明白吗？"

"12345就是让平头老百姓说话讲理的政府平台，我们六组的人都想搬到镇上住，鬼门关村委会既然管不了，我们就要往上边反映，这也是我们老百姓的权利。"方丽花一脸的趾高气扬。

方玉婉忽然沉下脸说："婶子，我跟你说啊，你要是做得太过分了，真别怪我翻脸不认人！"

方丽花两手啪啪拍起来嚷："你什么时候认过人？我在你心里还是婶子吗？你帮我吃过低保吗？你帮我的宅基地申请过盖房吗？还有农时的这个补那个补，你哪一方面帮我申请过？你除了管我别闹事，还管过我什么？我二婚嫁了个老头儿，他还带着儿子，他对我不好，你管过我吗？我只是你监督的对象罢了。可惜呀，我没犯法，你不能把我咋地。"

方玉婉真无话可说了，方丽花的胡搅蛮缠让她心生厌恶。方丽花所要求的那些事，很多都是无理取闹之事，方玉婉不能因为跟她一个祖姓就毫无原则帮她说话，全村多少双眼睛盯着她呢，认真二字是党员的本分。至于方丽花的私事，方玉婉真也无法过问，她前夫车祸死后，她又嫁了一个比她大很多岁的老头儿，老头儿还有个儿子，方丽花这种女人当起后娘来会不会是虐待狂，短人家孩子吃喝呢？老头儿经常因这事跟方丽花吵架，外边早就有种种传说了，后来老头儿带着儿子到镇上念书去了，租了个小房子，他自己谋了个修鞋的差事，很少回来看方丽花，方丽花若去镇上也难在老头儿那里住上一晚，顶多请她吃一碗面条。从这个角度看，方丽花也是个苦命的女人。

六组的男女老少听见方丽花的吵嚷纷纷围了过来，方玉婉担心众人起哄，便扔下一句话："婶子，话我都跟你说明白了，你好自为之吧。"说罢骑上自行车走了。

方丽花用手指着她的背影嚷："我好不好也用不到你管！你还有脸叫婶子，我不是你婶子！"

返回的路是下坡，方玉婉骑得又快，不一会儿就回到村部了。赵支书正被一屋子人围着，方玉婉听见一个男人说："我原来是这里的人，后来进城做生意了，现在我准备从城里返乡，把户口迁回农村，难道不行吗？"

赵支书掐灭手上的烟说："城里人想农村户口，农村人想城市户口，如今这都不是容易的事情了。"一抬头看见门口的方玉婉朝他招手，便起身走了出去。

方玉婉往后退了几步，站在走廊的窗前，尽量离办公室远些，见了赵支书，便压低声音说："赵支书，方丽花带着六组村民集体签字给12345写了一封信，要求搬迁到镇上。"

赵支书突然沉下脸，吐掉嘴上的烟头，沉默着思考什么。

方玉婉焦急地问："这事怎么办呀？"

赵支书说："还能怎么办，兵来将挡、水来土掩呗。马上找几个保安，先看住她，别让她四处煽风点火了。哎，这女人，真是令人头疼！"说罢长叹一声回了办公室。

　　方玉婉一筹莫展地望着窗外黄昏中的荒地，乌云在低空飞驰着，就像烟雾一样，转眼间就遮蔽了落日。余晖熄灭了，最后的一线天也闭合了，天与地交融在一起。"万物本赖风和雨，开堂先念地母经。"她忽然想起这句古诗，内心不由感慨：大地真是母亲呢，滋养着万物生灵。

## 3

　　周志远走进办公室倒了杯水，准备去开会，手机突然响起来，陌生来电号码，他犹豫着是接还是不接？眼下许多陌生电话他是不接的，不是卖楼的就是卖保险的，但这个电话他竟按了一下接听键，立刻传来一个女人的声音："请问是周甜甜的家长吗？"

　　"您是……"周志远问。

　　"我是周甜甜的班主任，想跟您谈谈周甜甜最近的学习情况。"

　　周志远急忙说："您好，老师！请问甜甜怎么了？"

　　"马上要高考了，周甜甜前几天的模拟考试考得不太理想，从前十名排到第十五名了，我们班的分数是全年级最高的，周甜甜从前在班里都是前十名，那么在全年级也就是前十名，她现在一下子排后了五位，要知道往前排一位都是相当不容易的，而她往后排一位也就预示着高考的分数可能会往下掉，一分之差那就是多少人的竞争啊！"老师的语气既严肃又沉重，她显然在提醒周甜甜的家长不可掉以轻心。

　　周志远的心脏突然猛跳了两下，他已经意识到甜甜成绩下降的可怕后果了，否则班主任不会给他打电话的，甜甜学校里的事情都是郑苹去处理，现在班主任直接打电话给他一定是郑

苹的意思。

周志远不禁问："周甜甜的妈妈知道了吧？"

"她如果不知道，我怎么可能打您的电话呢？这个号码是她提供的。"老师说。

"好，我知道了老师，我会尽快跟甜甜谈一谈。"周志远跟老师下着保证。

放下电话，周志远不知是去开会还是去找郑苹，女儿甜甜的事情，他要跟郑苹好好谈一谈。他知道甜甜是因为写网络小说学习成绩才往下掉的，但这鬼迷心窍之事他又不好直接去戳破，那天在龙洞山刚刚露了半句，甜甜的表情就把他的后半句话吓回去了。当天回到家，偏赶上郑苹连续两天值班，他也就没机会跟她说这事，更没想好应该怎么跟郑苹说。郑苹的脾气他太了解了，平时温情如水，犟起来九牛拉不回。若真在这节骨眼上惹火了她，女儿怕是要吃不了兜着走，而甜甜真是吃素的吗？

周志远握着水杯望向门外，他是去开会还是去见郑苹？这时，门忽然动了一下，何进风尘仆仆走了进来。周志远一愣，一下子想不起眼前这个小伙子是谁？

何进说："周主任，我是鬼门关村委会的助理何进，前几天来过您办公室，您忘了吗？"

周志远猛地拍了下脑门说："想起来了，是鬼门关旅游项目的事情，对吧？"

何进说："对呀，我回去就把您的意见跟村委会汇报了，村委会立刻召开了村民议事大会，形成了一个简单的方案，我又加工整理了一下，想请周主任审阅指导。"说着，把材料从包里掏出来放在周主任的办公桌上。

周志远不得不坐下，用手指了指对面的沙发，何进坐在沙

发上，看周主任翻材料。

周志远哗哗翻着材料，心不在焉地看着，因心里有事，也就没有留何进待下去的意思，自然没有泡茶倒水。此时的何进，真是口渴难耐，他一大早开车出来饭没吃水没喝，就是为了能在政府大院见到周主任。但他不好意思开口要水喝，这是规矩，主人不让水，客人不要茶。

周志远翻材料的速度很快，一会儿工夫就从头到尾翻了一遍。他把材料合上，认真打量着何进说："文字材料显然比口头汇报正式多了，你这材料我要呈给相关部门的领导看看，要先让领导有个印象才能重视起来，至于旅游开发那还要待进一步论证呢。今天我本应该听你好好聊聊的，可有点棘手的事情要处理。小何，你看我们改日再约一下如何？"

何进知趣地站起身说："周主任，那我就不打扰您了，我回去听消息，您随时可以给我打电话，也欢迎您到鬼门关村走一走看一看。鬼门关村的旅游项目能不能成功立项，您的支持至关重要啊。"

周志远也站起身，边收拾东西边说："小何，这是我分内之事。如今建设美丽乡村已成了我们的奋斗目标了，如果在这个过程中有你我的一分力量，岂不是很光荣的事情吗？"

何进微笑着点头说："对对对，周主任高瞻远瞩。"

周志远走到门口，推开门说："我这不是高大上的腔调，我自己真是这么想的，人一辈子真要干点实事，我真是不想虚度光阴啊。"

"同感同感。"何进应着，与周志远一道出了门。

周志远驾车去了医院，他看了下时间，快到中午了，郑苹应该有时间出来了。

郑苹在手术室，快到一点时手术才结束。她从手术室出来就看见了走廊里的周志远，便奔过来问："甜甜的班主任给你打过电话了吧？我刚准备进手术室，她就打电话来了，我只好把你的手机号告诉了她。什么事？"

周志远打量着郑苹身上的护士服说："你先把衣服换了，我们出去吃饭，边吃边谈怎么样？"

"也好。"郑苹转身回去，不一会儿就换了衣服出来了。

两人走出医院，在附近的一家火锅店坐下来，周志远问郑苹想吃什么，郑苹一脸倦容说："你点什么我吃什么吧，没胃口，最好是素菜。"

周志远随即点了豌豆苗、生菜、菠菜、豆腐和粉丝，又要了鲜榨玉米汁。不一会儿菜就上来了，两人拿起筷子涮火锅，郑苹说："真是没胃口，在手术室累了一上午，现在吃什么都闻到血腥味。我真想改行学中医了。"

周志远笑道："你又想入非非了，当初你如果想学中医就不会报考护校了。"

郑苹说："现在我可以自学考试，拿个证书。中医博大精深，用大地上的中草药治病，是中华民族的一大发明，也是一种荣耀。等我学成了，申请调个工作。"

周志远道："你把本职工作干好了，比什么都强，中医可以当成业余爱好，别为此分了心。"

郑苹放下筷子，不服气地白了他一眼说："你整天迷着考证项王溃逃线路，这不属于你的本职工作，你不也分心了吗？"

周志远愣了一下，随后看了一眼郑苹，调侃道："这菜好噎人呀，你快尝尝吧。"说着从锅里捡起一块豆腐放进郑苹的碗里。

郑苹拿起筷子，会意地岔开话题问："甜甜的班主任怎么说的?"

周志远沉默着，不知怎样把甜甜的信息告诉郑苹。郑苹见周志远沉默不语，便不耐烦地催促："你说话呀，如果不是赶上手术，我怎么可能把教育甜甜的话语权交给你呢?"

周志远放下筷子，一副愁眉不展的样子叹息说："班主任说，前几天的模拟考试成绩，甜甜排后了，由原来的第10名排到第15名了。班主任还说一分之差就有可能落榜，让我们好好梳理一下甜甜的想法，看究竟是什么原因使成绩掉下来了。如果是一时失误也就算了，要是她内心有了什么新想法，故意让成绩往下掉，这就比较麻烦了。"

郑苹嗔怪说："那还不是因为你带她去龙洞山探险散了她的心，成绩才往下掉的。"

"我那是带她去换换脑筋，再说去龙洞探险是在她考试之后。"周志远为自己开脱。

"那你说女儿究竟为什么掉了成绩? 你当父亲的，几乎从来不过问女儿的成绩，我真是服了你了。"郑苹又气又恼。

话说到这里，周志远憋在肚子里的话就不能不说了，他一下子把底牌摊开了："甜甜在写网络小说，你不知道吧?"

"什么，甜甜在写网络小说? 你看到了吗? 你没瞎说吧?"郑苹惊讶得眼球都快瞪出来了。她站起身，两手使劲搓着。

周志远反倒镇静起来，笑说："你坐下，还有这么多的菜没吃完呢。事到如今，着急也没用。"

郑苹只好坐下来，她忽然发现关键时刻自己的六神无主倒给周志远提供了从容镇定的机会。

周志远把盘子里的菜放进火锅里说："我也是前不久才发现的，有次你让我喊女儿吃饭，我到了她房间看她在打电脑，那么全神贯注不像是做习题，第二天她上学校去了，我就偷偷把她电脑打开了，发现她在写项王与虞姬的网络小说，还发到网上去了，读者点击率还不低呢，粉丝都快成团了。"

"这么大的事情你为什么不告诉我？"郑苹严肃起来。

周志远说："我想在适当的时候告诉你，否则今天还不会请你吃火锅呢。"

郑苹不说话，两眼盯着周志远，显然是想让他继续往下说。

周志远心领神会，继续述说自己的想法："现在的孩子都很独立，你我也都了解甜甜的脾气，我们越阻止她做的事情她可能越会拗着做。高考马上就到了，我们还是先不把这事说破，只强调她考试的重要性，等她考完试了，我们再挑明这事，你看行不行？"

"如果她因为写网络小说而考不出好成绩，那岂不是连黄花菜都凉了吗？"郑苹不同意周志远的想法。

"那你说怎么办？"周志远表情急躁地问。

郑苹吃了几口菜，放下筷子站起身说："待我好好想想啊。"

周志远捞了捞锅里的菜，便喊侍应生埋单，然后与郑苹一起走出火锅店。外面太阳很高，有点火辣，郑苹用手遮着脸。周志远帮她系上风衣的扣子说："出来时戴个帽子就好了。"

郑苹推开他的手说："现在不是关心我的时候，要关心的是女儿。你下午干什么去？"

"回单位上班，因为甜甜的事，我上午的会议都没参加。"周志远从包里掏出车钥匙在手指上晃着。

"那你赶快去吧，甜甜的事情晚上回家再说，我们都想一想应该怎样跟她摊牌。"郑苹说罢转身奔向医院。

周志远望着她的背影说："明白。"

## 4

何进从政府大院出来，给卓然打了个电话。

卓然想不到何进在市里，便喜出望外地说："正好今天农大有个乡村旅游创新发展论坛，你想不想去听听？"

何进说："好啊，那我马上去接你吧。"何进把车打了个方向，就奔向了卓然的校园。

论坛在农大的阶梯大教室举行，里面已坐满了人，看起来有上千个座位。这个阶梯大教室设计颇时尚，投影机什么的都有，只要你站在讲台上，可以随心所欲地操纵各类科技神器。

何进与卓然进来时，上半场已经开始了。他们急忙找了个靠边的位置坐下，讲台上教授的话直往两人的耳朵里灌。

"资本大鳄进军旅游业，很多进城务工的人回到家乡投资旅游，是乡村旅游创新发展的新思路，这个新思路也就是中国式度假在乡村旅游中的实践。一个人干不过一个团队，一个团队干不过一个系统，一个系统干不过一个趋势。这个趋势是什么？钱的地位在下降，钱能解决的都是小事。改革开放四十多年来一直把钱放在重要的地位，四十多年后已经不把钱放在第一位了，关注环保，绿水青山就是金山银山；关注个人形象，既健康又美丽；关注亲情友情人生价值观和精神信仰以及兴趣爱好，以人为本。现在"90后"找工作首先考虑自己是不是喜欢这个工作，是不是喜欢这个团队。当钱排到第二三位时，突然发现人要追求的东西多了。世界城市化发展最快的就是城市，人都聚集到城市，在城市有机会发展自己，但城市是有毛病的，堵车、雾霾、水污染……于是人们就渴望在城市赚钱到乡村度假，乡村旅游就有了很大的市场发展空间。为什么这样说呢？因为现在有国外游客和国内游客，国外游客玩得最开心的地方，中国游客不喜欢，中西方差异，两者的内心找不到契合点。西方人度假是工作累后去外寻求平衡，蹦极、滑雪，寻求刺激。中国人是向内求取平衡，比如归隐。西方人的度假方式对中国人不合适，而中国旅游业的核心是为游客提供具有地域特征的文化和居住体验，让游客在对当地充分了解的基础上认同当地文化，寻找当地文化与自身的契合点……"

何进听到这里，忽然兴奋地压低声音跟卓然说："今天这个论坛真是太棒了，与我进驻的鬼门关村发展旅游极其吻合，感谢你带我来这里。"说着，捏了一下卓然的手。

卓然故意卖关子说："你别感谢我，还是感谢于欢吧。"

"于欢？为什么呀？"何进摸不着头脑地问。

"是她告诉我今天农大有这个论坛的，她在电视台消息灵通呗。"卓然故意抬高声音说，随后打量何进的表情。

何进一脸漠然，双目注视讲台上的教授。但他心里还是快速闪过了于欢，大学读书时，于欢曾追求过他，而最终卓然角逐成功了。有时，人生的许多事情是捕捉不定的，这也许就是命吧。

教授洪亮的声音再次灌进了何进的双耳，他很快调整思维进入了听课的状态。

"乡村旅游不只是农家乐，它已经分档次分级别了。第一档就是农家乐：这个农家乐也是一个新概念，所有的东西增加附加值，卖这个地方最具吸引力的农产品，如水蜜桃适当提价，可以插上吸管吸。卖螃蟹要讲出一个新的故事，故事吸引人才能让螃蟹论个卖，卖出好价钱。第二档是乡村休闲：对过去的野餐、垂钓，游客的满意度都不高，为什么不高呢？老公垂钓、小孩玩游戏、老婆打牌，一家人还拆散了，所以要搞亲子垂钓，一个主题。这要有专业管理团队。乡村生活，不只让城里人每个双休日来消费，而是来了就不想走了……"

教授讲了几个小时，全场鸦雀无声，都被农村旅游的新概念吸引了。最后教授与大家互动的时候，一位年轻的女士举手站起身说："教授先生，我有问题想马上咨询一下。"

教授挥手示意："请讲。"

年轻的女士说："我妈妈是'60后'，她在乡下买了房子想搞农家乐，可我们年轻人还是不太喜欢到农村去，喜欢到农村去的是那些大爷大妈们。"

"你这个问题提得好，乡村旅游要研究'60后'这代人，他们退休了，乡村旅游会进入暴发期，改变中国当下的旅游现状。但'60后'怎样吸引小孩来看你？那就必须到农村去，把农庄搞好，花草种好，果树栽好，吸引孩子们回来摘果子，顺便来看你。"

教授话音刚落，会场响起一片笑声。

年轻的女士坐下时，转身回望了一眼，卓然忽然扯了一下何进的衣角说："于欢，刚才提问的人是于欢。"

"在哪里呢？"何进用目光左右搜寻。

于欢的座位离何进和卓然有一定的距离，如果不是她回眸望了一眼，卓然可能还发现不了她。于欢告诉她乡村论坛的信息时，没说定自己来还是不来，媒体人都来无影去无踪，卓然很理解。

散会后，三人就面对面了，于欢要请客，三人开车到了茶客老店，要了一壶铁观音茶加了一个杯，又要了三份简餐，何进就畅谈起了鬼门关村的旅游项目。

"今天听了教授的报告，我个人的体会是，乡村旅游就是要再造一个新农村，不能搞得不伦不类，城市不像城市，乡村不像乡村。乡村旅游是回归本身，现代人可体验原生态，但生活用品一定要现代化，开门原生态，关门现代化，马桶、浴缸都要一流的。"何进快速表达着自己的思想。

于欢接过他的话说："我感觉以后乡村民宿与客栈是个发展的趋势，但这里要融入乡村文化。文化要融入生活中才具有生命力，成为活态，文化挂到墙上就是遗产。乡村民宿与客栈可能也要精细分工，像庄园一样，住宿也有主题，如蓝莓庄园、苹果庄园、红杏庄园……如果往文化上靠，还可以有民俗庄园、读书庄园等，据说有个金融界的大老板去民宿度假，看完了莫言的长篇小说《蛙》。"

"主人的阅历决定了客栈的品位，也使人文关怀落到了实处，人与人之间要有交流。"何进接话说，转而问卓然，"你说呢？"

卓然一直未语，她的心里渐生醋意，在校期间于欢是学生会的干部，非常抢眼，可谓校花。何进与她有情感上的交集，后来没有成功，可能是因为她过于女汉子了吧。今天两人见面谈得这么热闹，卓然心里是纠结的，但她又不好插话打断他们的交谈，何进突然转身问她，显然是给了她一个机会，于是她索性说："如果客栈老板娘是个女汉子型，那一定会吸引一群女强人的到来，女强人在此相互交流，上演现实版的《新龙门客栈》。"

于欢听出卓然在揶揄自己，不以为然地一笑说："卓然，你没感觉当今社会的女汉子特别时髦吗？换个文雅点的词就是有独立的风骨。"

卓然明显感到于欢在向自己进攻了，她从不饶人的个性在此时暴露无遗，于是以牙还牙说："就是没女人味。"

何进见两个女人要吵架，急忙在中间和稀泥说："今天讨论美丽乡村旅游呢，怎么跑题了？卓然、于欢，你们都是我的老同学，一定要支持我的工作，当驻村干部不容易，一顶草帽两脚泥，那真要像模像样干出来啊。"

于欢站起身说："助力乡村旅游发展也是我们媒体的重中之重，有什么需要我帮忙的，我一定尽力，毕竟是老同学呀。那我先走了，你们慢用。"

何进急忙说："你的饭还未吃完呢。"

于欢故作笑脸道："我已经吃了一大半了，瘦身八分饱。"说罢到吧台买了单，转身出门。

何进的脸色立刻沉郁起来，两眼越过卓然望向窗外。窗外是于欢渐行渐远的身影。

卓然顿生醋意说："她还未走远，你赶快去追呀！"

何进板起脸说："卓然，你别小家子气好不好？"他的声音好大，邻座的人纷纷往这边看。

卓然不语，两行眼泪突然奔涌在脸上。

何进就见不得卓然的眼泪，一时慌乱起来，一眼看到桌上的纸巾，拈起来递给卓然，卓然伸手啪一下将纸巾打落到地上，站起身飞奔出门。

何进尴尬地笑笑，随之追了出去。

两人一前一后出了茶客老店，何进想开车送卓然回去，卓然不肯，一副死磕的表情。

何进无奈地笑笑，丢下一句话："卓然，你应该知道眼下我是没时间跟你扯皮的。"说罢转身走了。

卓然一个人站在马路边，她的身旁是一棵梧桐树，她不想看何进的背影，只想看梧桐树，但她望着望着，目光最终还是落在何进的背影上，只见那背影穿过马路，奔向停车场。卓然忽然心下凄惶。

# 5

何进一路开车回到村部，一鼓作气整理出了鬼门关村旅游开发项目的新思路，以项王溃逃路线作为历史文化依托，这样鬼门关村的旅游项目就有了实实在在的历史背景，不是空穴来风了。直到更深夜静，他才画上最后一个句号。这时，他的兴奋点仍然不减，他点燃了一支烟，推开窗子，天边已经发白了，窗外是一片空旷的荒地，荒置有几年了，何进来时就荒着，赵支书说想打造成工业园或科技园，但方案上报后一直未获批，也就撂到今天了。

一阵清风吹来，裹卷起荒地里的泥土味，何进大吸了一口气，忽然明白什么叫泥土的芳香了。

对着窗外抽完一支烟，何进把窗子关上，身体的疲惫感忽然袭来，他索性躺在沙发上，用上衣盖住头部想睡一觉，可脑子里思绪万千，卓然和于欢两个人分别在眼前交错晃动，他弄不明白她们为什么都这么小心眼，他跟于欢在学校时有过交集，但他们之间的情感只停留在起步阶段，后来就各奔前程了，如果不是今天的农村旅游论坛，他们可能都没有机会相遇，而这相遇的机会还是卓然给创造的，可卓然最终又吃醋了。何进感觉自己真是搞不懂女人，在女人面前他是不是很弱智？

索性抛开女人不去想她们吧，卓然也好于欢也罢，在鬼门关开发旅游项目面前，都要统统后退，这是他的原则，在学校时卓然和于欢就曾说过他高冷，眼下面对诸多工作，他更要高冷起来了。

何进想睡一觉的渴望被内心诸多的想法搅没了，他又坐在电脑前把自己刚刚整理出来的思路细看两遍，最后决定明天打

印出来呈给赵支书。赵支书是个工作很有思路的人，虽然没受过高等教育，但基层工作经验很有一套，又爱看书，何进在他身上看到了当代农村发展的脉动。

天一亮，何进就起来了，洗漱过后他先到镇街上的小铺子吃了一碗面条，面条是手擀面，老母鸡汤煮的，里面有一个荷苞蛋，老板娘已经认识何进了，总是给他的面里多撒一点葱花。吃面的顾客很多，有时还要排队，有一次何进吃完面说："老板娘，你这个店面可以扩大一点，人太多了，都没地方坐。"老板娘笑道："等你当了官分管这一块，允许我翻盖房子，我一定把这小门脸重新装修一遍，上面再加盖一层。"

那时何进刚刚驻村，尚不明白一些事情的杠杆，以为这是小事一桩，回到村部就跟赵支书说了，赵支书两眼望着他笑："现在不允许农民随便建房，镇街上的房屋都画过红线测量过的，哪个敢碰红线就是违建了。"

何进自此才明白了农民的房子是不能随便乱建的，有宅基地红线这一杠杆。

何进走到村部时，办公室已经有人来了，他将昨晚的稿子打印出来，就去找赵支书汇报。

赵支书正接电话，见何进来了就挂了电话问："事情办得怎么样了？"

何进说："已经把鬼门关的旅游规划项目资料交给周主任了。"

"周主任怎么说？"赵支书接着问。

何进说："周主任答应看完跟我联系。"

赵支书嗯了一声，又说："但愿这事别拖沓，凡事一拖沓就不好办了。"

何进紧接着说："赵支书，昨天我在市里参加了农业大学

有关乡村旅游的论坛，很受启发，昨晚回来就整理了一个材料，请您审阅一下吧。"

赵支书接过材料用手抖着说："小何就是雷厉风行，说干什么马上就行动。"

何进笑笑，顺势坐在赵支书对面的木椅子上。他真有点累了，昨晚熬到半夜，今晨又起个大早。

赵支书也坐下，认真看起何进整理的材料来。

"关于美丽乡村田园生活的梦想：乡村旅游项目要从当地的生产生活寻找资源，请设计院为六组设计一个漂亮幽静的乡村，乡村最吸引人的是经过风雨侵蚀的老墙，加上项羽虞姬的爱情传说，原汁原味的古老村庄就呈现了。把一个农民的老房子和院落改造成可经营的项目要 50 万至 80 万元，这就需要投资者、经营者、营销者和消费群体。像六组这样的自然村庄，可考虑山间民宿、山腰农耕（种果树）、山下休闲，月月有花、季季有果、天天有鱼虾，形成联动休闲的乡村精致旅游，让游客流连忘返……"

赵支书看着看着，忽然一拍桌子说："小何想法不错嘛，连我都被这蓝图感动了，到底是高才生啊。"

何进站起身，有点诚惶诚恐地说："赵支书，六组是个自然村，有山有水有项王和虞姬的传说，天时地利都占，一旦打造成旅游村，一定是山水相间的美丽乡村啊。"

赵支书站起身，表情异样望着窗外说："想法很丰满，现实很骨感。六组究竟怎么搞，最后可能由不得我们鬼门关村。能做事的人不一定能拍板，要去协调方方面面的关系，要跑路子、要扯皮……有时候承载太多就做不起来了。不过，小何你的想法真挺好的，六组即使做不成高大上的美丽乡村，跟别的地方比也要八九不离十，差不到哪里去。眼下，我们要等周主任的回话。另外六组那边，不光是六组，鬼门关全村要建立一个村民大课堂，请市里区里的专家来讲一讲美丽乡村是怎么回事，讲讲外面的世界有多精彩。先把村民的脑袋瓜筋络打通了，然后再考虑美丽乡村定位的问题、招商的问题。我看后续工作麻烦大了，就怕你这小肩膀扛不住啊。"赵支书一口气说完，期待的目光落在何进身上。

"我能行，真的能行。"何进急忙表态，他从心里喜欢赵支书工作的冲劲，乡村工作往往胡子眉毛一把抓，必须要有经验的人不急不缓地一点一点理清楚。他很想找时间跟赵支书在鬼门关村走一走，把这里的土地、山林、住家、田野、树木、花花草草都搞清楚，这应该是一个驻村干部必须要干的事情。

这时，一个老太太突然闯了进来，老太太走路一拐一拐的，手里拎了只死鸭子，进门就大声喊："赵支书你给评评理，那个五保户家里养的狗，咬死了我家的鸭子，我让他赔他说没钱，要我找村部，那村部就要赔我鸭子呀！"老太太说着把死鸭子往地上一扔，一屁股坐在长板凳上，一副不赔鸭子不走人的架势。

这突如其来的情况让赵支书愣了，老太太是鬼门关的老寿星，那个五保户也是老寿星，跟她住一个组，隔了几户人家，五保户是个老光棍，家里养了一条狗，经常在村里撵鸡追鸭，曾有好几个村民来村部告状，调解一下也就算了，都是一个村的人，低头不见抬头见的。像老太太这样把死鸭子拎来的，还是头一回。

何进在一旁看着，死鸭子正往地板砖上渗血，脖颈被狗咬了，血一汪一汪涌出来。他看着心跳，一时不知应该怎么办，又不能袖手旁观，便说："老奶奶，这事应该找你们组长解决，怎么能到村部来闹呢？"

老太太瞥了何进一眼，一脸不屑地说："你是从哪个犄角旮旯儿冒出来的？我找村支书说话，你搭什么腔呀？真是鸡一嘴鸭一嘴老母猪也插一嘴。"

何进被老太太一顿数落，脸红得像喝醉了酒，张口结舌不知说什么话好了。

赵支书立刻解围说："老婶子，你这可是有眼不识金镶玉了，小何是刚毕业的大学生，来驻村扶贫的，帮助我们鬼门关搞旅游发展的。"

老太太沉下脸说："我不管那么多，今天你们村部只赔我鸭子就行了。"

赵支书哈哈笑着，从口袋里掏出 50 元的票子递给老太太说："老婶子，你这鸭子就算我买下了，你回去吧。但你要记住，我是买你这只死鸭子，不是赔你钱，五保户的狗咬死了你的鸭子，这个账要记在他家的狗身上，你不能再去跟五保户瞎闹了，搅得全村不得安宁。好了，我马上要接待上边来检查的领导了，老婶子您请回吧。"

老太太站起身，不好意思地看着赵支书说："那我还是把死鸭子拎回去吧，煺了毛，还能炖着吃呢。"说着猫下腰拎鸭子。

赵支书上前一脚踩住鸭子说："狗咬死的鸭子会有狂犬病毒，人不能吃。小何，请保安把死鸭子埋了，再把老婶子送回去。"

何进出了办公室，一会儿就带两个保安进来了，将死鸭子装进蛇皮袋里，又将老太太搀走了。

随后，何进去外边拎了拖把进来，把死鸭子粘在地板上的血擦干净，见赵支书在看他拖地，便说："真想不到村民如此不好惹，如果每个村民吃亏了都找村支书索赔，也真够您受的。"

赵支书笑笑说："如果我不掏钱给她，我就成了死鸭子的人质了。鬼门关村一路走过来，我个人受过的委屈不计其数，当年修门前这条路的时候，村民叫着我的小名骂我，为了把这条路修成，我只好把那些骂我的人都认了大爷大娘婶子叔叔……现在村民对我的认可，都是在他们的打骂中改变的。何助理，你记住人的成长都是从逆境中来的，有句古话说得好'天将降大任于斯人，必先苦其心志劳其筋骨'啊。"

何进心里忽然涌起一种莫名的情绪，他自己也捕捉不准这是什么情绪，一切都出乎他的意料，让他的心灵震颤。他想起在校读书时的座右铭："与有肝胆人共事，从无字句处读书。"

赵支书见何进发愣，便提醒说："上边领导一会儿来检查农资款发放补助情况，你可以听听。村庄是基层最小的单位了，麻雀虽小五脏俱全啊。"

何进问："农资款都补助什么人呀？"

"种稻田的农户。"赵支书说。

"鬼门关的村民大多都种树苗了，我没见谁家种田呀？"何进疑惑地问。

"五组村民大多种田，挨着六组，你有时间可跑去看看。何助理，我有个初步的想法，你既然来到鬼门关村了，不妨把鬼门关六个组都跑一跑，把各个组的情况摸清楚，村民有什么想法和诉求要了解一下，这有助于鬼门关在美丽乡村的建设中定准方位，知己知彼方能百战不殆嘛。"

"赵支书，您的这个建议很好，也是我深入调查乡村的大好机会，我一定抓紧摸情况。"

何进愉快地应着，赵支书的建议一下子打开了他工作的新思路，让他的眼前豁然开朗。

## 6

　　周志远回到办公室就看何讲诺来的材料，这材料让他的精神碰到了兴奋点，便给何进发微信，说准备把材料送到相关部门，还说抽时间到鬼门关实地考察一下。然后，他就准备回家了，走出办公室时见大楼里静悄悄的，周志远这才发现今天下班又迟了，天色已暗下来，黄昏早就把幕布披在了大地上。

　　周志远掏钥匙开门时，听见屋里有戏曲的声音，他急忙推开门，只见甜甜披着睡袍、手持两把剑对着门口的穿衣镜比画，戏曲是从她的手机里放出来的，周志远听出是李胜素演唱的《霸王别姬》。

> 劝君王饮酒听虞歌，
> 解君忧闷舞婆娑。
> 嬴秦无道把江山破，
> 英雄四路起干戈。
> ……

　　穿衣镜正对门口，周甜甜聚精会神地舞剑，似未注意周志远已站在她的身后，当她举着双剑作后仰翻时，周志远顺势将两柄剑夺在手中。

　　周甜甜一惊，这才发现爸爸已经站在她面前了，爸爸双手高举着两柄剑，还在空中比画了几下，然后他就提着两柄剑走进客厅，把剑摆在茶几上。

　　这两柄剑是郑苹前几年练功时用的，当时她迷上了太极剑，便购买了两柄，后因值班不能按时练习，便将剑收起来了。周甜甜用这两柄剑当道具，显然是费了一番工夫的，首先

她要找到剑，俗话说一个人藏的东西十个人都找不到，更何况是被心细如发的郑苹收藏。然后她要练剑，看这架势甜甜练剑已经有些工夫了，可惜他和郑苹丝毫无察。周志远忽生悲哀，最危险的地方原来真是最安全的地方啊。

周甜甜风风火火奔了过来，冲着周志远大喊："爸爸，你为什么要抢我的剑？"

甜甜的吵闹就像打火机，周志远头上的无名火一下子被点燃了，他沉下脸怒声说："你应该比我清楚为什么抢你的剑？现在是什么时候？"

周甜甜不以为意地回答："决定我个人前程命运的时候，怎么了？唱段《霸王别姬》我就没有前程了吗？命运就差了吗？"

周志远气得啪啪拍着剑柄，指着甜甜说："你的班主任已经给我打过电话了，说你最近的模拟考试成绩掉下来了，排在10名之后了，这很危险呀！甜甜，要知道一分之差就是上百上千上万人的竞争，难道你真不想考上一流大学吗？你的成绩为什么往下掉，就是你分心了，你喜欢玩剑了，你甚至还喜欢写网络小说了……"

"什么？你看到我写的网络小说了？爸爸，你这是偷看，侵犯了我的隐私权呀！"周甜甜跳了起来，一下子跌在沙发上捂着脸大哭大叫。

周志远忽然意识到自己失口了，他平静着自己的情绪，冷静地看着甜甜哭，等甜甜的哭声小了，他说："你把小说发到网上不就是让人看的吗？不仅我看，你还有几万个粉丝也在看，《霸王与兰花》已在网上小火了一把啊。"

周甜甜见爸爸表扬自己了，忽然停住了哭，好像吃了兴奋剂一样来了精神问："爸爸，那你说我写得怎么样啊？"

　　周志远认真地看着甜甜说："你写得好不好，不由我说了算，应该由你的粉丝说了算。可爸爸还是提醒你，眼下、当前、现在、马上，对你来说最最重要的是高考，你考上了大学再开展你的业余爱好，写网络小说也好，唱京剧舞剑也罢，甚至去当模特拍电影，我和你妈都管不着了，你在自己的空间自由自在地发展，喜欢干什么就干什么。可当下你必须归你妈妈和你爸爸管理，你要加紧复习迎接高考，重回班里排名前10，这是你妈妈和我对你寄予的迫在眉睫的希望呀！"

　　周志远两手捂着脸，声音突然哽咽，像是要哭出来了。

　　周甜甜见到爸爸痛苦的样子，亢奋的精气神一下子萎缩了，但她心里是不想向爸爸示弱的，便还嘴说："难道因为高考就把自己所有的爱好都割舍掉吗？再说模拟考试也不能证明我的真实成绩，与真正的高考是不可相提并论的。"周甜甜强词夺理。

　　周志远感到女儿甜甜的精力真的没有完全贯注在高考复习上，这证明她心理上并未完全重视起来，自己刚才的一番大道理都白说了，于是不禁嚷道："模拟考试就是预演，你连模拟预演都达不到标准，那就很难达到高考的标准了。分数就是高考的命根子呀！我说了半天，你还是没听进耳朵里去。我知道你天天做高考复习题很枯燥，可上周不是带你去爬山了吗？"

　　"对呀，你的本职工作不是项羽研究，你怎么还研究项羽呢？你这不是跟我一样不务正业吗？"周甜甜好像一下子抓住了反击爸爸的把柄。

　　周志远真是哭笑不得："我考证项羽溃逃线路也是工作的一部分，我在为当地的旅游项目提供历史文化的理论支持。"

　　"得了吧爸爸，你们大人干什么事情都能为自己找到理由，而孩子们干什么事情都没有理由，因为孩子不独立，精神

被你们控制着。可爸爸你应该明白，生命是平等的，家长一言堂和控制孩子早就老掉牙了，打骂孩子更是犯法侵权。"周甜甜越说越来劲。

"你哪里学来的这些理论呀？"周志远两眼疑惑地盯着周甜甜，他真有点看不懂女儿了，都说如今的孩子早熟，他现在真信了。"好了，我不跟你争了，该说的话都跟你说了，你自己思谋去吧。如果你真心不听我的话，那就让你妈跟你谈吧。"周志远说完，拿起茶几上的剑掂量着又放下，转身回了自己的卧室。

周甜甜冲着他的背影喊："养不教父之过。"随手拿起两把剑又对着门口的镜子比画起来。

郑苹开门进屋时，周甜甜的两把剑正刺向门口，她吓了一跳，急忙闪身，幸亏躲闪及时，否则会挨女儿一剑。

"甜甜，你这是在干什么？马上就要高考了，你怎么玩心还这么重啊？"

周甜甜似没有停下来的意思，仍亮剑闪闪。

郑苹放下手里的包，从甜甜的后背夺过剑。

周甜甜突然叫喊起来："爸爸也夺我的剑，妈妈也夺我的剑，你们串通好了想控制我。"

郑苹气呼呼冲进客厅，坐在沙发上叹气。

周志远在房间里听到了郑苹的叹息声，他刚要拉开门出来，只见甜甜满脸泪水地奔了过来，质问郑苹说："你们到底要把我培养成什么样的人才？我现在想听个明白。"

郑苹见甜甜一副任性妄为的样子，想起把她从小带大的艰辛，气得一句话也说不出，竟伤心地流起泪来。

周甜甜咄咄逼人地说："你光哭有什么用啊？我现在要你回答。"

周志远终于忍不住从房间里奔了出来，大声呵斥道："甜甜，你怎么可以这样跟你妈妈讲话呢？"

周甜甜扬起脸说："对呀，我跟妈妈讲话呢，爸爸你插什么嘴呢？"

周志远被女儿噎了一下，讪讪地站在原地望郑苹，郑苹这会儿已经没有眼泪了，她给周志远使了个眼色，周志远转身回了房间。

郑苹看着甜甜说："甜甜，你知道从小到大妈妈为你付出多少辛苦吗？你出生后吃了 11 个月的母乳，别的女人为了身材不给孩子喂奶，可我为了你的聪明必须不顾身材为你喂奶。你三岁时妈妈带你学拉丁舞，后来又带你学画画，还带你学过表演，你在学校做手工不合格都是妈妈代你完成，妈妈这么辛苦就是为了把你培养成多才多艺的人才。好不容易熬到高考了，你的前程命运就在这一搏中了，可你却让成绩下滑，难道你不明白这是多么严重的问题吗？"

周甜甜突然哈哈笑起来说："我是多么可悲呀，爸爸妈妈从未问过我究竟喜欢什么，只是以你们的视听喜好不断地塑造我，现在我终于知道自己喜欢什么了，爸爸妈妈又横加干涉，我还是你们的孩子吗？我是你们的玩偶呀！"

郑苹一愣，想不到甜甜会说出这样一番话来，女儿真的不是小孩了，她已有自己的独立思想了。

周志远在房间里把甜甜说的话听了个一清二楚，女儿没有说错，他和郑苹对女儿的培养并未称她的愿，女儿心里喜欢的东西他们根本不了解。周志远拉开门，走出来说："你们娘俩都别吵了，看你们吵架的样子哪像母女呀，倒像是姐妹了。甜甜，我还是那句话，当下最重要的是高考，高考完了你愿意干什么都行，我和你妈都不干涉。"

郑苹见丈夫出来打圆场，便顺势说："我们相信甜甜从今天起会重视考试的，甜甜你想吃什么，妈妈给你做。"

周甜甜从茶几上抄起两把剑说："我想吃剑！"然后一头扎进自己房间，砰地关上了门。

周志远望着甜甜的房间，忍不住叹息："今天我们又败给了女儿。"

郑苹一脸无奈地看着甜甜的房间说："只能说我俩的教育方法都出了问题。"

## 7

天空阴沉，像极了卓然的心情。她推开窗子，望着窗外的草坪，几只鸽子在觅食，她真想如鸽子一样在草地上自由自在，甚至长翅膀飞，飞到何进看不见的地方，那样他也许就会为见不到她而焦虑了，距离产生美，换成妈妈常说的俗话就是：远香近臭。

于欢的出现似乎让卓然生出了一种危机感，她知道何进与于欢在学校时的那一段情感，何进最终没有选择于欢是因为她过于强势，而卓然的内敛倒成了何进欣赏的原因。可他们情感的发展又遇到了来自卓然家庭的阻挠，尤其是母亲李亚芬，她心里根本容不下这个农村出身的年轻人，让农村土娃何进当女婿她是无论如何也不同意的，觉得没有面子。

卓然为此很不愿意回家，既不跟何进在一起，也不跟父母在一起，她只想一个人安静，经常躲在校园的宿舍里听音乐翻书。

这个双休日，李亚芬跟单位的同事约好想在一起聚聚，同事的儿子在美国留学深造，毕业后留在那里工作了，与卓然的

年龄差不多，最近想回国，李亚芬听说男孩还没有女朋友，便想两家人在一起聚聚，一旦两个孩子看顺眼了，走到一起自然是顺理成章的事。婚姻要门当户对，男孩子的父母都是大型国企的高管。

李亚芬首先把自己的想法告诉了卓大林，卓大林说："两家人聚一下我同意，但你抱着明确的目的就不妥当了，恋爱婚姻是年轻人的事情，完全是自愿，你想强扭瓜，那能甜吗？"

李亚芬不高兴地沉下脸说："你懂什么呀？你除了研究猪文化还能懂啥？"

卓大林业余喜欢书法，在江南还小有名气，最近又研究猪文化，在媒体发表了很多文章，有次还被媒体记者采访了一回，问他为什么喜欢猪文化，他说是因为自己属猪，又喜欢吃猪肉。有年冬天他受邀送文化下乡到一个偏远的乡村写春联，看到那个村的村民家家养猪，时逢腊月，村民们杀猪宰鸡鸭腌制咸货，贴春联放鞭炮一派热闹迎新的景象。他和同事还顺带买回了几斤猪肉，炖熟了满屋香，李亚芬不住地吧嗒嘴说："还是乡下的猪肉香啊！"卓大林趁机揶揄："乡下的猪香，可乡下的人却进不了我们家的门啊！"李亚芬知道卓大林在讥讽自己，便用筷子戳他的头说："你就是个猪脑子！"

卓然接到母亲电话的时候，李亚芬是一种不容置疑的口吻，正好这几天她心情郁闷，也就答应了母亲聚会的事情。

两家人见面客套了一番，彼此介绍了自己的身份，卓然得知那家人姓孙，老男人称老孙，小男人称小孙，女人姓李，与李亚芬同姓，卓然叫她李阿姨。

老孙与卓大林一样闲时也喜弄书法，两人就建议去乌江看木月文故居，小孙服从命令，一踩油门就让奔驰车飞跑在路上，卓然在后边紧跟，她驾驶的是日本丰田车，与德国奔驰差

了一个档次，小孙有意炫车技，一会儿在前边狂奔，一会儿又故意蹭后，还不时伸出两指跟卓然打招呼，让卓然心里陡升厌恶。

木月文故居在乌江，路上的绿树与田里的秧苗犹如披着浓绿袍子的天使覆盖了大地，五颜六色的鲜花扯着天使绿色的袍子起舞，着了盛装的大自然满腔浓情地将两家人引领到了木月文故居。

这简直就是一座水墨庄园，绿色已将灰色的屋瓦覆盖，裹在被筒里的花仙子纷纷苏醒，伸展自己的花瓣向着绿色天使献媚，最媚的是蔷薇花，一朵一朵粉中透红、红中透粉，妖媚地跃上墙头。还有黄色的金银花，如喇叭也如倒挂的金钟。一只美丽的鹦鹉栖在花园里，它的头上是一顶堂皇的花冠，犹如皇冠高高耸立，它在见到陌生人的时候总要晃着皇冠高傲地发出欢叫："老板你好！"

一棵桂花树将婆娑的树影投给鹦鹉，为它挡住了灼热的太阳。

六位男女游客兴致勃勃在庄园里观赏，赏花、赏草、赏奇石怪鸟，赏木月文和木小文父子两人刻于墙上和石壁上的笔墨。

故居有三个门进，三个高耸的石牌坊成为门进的标志，第一个门进由庄园门口的牌坊引路，上写"木月文故居"；第二个门进的牌坊上题写着"道德文章"四个字；第三个门进的牌坊靠江边，上写"归去来兮"。

第一个门进与第二个门进之间有两块巨石，一横一竖，横石上写着"書林"两字，为木月文笔迹，另有一块竖起的巨石，上写"書聖"两字，也为木月文先生的题款。在木小文工作室大门外，是一排石雕，俯卧的石龟驮着石碑，石碑上雕刻

着木月文的长子木小文的书法墨迹，内容是木月文先生二十余岁至六十岁后的时代变迁和他自我感慨的诗句。

推开故居的木门，曾经的老宅院早已翻天覆地，灰砖砌筑的笔塔如老先生的巨笔高耸云天，木月文整身雕像正对着笔塔，一排新盖的灰色房屋，有木月文故居和他的画室散木山房，在散木山房的门两侧，写有一副对联："聚四方书客，来八面书家。"里面悬挂着用木月文真迹制成的瓷版画，房间里老式的床榻和马桶将人的思绪拉回到遥远的历史。在一处月亮门前，有游客在拍照，两侧的对联瞬间进入了镜头之中："散木常邀三君子，山房曾住一聋人。"

两家人到了这里似有了分界线，卓然忙着拍花，小孙去逗鹦鹉，李亚芬和她的同事抖开披巾斜倚月亮门拍照。

卓大林和老孙继续看风景，他们从故居的后门走出来，在一片绿树环抱的高坡上，木月文红色的半身雕像夺人眼球，雕像下刻着"升天成佛"四个字。卓大林站在雕像前肃然起敬，与老孙讨论着一个大书画家的魅力，同时赞叹草圣传人木小文超人的能力，这如同水墨庄园的故居竟由他一个人设计筹建……真是大手笔。

卓大林和老孙边走边观赏，前庭后院穿越不停。这时，一队骑自行车的老人来到这里，他们自六合开始，一路骑行到木月文故居。像这样的民间散客每天都络绎不绝。卓大林和老孙跟他们搭讪着。

卓然一直在拍花，拍着拍着又走到鹦鹉这边来了。

小孙在逗鹦鹉说话，他试图教它英语，教了一句鹦鹉却没有反应，大概听不懂。

一旁的卓然听懂了小孙教的那句话："小姐来了！"这个小姐显然指的卓然，而小姐的称呼当下早被网友归类为"三

陪"了。卓然纠正道:"如今把女性称为小姐并不是尊称了,就像把帅哥称为娘炮和小鲜肉一样啊。"

小孙转过身,满脸涨红地望着卓然问:"那我应该怎样称呼你呢?"卓然说:"女士或卓然。"

李亚芬与同事李刚好赶到这里,见卓然与小孙聊兴正欢,便扯着同事李的衣袖说:"让两个年轻人单独聊吧,我们到那边转转去。"

同事李跟着李亚芬往前走,有点傲气地说:"我儿子是留美博士,跟你女儿能聊出什么呢?她连国门都没出过吧。"

李亚芬听出了同事李的傲慢,心里忽生烦感,便还嘴说:"如果去留学,卓然早就去国外了,但考虑一个女孩子离家那么远,我们舍不得让她去。再说如今留学也不是什么稀罕事了,海归一抓一大把,工作都难找的。"

同事李说:"那要看什么样的海归,像我儿子这样的高才生,还未落地上海就有好几家公司争抢了,追求他的女粉丝都快成团了。"

李亚芬还嘴说:"那可别挑花眼了,自古道有剩男没剩女。"

同事李抢白道:"错、错了,如今是剩女多,男孩子到年龄就被人抢了。"

李亚芬有点不高兴,疾走几步拉开与同事李的距离。同事李可能意识到自己说话的语气压人了,便在后边喊:"你等等我呀!"

卓然与小孙还在拿鹦鹉说事,这项庄舞剑意在沛公的说事最后又扯到了车上,小孙是车迷,能说出几十款世界名车,当然也有自炫的意思,便抛出一个问题给卓然:"你了解奔驰吗?"

卓然打了一个愣，她真不了解奔驰，她不是车迷，也不喜欢车，车不过是她代步的工具而已，但她不能在小孙面前认怂，便不屑地说："我不是车迷，哪有那么多的时间研究车呀。"

小孙自感赢了卓然，得意扬扬道："那我告诉你吧，奔驰是德国造，产地是德国南部的经济重镇斯图加特。奔驰在高速公路上保险系数高，所以我喜欢开奔驰车。"

卓然正准备开口说话，却被鹦鹉抢了先："奔驰车奔驰车……"边说边将翅膀向后拢起，像是跳起了舞。

卓然即兴说："连你都喜欢奔驰车了，那就买一辆自驾哈。"说罢瞟了一眼小孙，疾步离开了。

小孙使劲为鹦鹉鼓掌："宝贝，继续跳吧。"

故居外，卓大林与老孙看着墙上的效果图，那是一个美丽乡村的旅游文化全景，随着乌江新市镇、乌江项羽文化园的全面展开，通过木月文珍品馆、项羽纪念馆、"阴陵迷道""血战乌江浦"等一系列景观文化节点，乌江小镇将再现悠久的历史文化载体风貌，重现文化商贸集散地景观，建成以书法文化为核心，以文化旅游、生态农业、边陲贸易为主导产业的特色小镇。

卓大林感慨："这片土地的人文历史真是太厚实了，有西楚霸王溃逃的路线、有木月文故居……可惜时间有点晚了，不然我们可以到霸王祠看看的。"

老孙说："霸王祠在安徽乌江地界呢，早几年我去过，这次就算了，我们到桥林看看，那里的茶干特别有名，我吃过，香得很呢。"

两人正说着，回头一看李亚芬和李女士也赶到这里来了，后边还跟着卓然和小孙，两家人碰面一商量，就开车奔了桥

林镇。

车开进桥林镇西，就看到了矗立在石碛河畔的明因禅寺，明清建筑，气势雄伟，紫气缭绕，瑞象万千。

李亚芬建议到寺庙敬香，她就给同事李打电话，两辆车一前一后停下来，两家人说笑着进了寺庙。

李亚芬和同事李敬香，卓大林和老孙绕着寺庙看历史，卓然也跟着他们绕寺庙看历史，小孙没有进来，坐在奔驰车里刷微信。

明因禅寺建于元朝，已有六百年历史。开山祖师是正间和尚。据传，正间和尚两眉之间有一隐眼，开时能生金光，邪魔惧之远避，人说是西方准提佛母显化。

李亚芬和同事李每人敬了一炷大香，香烟缭绕，梵音声声，仪规正式，两人在大殿里跪拜许愿，又一前一后走出来。

李亚芬问："你许的什么愿？捐了多少香火钱？"

同事李说："许愿这事要保密，说出去就不灵了。捐多少钱也不能说，说了就没有功德了。"

卓然恰好赶过来，听见母亲和李阿姨的对话，忍不住插话道："菩萨普度众生，不关乎钱多钱少。佛在心中，我心即佛。"

"看不出你这姑娘还挺有思想的嘛！"李阿姨表扬了卓然一句。

李亚芬故意说："我们可是没留过洋的，要是留洋回来指不定思想有多丰富呢。再说如今留洋也不是什么了不起的事情了，寻常百姓家的孩子都留得起洋了。"

同事李听出李亚芬在揶揄自己，本想说句什么回她，话到嘴边又咽回去了。

卓然看出了同事李的意思，上前推了母亲一下说："妈，

您别王婆卖瓜好不好？"

同事李趁机说："孩子都是自己的好啊。"

几个人出了明因禅寺就在老街上晃悠，桥林茶干的广告随处可见。

桥林茶干又称五香干，茶干因选料精细、制作考究、工艺严格，在苏、浙、皖一带久负盛名，深受消费者喜欢。游人只要到了天浦桥林，都要买些茶干带回家的。

据说，桥林茶干至今已有一百多年的历史了，清朝时，桥林古镇商贸的繁华带动了周边的豆腐产业，开豆腐店的就有十几家，以倪天荣在镇南街开设的豆腐店"倪大来"最有名，后来又从山东聘来做豆制品的名师，采用祖传秘方生产五香干，做出来的茶干更是味道独特、名声大振。做豆腐对水质要求很高，"甜水豆腐懒水酒"，这俗语说明做豆腐的水质与酒水不同，豆腐要求活性水，大豆浸泡极有讲究，夏天要泡3—4小时，春秋要泡8—9小时，冬天要泡16小时以上，且是冷水浸泡，水质太差是难做出上乘茶干的。

在一个深巷里，有一个较大的茶干作坊，地上摆了十几口大缸，里面装满了黏稠的豆豉，一旁有刚做好的茶干和豆绿色的包装盒，上写：桥林茶干曾以地方风味入选《中国食品大全》一书，被列为本市十大特产之一。最后有一首赞美诗："百味蒸来酱色凉，席纹犹印四方方。案边几叠渔樵话，沏入清茶早晚香。"

卓大林看着说："这诗有点意思，我们就买两盒这种包装的茶干吧。"

李亚芬随后买了两盒，一盒递给了同事李，同事李推辞说自己买，李亚芬说是我召集的这次活动，自然要有礼相送喽。

两家人逛完桥林镇就准备回返了，李亚芬抬头望见老母鸡

汤面馆，又建议每人吃碗面，说乡村的鸡都是正宗草鸡，有营养能大补身子。几个人经不住诱惑，纷纷进去吃面，卓大林掏腰包请客，也就没人与他争执。小孙依旧留在车里刷微信，谁也请不出来。

几人回到车里，小孙说："我刚在微信上搜到这里有不少项羽溃逃时的遗迹呢，比如虞姬遗失兰花簪的兰花塘，你们是否有兴趣去看看？"

几个人相互望望，似拿不定主意。卓然说："今天就算了吧，下次再来看。"

小孙说："下次还不知道等到什么时候呢，还是去现场看看吧。"

几个人奔了兰花塘，却一时没找到地方。后来当地一个老人将他们领到一个大院子里，院里堆满了稻草和杂物，当地老人在院子中间掀开了一个又圆又大的水泥井盖说："这就是兰花塘，最近已经列为文物了，要保护起来了。"

几个人猫腰往井里看，里面黑漆漆的，也看不出究竟，只有一汪深水往外散发着冷气。于是，一行人打道回府。

回到家时，天色已晚，卓然要回学校去住，李亚芬想起今天召集活动的目的，便问卓然："你对小孙的印象如何呀？"

卓然明白母亲心里想的什么，便直奔主题说："咱家跟人家不在一个档次上，小孙还考了我一道题，问奔驰是哪国生产的？好像我真是乡巴佬，没见过世面似的。"

李亚芬突然绷起脸不屑地说："这你还没答上来吗？那破车连我都知道是德国生产的，真是狗眼看人低呀！"

卓大林搭话说："我跟你说过两家人聚一聚就是玩玩图个乐子，别抱什么目的性，怂俗！"

李亚芬白了卓大林一眼，长叹一口气，再也不吭声了。

　　卓然回到学校就给何进发微信，告诉他在乌江和桥林好玩的事情，特别提到那只会说话的鹦鹉。最后说：好想见到你！紧接着又发了个表情包。

# 第四章

## *1*

何进一早就到村服务中心去了，服务中心主任李大镐是个复转军人，快五十岁了，身板硬朗，说话粗门大嗓，手不离烟，见了何进就说："我的名字好记，李大镐，与李大钊只差一个字。今天去一组普查农补情况，那里的路不好走，我骑摩托车带你跑如何？"

何进想都没想就说："那好啊。"

当摩托车疯跑起来时，李大镐对后座上的何进说："你要搂紧我的腰，把你甩出去我可不偿命啊！"

何进立刻如听话的孩子般使劲搂住了李大镐的腰。

晨雾在田野弥漫，先是在路边雪松林子的顶梢缠绕，然后就飘浮在公路上。乡村的雾气纯净，不呛人，不像城里的雾气，呛得人嗓子发痒。当太阳从东边悄然升起的时候，雾霭散去了。摩托车在七拐八绕的路上奔跑如飞，何进使劲搂着李大镐，任凭田野的风嗖嗖在耳边响，李大镐哈哈笑道："不用怕，我车技一流，在农业服务中心干了几十年了，东奔西跑就靠这辆摩托车，它是我的老伙计了。"

不到半个小时的工夫，一组就到了。村部是三间水泥平房，院子敞开着，门上了锁，好像还没有人上班。

李大镐将摩托车停稳说："临来时应该打个电话给组长，他经常在家里办公，不到这儿来，我现在打他电话。"

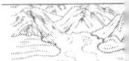

李大镐打电话不通，便说："要不我们到他家里去找？"

何进说："那你去吧李主任，我在这儿等。"

"好吧。"李大镐开动了摩托车。

何进在一组村部院子里左右打量一会儿便走出院子，他看到不远处宽阔的路面上有一对晾晒稻子的中年夫妇。男人瘦高个，脸色有点发黄，女人中等个，身材适中。夫妻俩正将稻子摊开，用推耙来回翻着。一只黑狗在他们的周围跑来跑去，黑狗断了一条腿，那跛着的一条腿不知是被人打的，还是被车轧的。

何进兴趣盎然地走上前与他们攀谈起来："你们家种了多少亩稻子呀？"

女人看看何进，将搭在脸上的头发撩起来说："种了三四亩地，够一家人一年的口粮了。"

"为什么不多种几亩呢？"何进问。

男人搭话说："对种地不感兴趣，虽说眼下每亩补贴400多元，但种地仍是赔本的买卖。一亩地能赚400元钱就算会种地了，而一亩地的实际投入是补贴的两到三倍。"

"那您家里靠什么生活呢？其他收入还有吗？"何进又问。

"出去打工，帮人干点杂活。农村人也没什么消费，有个孩子在城里上大学，钱主要是给他花。"女人接过话说。

"那你们平时吃什么营养品啊？自己家养猪吗？"何进继续问。

"不，现在的猪不好养，容易生病，到六七月份天一热就死，空气中有毒菌，村里没几家养猪了，再说猪崽也太贵，要几百块钱一头。"女人如实回答。

"可养猪政府有补贴呀。"何进说。

"有补贴也没人养，成本太高。"女人说。

"那你们家里平时主要吃豆腐和蔬菜？"何进刨根问底。

"不，豆腐我们也不吃。我们自己家养了几十只鸡，平时吃些鸡蛋和蔬菜，孩子回来的时候就杀只鸡吃，一般不买猪肉，猪肉太贵了。"女人说。

何进笑起来："你们家是环保生活，吃自家种的粮食、自家种的蔬菜、自家养的鸡，又住在山清水秀的村庄，远离污染，真是神仙过的日子啊。"

这时男人走了过来，问："你是城里派来的干部？"

何进摇头，跟着问道："你觉得现在的生活怎么样？"

"比以前好多了，但还是赶不上城里人。村里有好多人都想把房子卖了进城住，但农村宅基地变现不容易。"男人坦率地说。

何进刚要开口说话，李大镐骑着摩托车奔了回来，见到何进就喊："一组组长被村民打了，肋骨断了一根，头也打流血了。"

何进惊问："什么时候？"

李大镐说："就在刚刚，一组组长正准备到村部来，我说何助理来调查农补情况，他说村部有账本可以查一下。这时，有个中年男人突然冲上来，抢起手里的镢头砸向一组组长，眼看他就倒在地上了。"

何进面色愠怒地说："随便打人，这也太无法无天了吧。"

晒稻子的中年男人说："这事我知道原因，组长去年把农补给人家漏掉了，那家人到村部闹了几次也未有确切答复，急眼了就打人呗。"

李大镐未理睬，问何进："何助理，你说这事咋办呀？"

何进说："先把人送到镇卫生院去，救人要紧！我马上给赵支书打个电话，让他安排个车子来接人。"

一组组长很快被村部的车子送进了镇卫生院，何进与李大镐在外面等着，李大镐就趁机向何进诉说了一肚子的委屈。

李大镐说："何助理，不瞒你说啊，在农村干工作真挺不容易的，我都干了几十年了，仍是个村聘干部，只拿百分之六十工资。"

何进惊讶地望着李大镐，有点不解地问："那您就没遇到过转正的机会？"

李大镐叹了口气说："说来话长啊，要说农技业务，区里、镇上、村里没有不佩服我的，也都知道我委屈，但谁都干瞪眼帮不上忙。"

李大镐停顿了一下，见何进一脸认真倾听的表情，就接着说："我曾借调到当时的县农林局工作八年，任林技员，分管几个乡的林业、养蚕及果树的生长，但最终没能转正，因没订合同，又是农林局发的函，人事局不认。1998年发大水，我七天七夜没睡觉，始终跟群众一起守在圩堤上，后来组织上安排我休息一个晚上，还没等睡下，听说堤要破了，我立刻爬起来赶到堤上。防汛过后，县里开表彰会，有个记者问我：'你为什么七天七夜不睡觉？'我答：'责任感，组织上交代的任务，人在堤在。'我在小山林场当过场长，一些林业上的事情自己不懂，就学果树修剪治虫，学习养蚕技术。后来又调到乡副业公司当林技员，种植茶叶。再后来调县农林局，分管星甸、香泉、永宁几个乡的林业、绿化、养蚕、种茶都发展得很好，年底被评为县优秀工作者。但还是没能解决铁饭碗的问题，我认命了，干两年回家了。"

这时，医院的门推开了，医生冲门外喊："谁是家属，病人肋骨骨折，需要转到区医院。"

何进站起身说："那我请示一下领导吧。"

何进打电话的时候，一组组长在里面哎哟哎哟喊痛。

赵支书接到何进的电话就开车匆匆赶来了，他还带了村部两个保安。进了镇卫生院，见到一组组长，赵支书的脸就挂下来了，他训着一组组长说："我说你脑袋真是缺根弦呀，你以为挨打能上光荣榜咋的？可惜你还叫个郭本能，你能到哪儿去了？一锅糨糊！"

直到这会儿，何进才知道一组组长叫郭本能，这之前他只称呼他的职务，有时候职务也就是人名了。

郭本能满脸委屈地说："去年登记农补时，他家里人去城里看闺女了，没人在家也就漏掉了，组里事多，我一时忘了，他又没找我，哪承想今天突然就把我打了，说起来他跟我还是一个祖宗的呢，都姓郭。"郭本能边说边哎哟。

赵支书说："现在说啥都晚了，打人犯法，但你跟他沾亲带故，工作又确实有疏忽，人家打你就白打。你要我们村里咋办？我今天跟你说，马上送你到区医院治疗，但这事要封嘴，不能见谁都诉苦，肚子里有委屈就变成大便厕出去吧。"

郭本能突然双手捂住脸哭起来："我真是冤枉到家了呀！"

赵支书仍不解气地说："男儿有泪不轻弹，你这哭相还算个爷们吗？"

赵支书说罢，招呼何进和李大镐将郭本能扶进车里。

这时，郭本能的老婆乔宝珠来了，见了赵支书又哭又闹："赵书记可要为我们家老郭做主啊，我们家老郭这是因公负伤啊。"

赵支书沉着脸未语，何进与李大镐在一旁也不知说什么。

郭本能骂道："娘们家家的懂个啥？瞎闹！"

赵支书坐进了副驾位，腾出地方给郭本能的老婆乔宝珠，这样李大镐就坐不下了，李大镐索性说："我就骑摩托车回了。"

在区医院安顿下郭本能，赵支书又跟郭本能交代了几句，就跟何进开车返回了。

路上，赵支书叹息道："其实今天我是不应该批评郭本能的，可我不压一压他，他心里就会不服气觉得委屈，基层工作真是难干呀，村里组里的干部都被群众打骂过。有时候真感到委屈窝心，可领导不能让群众吃亏呀！"

何进见赵支书不住叹气，便搭话说："确实挺难的。我今天刚开始调查农补，就出了这档子事。"

赵支书说："你害怕？甭怕！何助理，我早想在鬼门关村建个村民大课堂了，让村民接受国学教育，吃苦耐劳、勤俭持家、敬老爱幼……重温中华民族的优良传统。过去修堤村民自带工具抢着上堤干活，现在你给他补助他都骂骂咧咧不愿意去。人的脑袋要是生了锈，那真是没办法的事情啊。"

车奔出城里，拐上了去乡村的公路，车窗外山清水秀，一派葱郁，这是天浦老山大道。赵支书扫了一眼窗外，笑着说："这郁葱葱的美景，何解我内心的烦忧？"

何进也笑了说："绿色配烦忧，一种诗意。"

赵支书接着说："这就叫革命的浪漫主义吧。"

车速显然加快了，何进感到心脏猛地弹跳了几下，"玩的就是心跳哈"，他忽然想到这句话并脱口而出。

赵支书随声附和："到底是年轻人，思维就是不一样。"

何进说："赵支书，您的思维也挺年轻的，只是年龄上有些……"后半句话他没说出口。

赵支书感叹："老了，重整河山待后生啊。"

"您别总把年龄挂在嘴边上，人的年龄分两种，一是心理年龄，二是生理年龄，如果心理年龄很年轻，人就不会老。您就属于心理年龄很年轻的人啊。"

"是吗?"赵支书转脸看了一眼何进,自信地捋了一把头发。

晚上,疲惫不堪的何进想起卓然那天的情绪,便给她发了微信:"卓然,你好吗? 马上又要周末了,真想请你到鬼门关踏青,可我又忙起来了,没时间陪你踏青了。今天去一组调研农补之事,眼见组长被村人打了,肋骨断裂、头也流血了。这种血腥之事我真不愿意见到,可赵支书说他早就司空见惯了。我担心自己哪一天也会被打,真是头痛之事!"

卓然很快发来了视频邀请,何进接通后,两人相互望着,都不开口说话,只是微笑。最后,还是卓然开了口:"你不是在策划村庄的旅游吗? 怎么又去搞农补调研了?"

何进说:"赵支书要我多锻炼,熟悉村里情况。当然,最终我还是要搞项羽文化旅游项目的。"

"那就祝你成功哈!"卓然发来一个鼓掌的表情包,就挂了视频。

何进本来还想说几句亲昵感超强的话,卓然的冷静和冷漠让他丢失了兴奋的心情。他明白卓然的心结还在于欢身上,卓然啊,你怎么如此小心眼呢?

## 2

卓然在自己的卧室踏着地毯,望着这间弥漫着浓重夜色的卧室,透过窗子可望见空中的皎月,她久久端详着月亮的脸庞,月光穿过花边窗帘,投到地板上,让卧室浓重的夜色变淡了,她的内心再也无法安宁。

卓然心里纠结着的事仍与于欢有关,数天来如骨鲠在喉,无法吐露，憋得像患了喉头炎一样难受。她知道于欢与何进的从前，但不知道于欢与何进的今后，就那天见面的情景分析，他们之间颇有死灰复燃的可能，而这是卓然最不愿意看到的，尽管母亲李亚芬很看不起何进的出身，但在卓然阅过的男生中，何进仍是最优秀的一个，至于出身那是他难以选择的。

卓然准备单独找于欢聊聊，在她与何进之间做一次心理测试。

中午，在茶客老店的一楼 A 座，卓然约来了于欢。

于欢风尘仆仆，她刚从外面采访回来，坐下后打量着卓然说："想不到你还有喝茶的雅兴，我忙得头脚都要颠倒用了。"

卓然笑说："今天就是来请老同学放松消闲的，你喝什么茶？玫瑰花茶养颜、菊花茶清火、水果茶……"

于欢坦言："我不喝茶，来两杯马来西亚白咖啡如何？价格便宜，我不想宰老同学呀。"

卓然笑道："今天来这里就是准备让老同学宰的，你不宰白不宰，过了这村可没这店了啊。"

卓然说罢，喊服务生下单，马来西亚白咖啡很快送了过来，还有一盘点心、一盘花生和瓜子。

于欢品着咖啡说："怎么样，味道不错吧？前年去马来西亚旅游，只尝了一次就喜欢上了，想不到国内也流行喝白咖啡了。"

卓然品了一口，不说好喝也不说不好喝。两只眼睛不停地打量于欢，好像要把她的心思揣摸透一样。

于欢自然能猜出卓然请她喝咖啡的目的，她的目光在她身上扫来扫去也就不奇怪了。于欢索性直奔主题，她才不屑东藏西掖呢，当年她与何进的感情萌芽早就掐死了。这几年，她奔波于媒体，与社会上的各色人士打交道，男朋友也交往了几个，但对于爱情似已到了可有可无的麻木状态，好像是没有时间深入想这个问题了，手机可以帮她丰富业余生活，而异性的情感往往不如手机内容丰富又靠谱。

于欢摊牌说："卓然，我能猜到你今天请我来茶客老店的目的。"

卓然一惊，急忙放下触到嘴边的杯子说："我能有什么目的呢？无非是请老同学聊聊天呗，那天论坛现场匆匆一见，好多话未来得及说呢。"

于欢端起杯子喝咖啡，用手捏着杯柄说："正因为那天的相见让你想起了大学校园的往事，于是你心里忐忑不安起来，担心我与何进重叙旧好发展恋情，难道不是这样吗？"

卓然表情有点尴尬，她极力掩饰自己内心的慌乱，同时也佩服于欢的火眼金睛。当年正是她与众不同的尖锐，才使何进向后退，一步跨到了卓然面前。一晃几年过去了，于欢仍未进入实质性的谈情说爱，这让卓然于心不安，尤其是那天她与何进见面后，卓然的内心便有了难以自抑的波澜。

卓然未急着回答于欢的话，她将目光扫向窗外，她们坐的位置正好临窗，窗外马路上的车和晃动的男女老幼都一览无余。

于欢催促道："我问你话呢？你怎么不回答呢？要冷战吗？那就别请我来这里。"说罢猛喝了一口咖啡。

卓然故意岔开话题问："要不要再来一杯或要点别的什么喝？"

于欢放下空杯说："随便你。"顺手捏了一块小点心放进嘴里，边嚼边说："你还没回答我的话呢？"

卓然仍答非所问："这里有简餐挺不错的，荤素都有。我点一份素锅仔，你要什么？"

于欢说："我要意大利面，这里做得挺正宗的，我吃过几回了，要不你也来意大利面如何？"

卓然笑道："我不喜欢吃面食。"说罢，喊服务生下单。

两人等饭的时候，于欢说："卓然，你不回答我的问题我就回答你吧，女人都向往爱情、渴望爱情，然而爱情又是什么呢？也许根本就是子虚乌有的东西。这些年我谈过几个男朋友，有的交往多些，有的只是见了几次面，但都没有进入谈婚论嫁的阶段。说实在的，男人没有让我产生与他们长期相处的勇气，如果把自己的一生献给一个你不喜欢或你憎恶的男人，跟这样的男人生儿育女，然后等他们把你抛弃，在你的心窝扎上一刀，你还要满怀感激说声谢谢，世俗再将一顶道德的帽子扣在你头上，这是多么悲催的一种生活呀！我会拾拣这样的生活吗？女人如果经济独立，有自己的理想追求，除了做好本职工作，闲时可以读书、观影、旅游，过一种逍遥自在的生活，这叫华丽的孤单呀。"

卓然打量着于欢，这番话似让她吃了定心丸，但她仍是忧心忡忡地说："与你交往过的那几位男朋友相比，何进是不是更有优势呢？"

于欢瞟了一眼卓然，心领神会说："人与人之间没有可比性，在我看来让一个人走回头路就等于打脸了。过去我很看重灵魂的伴侣，看来看去，忽然明白灵魂的伴侣就是我自己，两个家庭成长起来的男女，怎么可能在灵魂上达成共识呢？简直就是天方夜谭。"

卓然想说话时，服务生端饭上来了，两人定神吃饭，卓然接着说："其实我妈妈不喜欢何进，主要是嫌他出生在农村，怕他家的大后方将来给我们家找麻烦。"

于欢突然睁大眼睛盯着卓然说："原来是这样啊！要我说

呀，你妈眼界太不开阔了，如今的农村人可不像从前了，新农村建设征地拆迁，多少农村人都靠拆迁发财跑到城里买房子住了。说不定何进家里也能遇上拆迁这样的发财机会呢。"

卓然心里一惊，想不到于欢竟是这样看待何进家庭的，这说明她心里对何进家庭的接受度比卓然的母亲高多了。对自己来说，这算不算一个危险信号？

卓然吃饭的速度突然慢了下来，她用筷子扒着碗里的菜，撬了一个菜花放进嘴里嚼一下又吐了出来，心事重重地盯着吐在桌上的菜花说："这菜花怎么一股煳味呀？"

于欢一语双关道："菜煳了没事，你不吃就是了。何进要是煳了，你就没办法咽下去了。"

卓然一时不知说什么话回她，稍做沉吟，支吾道："何进怎么可能煳呢？他若煳了，岂不连我也烤焦了？"

于欢大笑起来："卓然，我今天才发现你也这么幽默。"

于欢话落，手机响了，她起身离开座位接电话，卓然急忙把剩下的饭吃完。

于欢转身回来时，跟卓然说："我马上去采访了，我们有时间再聊吧。我最后跟你说一句话，有了男朋友不一定是结婚配偶，结婚应该是爱情的升华而不是坟墓，如果奔向坟墓，那就趁早红灯停吧。"

卓然问："那你交往过的几个男朋友，就没有一个可以选择当终身伴侣的吗？"

于欢拎起手包说："你想让我挖空心思去找更复杂的解释吗？那岂不是越搞越乱吗？爱情就像一阵风，我们不知道它从哪里吹来……这个话题留待下次讨论啊。"

卓然未置可否。

于欢走后，卓然又坐了一会儿，她把今天于欢说的话回想

了一下，重要的记录在手机的备忘录上，比如："如今的农村人可不像从前了，新农村建设征地拆迁，多少农村人都靠拆迁发财跑到城里买房子住了。说不定何进家里也能遇上拆迁这样的发财机会呢。"

这些话，卓然要在适当的时候说给母亲听，让她明白乡下人如今致富的门路有多宽广，别总是隔着门缝看人，把人都看扁了。

## 3

于欢在茶客老店接到的那个电话是何进打来的，这几天在村里的所见所闻让何进思绪万千想法多多，颇有无处诉说之感，他本想跟卓然视频倾诉的，想不到卓然竟表现出极大的冷淡，这让何进郁闷了一整天，第二天便给于欢打了电话。

于欢开车奔跑在老山大道上，何进曾说"横看成岭侧成峰"的诗句写的就是老山，今天他邀请她到老山的顶峰老鹰山瞭望塔看看，验证一下这诗是不是专门为老山写的。

于欢开车飞速，只几十分钟就到了老山国家森林公园的大门口了。何进已在此等候，于欢在车里跟他招手，随后奔了停车场，将车停好就奔了过来。

于欢问："怎么想起邀请我来这里呢？"

何进说："走进大自然，在太阳光下晒晒心情。"

"你心情发霉了吗？"于欢故意问。未等何进回答，她又说："你给我打电话时，我正跟卓然在茶客老店聊天呢。"

何进一愣，随后紧张地问："你没惊动她吧？"

于欢打量一眼何进，故意逗弄说："我当时真想告诉她是你打的电话，可我怕她伤心，女人泪流满面的样子总是不好看

的吧?"

何进一笑,说:"有泪尽管流吧。"

于欢接着问:"如果你打电话时知道卓然跟我在一起,你会邀请她一道来吗?"

何进低头看着地上的一朵蒲公英说:"我没想过事情会赶得这么巧。"

于欢俯身采下蒲公英的小黄花,用嘴吹了吹说:"你在学校时就高深莫测、令人琢磨不透,至今未改。"

何进耸耸肩膀:"这回你总算理解'江山易改,禀性难移'的意思了吧?"

于欢未语,将蒲公英上的毛毛吹散。

两人走进老山森林公园,就像扑进了绿色的怀抱,风吹在身上脸上十分舒爽,于欢突然奔跑起来,何进在后边紧跟,在一棵造型美观的朴树下,于欢停住了脚步,这树身光滑、树顶枝杈如伞状的朴树,看上去有一种奇妙的艺术感。

何进走上前抚摸着朴树说:"朴树是近年来城市绿化的新宠,首先是它的名字'朴'与'福'谐音,有院子的家庭若栽树,前院一定栽朴树,取'得福'之意,后院要栽榆树,取'有余'之吉。"

于欢羡慕地看了何进一眼说:"你懂的知识真是好多啊,连朴树的含义都知道。"

何进不以为意地笑说:"我爷爷曾经是护林员,小时候我喜欢跟他在林子里乱跑,这都是爷爷告诉我的。"

"那你是童子功喽。"于欢笑着,两手抱住朴树,仰头往树顶上看,问道,"冬天,朴树可能更美吧?"

何进说:"肯定更美,那你猜猜它会美成什么样呢?"

于欢略微沉思了一下说:"冬天的朴树就像艺术雕塑,长

长短短的枝干伸向天空，像在祈祷又像对上苍絮语，若三两棵朴树聚在一起，那一定是朴树的三姐妹在起舞啊。”

何进大声击掌说：“这比喻像诗一样美妙！等冬天到来时，我们再来这里，看看朴树到底是不是你比喻的样子。”

“那好哇！”于欢显然兴奋起来了，边走边看树，她忽然又发现了新的目标，“那是什么树啊？树干好像在剥皮呀。”

何进走上前打量着说：“这叫剥皮榆树，你看那树皮像不像一幅抽象画？”

“像，真是太像了啊，原野、河流、村庄……”于欢几乎是叫喊起来。

何进接着说：“老山的树木超过百种，黑松、马尾松、龙柏、雪松、银杏、杜仲、朴树、枫树、榆树、槐树……树们在奇峰则刚毅挺拔，在幽谷则凌空长啸。”

“你比我更诗意，你应当去写诗，说不定会诞生一个大诗人呢。”于欢瞪大眼睛望着何进说。

“这老山上真有一个诗人的墓地，他的名字叫张孝祥，前边就是清风亭，咱们过去看看吧。”

何进说着就往清风亭走，于欢在后边紧跟。不一会儿，眼前就出现了张孝祥的清风长廊，何进介绍说：“张孝祥是及第状元、南宋爱国词人，著有《于湖集》。”

于欢打量着刻于长廊外的《自赞诗》，不由读了起来：“于湖，于湖，只眼细，只眼粗。细眼观天地，粗眼看凡夫。”

何进问：“读这首诗什么感觉？”

于欢说：“考我吗？那我就答了啊，这诗表现了一个爱国词人的胸襟。”

“正确。”何进又击起掌来。

于欢得意地往前奔，何进打量着她的背影想：也不知她

现在谈没谈男朋友，自己是否要关心一下呢？何进禁不住问："于欢，你找到灵魂的另一半了吗？"

于欢愣了一下，当她缓过神来时，突然哈哈大笑起来，边笑边说："我早就找到了，难道你不知道吗？"

"哪里的？干什么工作的？"何进饶有兴趣地追问。

于欢拍了拍自己的胸脯说："在我心里藏着呢，我叫它出来它就出来，寻常看不见偶尔露峥嵘。"

何进不解地望着她，问："这话让我丈二和尚摸不着头脑呢。"

于欢又开始奔跑起来，边跑边说："灵魂的伴侣就是我自己呀，我把它收藏起来了，难道你还不明白吗？"

何进知道自己刚才的问话纯属多余了，便自嘲地笑笑，追赶上于欢。

两人到了半山腰上，于欢又在路边发现了一棵粗树干，树身堆叠着一簇又一簇的木疙瘩，宛如生姜节一样，她好奇地打量着树干说："难道这不是大自然鬼斧神工的'一统江（姜）山'吗？"

何进喘着粗气在一旁搭话："'一统江山'并不稀奇，老山上最稀奇的是秤锤树，是中国特有树种，秋后落叶，宛如秤锤满树，是优良的观花观果树木，花果均下垂，花白色，果实人不能吃，可碾碎喂猪，此树生于海拔300—800米处的林缘、疏林中或丘陵山地，已濒于灭绝，属国家二级保护濒危树种。你看，前边那棵就是。"

于欢急忙奔过去，用一双眼睛探寻着秤锤树的独特形状。

"何进你都快成专家了，你怎么知道得这么多呀？"此时的于欢深深为何进的知识折服，已经不知道用什么词夸他了。

何进一脸认真说："于欢，你应该是了解我的，在学校时

我最喜欢干的事情就是钻图书馆，走向社会我要把书本上的知识在实践中消化，于无字句处读书嘛。"

"牛！牛！牛！"于欢竖起大拇指。

何进指了指前方说："老鹰山瞭望塔已近在眼前了，我们何不冲上去？"

"冲！"于欢率先跑了起来。

何进在后边追赶，一会儿就超越了于欢，跑在她的前边，两人气喘吁吁爬上山顶，老鹰山瞭望塔尽显眼前。两人喘息一会儿，就登上了瞭望塔。

何进指着远处的山脉说："这里是老山的制高点，你看'横看成岭侧成峰'是不是写的老山？"

于欢纵目远眺，禁不住说："连绵起伏的老山用层峦叠嶂来形容也很恰当呀！站在这制高点上，你不想知道哪一座山峰的名字，只想饱览老山的美，美！真美呀！"

何进问："你知道老山美在哪里吗？"

于欢期待地望着何进问："想听你的高见呀……"

何进当仁不让说："美在群山有势绿林有根，这里既是山的世界，又是林的海洋。"

于欢惊呼道："我发现老山的美不在于山体，而在于山与山之间紧密相连的和谐形态，这座山峰凸起了，那座山峰又凹下去，而另一侧的山峰又凸起来，形成远近高低各不同的连绵起伏之势，就像兄弟亲密地拉着手勾着脚，而那凹处就是兄弟的胳膊和大腿。"

何进跟着赞叹："山不高却离云很近，云就像一顶帽子戴在山顶，太阳光从帽檐下透出来，将负氧离子齐刷刷洒给老山和山下的城市，老山被称为'森林浴场'，是城市的绿肺，森林覆盖面积占百分之七十。"

于欢大吸了一口气说:"我把负氧离子吸进肺里了,好舒服啊!这里的空气真可以收集起来拿到超市去卖,韩国超市里就有卖新鲜空气的。"

何进故意问:"这里美吧?"

"真美!"于欢说。

何进接着问:"知道我今天请你来这里的目的吗?"

于欢一脸懵懂地望着何进,期待他的下文。

何进诚恳地说:"我今天请老同学来领略老山的美,就是想让老同学宣传这里的自然风光,还有我驻村的老山西部村庄鬼门关村,现在我们正策划一个项羽文化旅游项目,届时请老同学在宣传工作上给予支持帮忙。"

于欢笑道:"放心,我一定为老同学的宏图大志宣传鼓噪。"接着又调侃了一句:"原来你请我上山赏美景竟是图谋不轨呀?真是累死宝宝了。"

何进立刻拱手作揖:"理解万岁!理解万岁!"

两人下山时,一群白鹭在腾飞,于欢停下脚步,想细看洁白的羽毛,白鹭瞬间就飞远了。这时,一只小狐狸在草丛中蹿过,吓了于欢一跳,她下意识地后退了一步,何进拍着她的肩膀说:"莫怕,一只小狐狸,见者有福了。"

于欢这才有点不好意思地快步朝前走。

何进在后边紧跟说:"老山的动物多,鸟类的群体最庞大,有白鹭、夜鹭、牛背鹭等,其混合群体的数量不少于7000只,是鹭科鸟类在南京最大的繁殖地。还有狼、獐、狐等走兽18科25种,龟、蛇等爬行动物5科10种,蛙、蟾蜍等两栖动物2科4种。其中有牙獐、穿山甲、河狸、中华虎凤蝶等国宝级珍奇保护动物数种。"

于欢突然停下脚步,转身看着何进,待何进走上来,忍不

住夸他说："何进，你真的牛，想不到你对老山如此了解。"

"那是因为我对这土地爱得深沉呀！"何进咏起诗来。

于欢笑笑："这是艾青的诗，被你移花接木了。"

何进自信地望向天空说："这也是我心所想啊。于欢，天浦这么美，用你的影响力帮我招商引资如何？"

于欢笑道："你一会儿要我帮你宣传，一会儿又要我帮你招商引资，你真以为我是齐天大圣啊？再说，你招商的目的是什么？"

"打造项羽文化旅游项目，把我的驻村之地鬼门关建设成美丽乡村。"何进信誓旦旦地说。

"哎呀老同学，你现在真是有担当呀，张口闭口鬼门关村，可鬼门关村在哪里我都不知道，脑子里根本没有概念。如果有人来投资，我都不知道怎么介绍呢。"于欢卖起了关子。

何进说："这太容易了，你马上跟我到鬼门关村走一趟，离这里不远，开车半小时就到了。"

于欢笑道："好哇，领导指向哪里我奔向哪里。"

两人欢笑着走出老山，驾车直奔鬼门关村。

## 4

市美丽办领导准备下周一来天浦调研，周志远把何进的材料认真看了一遍，感觉鬼门关村很有建设美丽乡村的可能性，而且六个自然村组的功能又不一样，一组种田、二组养猪、三组养鸭、四组种苗木、五组六组搞旅游，材料里还有一张鬼门关村的全景图，内容可谓丰富翔实。如果趁市里领导来调研的机会，把鬼门关村的材料汇报上去，可能真就抓住落实的机会了。

周志远的目光落在鬼门关村五组六组的规划上，虽没有详细的图解，但大体是以项羽溃逃过鬼门关为主线的，这与他研究《项羽溃逃线路新考》有吻合点，激起了他的视觉兴奋和心中的波澜，他要把五组六组重重地描述一笔，领导一旦批复，事情的成功也就八九不离十了。

窗外的太阳光穿过玻璃照射进来，洒在办公桌的材料上，周志远起身将百叶窗帘拉下来，顺便给自己倒了杯茶。外面的走廊里显得安静，不像以往那样脚步杂乱，莫非领导们都出去调研了？他看看日历，星期六，本该按下工作的暂停键，但他已习惯周六加班了，双休日他是从未按过暂停键的。

周志远喝茶时，又把鬼门关村的材料看了一遍，看着看着就对驻村干部何进有了好感，一种想跟他深聊的冲动油然而生，便忍不住给他发了语音邀请，对方没有回应。

周志远只好把发言的思路重新理了一下，重点地方记在本子上。

周志远刚整理好后天的发言内容，何进的微信就发过来了，他说后天要来区里参会，见面聊，此时不方便语音。

周志远立刻回了一个微笑的表情包。

周一上午市里领导如期而至，有分管农业的副市长、发改委主任、美丽办主任，还有省农科院农研所专家。天浦区参加人员是分管农业的副区长、发改委主任、美丽办负责人，可谓阵容庞大。

会议开始前，何进匆匆赶到了，与周志远寒暄后，便找了个角落坐下来。

市领导发言颇有提纲挈领的高度，随后是省农科院农研所专家对美丽乡村发展做了历史性的分析，周志远匆匆做着记录。他的记录速度简直是神速，几乎与领导讲话同步。这是他

多年养成的习惯，每会必记录，特别是领导的讲话，他除了记录还画着重号，这就使他能很快领会领导讲话精神，会后抓紧落实工作要点。

周志远密密麻麻作了好几页笔记，待领导和专家一一讲完，建议大家发表自己的观点和看法时，周志远就将鬼门关村的发展规划和盘托出："这个村庄的发展规划我感觉蛮有前景的，与美丽乡村发展的精神有契合点，特别是鬼门关村，历史上西楚霸王项羽溃逃时曾在这里闯过鬼门关，有历史人文旅游资源可挖掘。这个村一共有六个自然组，每个组根据不同的情况又被赋予了不同的功能，我建议领导们去实地考察一下，今天鬼门关村的何进助理也来了。"

周志远回头望了一眼，何进站起身向在座的领导们微笑。

周志远说："何助理，你现在就跟领导们汇报一下鬼门关村的发展前景吧。"

何进有点紧张，脸颊发热，但他很快镇静了自己的情绪，清了清嗓子说："我驻村以来，看到村干部一直在为美丽乡村忙碌，首先就是农村的卫生，建了垃圾池，请几个村民专门扫垃圾，改变村民乱扔垃圾的现象，接着就建了沼气池，改建了农民的灶具，还有农村合作医疗保险、帮助困难户就业等。现在，鬼门关村要依据六个自然村组的特点，规划每个组的发展目标，一组种田、二组养猪、三组养鸭、四组种苗木、五组六组搞旅游，楚霸王项羽溃逃途中就路过鬼门关，留下了许多传说，现想着手筹建以项羽历史文化旅游项目为龙头的美丽乡村。但目前看难度很大，一是没有资金投入，二是当地农民积极性不高，他们大多想拆迁到城里买房子，不想在农村住了，积极性难以调动起来，为这事鬼门关村六组的村民已经多次给12345政务平台打电话了，要求集体拆迁搬到镇街上住，以土

地置换房子。"

何进突然停住话，他感觉这个场合把村里的事抖搂出来似不太得体，但他这个时候不说又什么时候说呢？城乡同步发展，首先要改变的就是农民的思想意识。

现场一时沉默起来，周志远左右扫了几眼，见领导们都默不作声，气氛颇显尴尬，便打破沉默说："何助理说的是实话，回头建议领导们到村里调研一下，现场听听老百姓的意见，对美丽乡村发展也是一个推动和助力。"

副市长立刻表态说："那我们择日去鬼门关村考察一下吧。"

何进突然站起身说："那真是太欢迎了。"

发言继续，各抒己见。

散会后，市领导就回返了，如今不在基层吃饭已成了领导们约定俗成的共识了。

周志远请何进在食堂吃饭，两人坐下后，何进一脸的不安，周志远给他打了一大碗面条外加一个荷苞蛋，何进用筷子搅了搅，却没有胃口，又把筷子放下了。

周志远说："饭菜简单了点，但营养够了，为什么不动筷子？"

何进说："心里有事吃不下去，感觉今天说错话了，不该把村民想搬进城里住的事情说出来。"

"实事求是呀，你说的没错，让领导们知道现如今农村发展是有困难的，首先就是农民不想留守的问题，这就需要上边真要在美丽乡村方面大投入，吸引农村人返乡。"周志远给何进吃着定心丸。

何进仍不动筷子，看着碗里的面条发愣。

周志远抬头打量着何进问："还有什么事搅得连饭都吃不

下了？"

何进叹了口气说："周主任，农村基层工作可真不太好干呀！本来今天的会议应该是赵支书和我一起来参加的，可鬼门关一组组长被村民打伤住院了，打人的村民被派出所抓走了，赵支书琐事缠身，也就不能来参会了。"

周志远听罢，表情凝重地说："基层工作的确难做，可如今什么事情是容易做的呢？互联网时代，人人都是自媒体，人人也都是主人，涉及谁的利益都会跳起来骂娘。这是一种民间情绪，小打小闹并不可怕。可怕的是学术界的约定俗成，好像一切都是铁定的，你想推翻旧的定律重新发声，那真是太难了。"

何进意识到周志远这番话指的是什么了，他研究的《项羽溃逃线路新考》一定遇到了阻力，在学术界推翻约定俗成的结论，那是权威堡垒的沉没，谈何容易？！

何进不由拿起筷子，撅了一大口面条放进嘴里，又喝了一口汤说："从前在学校的时候，真没把社会想得这么复杂，一进入社会忽然觉得自己在学校学到的知识不够用或者用不上。心里有点拧巴。"

周志远接着他的话说："这个时代，学到的知识都能用得上，只怕你的知识储备不够。小何，别消极呀，天将降大任于斯人，必先苦其心志劳其筋骨。"

"谢谢周主任鼓劲，我知道怎么做，只是今天见了您想说说心里话。"

"我很理解，真的很理解。"周志远搅着面条，看上去心事重重。

何进暗自想，可能每个人心里都有一本难念的经，只是不露声色而已。

两人都沉默着吃面条，碗筷的碰撞声和嘴吹面条的嘘嘘声此起彼伏，像是面条的交响乐。

## 5

殴打一组组长郭本能的人叫"郭饶子"，他本来不叫这名，因说话爱饶人，村民都这样叫他，倒把他的真名忘了。郭饶子种了六亩地，老婆在村里是个长舌妇，喜欢东扯葫芦西扯瓢，郭饶子把组长打了，派出所来抓人，郭饶子的老婆就满地打滚，警察任他撒泼，最终还是把郭饶子带走了。

这时，郭饶子的老婆忽然想起一个人来，爬起来就跑到她家去了。

方玉婉刚端起饭碗，郭饶子的老婆就披头散发冲进来了，她一把鼻涕一把泪，哭着喊着要方玉婉跟赵支书说情把郭饶子从派出所放出来。

方玉婉仍端着饭碗问："郭饶子为啥被抓进派出所呢？"

郭饶子的老婆说："他把组长郭本能打了呗。"

"打人犯法，他犯法了谁能保得出来呢？"方玉婉扒了一口碗里的饭说。

郭饶子的老婆见方玉婉冷落自己，便强词夺理："打他自有理由，谁让他把我们家的农补款漏报了呢？"

"人家漏报是工作疏忽，你们家郭饶子打人是故意伤害，性质不同啊。现在村里多忙，你们家却给村里添乱。"方玉婉把最后一口饭扒完，到厨房洗碗。

郭饶子的老婆又跟进厨房说："方主任，就算我求你了行不行啊？按辈分论你还叫我婶子呢。再说，赵支书是听你话的，别人求情不行，你跟赵支书一说准行。"

方玉婉放下洗好的碗，擦着手问："为什么我说就行呢？赵支书又不是我家亲戚。"

"你跟他比亲戚还亲呢，这谁都知道。"郭饺子的老婆表情诡异地看着方玉婉说。

方玉婉一下子把毛巾摔在洗碗池里，沉下脸说："脏心烂肺，真是该好好清洗一下了。"说罢转身出了厨房，走到客厅里。

郭饺子的老婆随后也跟了出来，感觉自己刚才的话不太妥当，便赔着笑脸说："长得美是老天爷赏赐的，也是前世修得好，我这辈子要是长了你这样的美脸蛋和好身材，怎么也不能落到郭饺子手里，操心受累一辈子呀。"

方玉婉板着脸，推开一扇门说："你要是不嚼舌根子，怎么对得起一张猪嘴巴呢。"

郭饺子的老婆姓朱，脸上的五官整个往后移，只有一张嘴朝前拱，像极了猪嘴巴，又加上她喜欢扯舌头，村里人都叫她猪嘴巴，时间久了，她的真名倒没有人记得了。方玉婉知道她的真名，普查人口的时候查出来的，她叫朱桂花，是八月生的，八月桂花遍地开，当时她还诗意了一句。

朱桂花听方玉婉说这话，心里也不高兴起来，嘀咕道："你还是村主任呢，怎么这样贬人呢。"

方玉婉仍余气未消地说："贬你是轻的，以后再胡扯我和赵支书，小心我撕你的猪嘴。"说着推开另一扇门说："你可以走了。"

朱桂花讪笑着出门，走了几步又转过身乞求说："求你还是帮我们郭饺子说说话，让派出所放了他吧。如果你不管，我马上找赵支书去。"

"那你去找呀！"方玉婉愠怒地把门关了，突然背靠在门

上哭了起来，自从她当上村主任，绯闻就没有断过。有说赵支书喜欢她的，有说赵支书力挺她的，有说没有赵支书就没有她方玉婉今天的……她听到了这些闲话，起初还不以为意，深信自己身正不怕影子斜。后来发现这些闲话不仅给她也给赵支书带来了精神上的压力，上面还曾派人来调查过此事，最后以她和赵支书一清二白为定论结果。

朱桂花本来就是村里爱扯闲话的女人，她说的闲话早就传到方玉婉的耳朵里了，她只当是耳旁风，左耳朵进右耳朵出了。她的身份也不允许跟朱桂花这样的女人一般见识。想不到朱桂花今天竟当着自己的面又提起这闲话，真是骑人脖颈子厕屎，欺负人到家了。

方玉婉哭完了，好像一肚子的委屈被眼泪淹掉了，便又感觉自己刚才的举动未免太小家子气了，村主任就是为村里的男女老少办事跑腿的，郭饺子是朱桂花的丈夫，她丈夫打人被派出所抓了，她不着急谁着急呢？换位思考，朱桂花的着急是急在事上了。方玉婉决定马上给赵支书打电话，为郭饺子求情。

"赵支书，是我，方玉婉。"方玉婉打通了赵支书的电话。

"都快半夜了，你打我电话干啥？我刚眯了一会儿，还没睡踏实呢。"赵支书声音疲倦，显得不耐烦。

方玉婉犹豫了一下，很后悔打这个电话，可既然接通了，那就实话实说："知道您忙了一天，这会儿该睡了。可有件事我必须向您汇报，朱桂花刚才找上门来了，要我为郭饺子求情，让派出所放了他。"

"你答应她了吗？这事可不能轻易答应，郭饺子把一组组长打住院了，打人犯法杀人偿命，求个情就能放人，那以后村里还不乱套了。"赵支书一副不可通融的态度。

"开始我也是这么想，看朱桂花眼泪一把鼻涕一把的，我

心就软了。您看能不能让郭饿子给一组组长赔个礼认个错，大事化小小事化了，毕竟都是一个村的，冤家宜解不宜结，低头不见抬头见的。"方玉婉一句一句地说着，生怕哪句话没进到赵支书的耳朵里。

赵支书说："你说的话都在理，可我们不能养成村民动不动就打人的坏习惯，这次事件一组组长有责任，他工作疏忽把郭饿子的农补款漏报了，正准备重新统计补上呢，就被他打了。工作疏忽和打人是两种不同性质的事件，前者是工作失误，后者是知法犯法。他郭饿子就这样出来了，村民以后该怎么看我们？方主任啊，改革开放几十年了，村民的思想观念还是很落后啊，前段时间我们想筹建村民大课堂的想法落实得怎么样了？这事肯定是有难度的，届时我们几个村干部再议一议吧。"

未等方玉婉回话，赵支书就把电话挂了。方玉婉内心有点失落，感觉赵支书还应该跟她再说几句什么，话没说完就把电话挂了，是不是太主观了一点？不过，需要赵支书再说什么呢？她心里却是一个模糊的概念。

方玉婉走出屋子，院子里已经完全被夜幕盖住了，花和树都在夜幕的遮掩下朦胧起来，只有微微的暗香侵袭她的鼻孔，她张开嘴巴大吸了一口气，顿感所有的香气都扑进怀里了，当然还有夜色。

方玉婉在夜色中徘徊，她贪恋着花香，回味着赵支书刚刚言犹未尽的话。对赵支书这个人她内心是敬佩的，他的许多想法都超前又符合情理，他特别喜欢读书，桌子上永远都摆着读不完的新书，早晨总是第一个到办公室，利用上班前的时间晨读。方玉婉对他的敬佩表现在行动上的言听计从，这让村里人胡猜乱想，后来传到丈夫耳朵里，丈夫还正儿八经质问过她，

在她的矢口否认中却充满了对丈夫的厌恶和失望，她觉得就连自己身边最亲近的人都被流言左右而不信任自己，这世界上的人心真是难测了。有一段时间她曾试图远离赵支书，被赵支书看出来了，问她怎么了？她支吾了半天说身体不舒服，后来还真生病住院了。在医院里她思索了很多，决定出院后仍要一如既往支持赵支书的工作，他是个为村庄发展全力以赴的人，而她对他工作的支持不也是为了村庄的发展吗？眼下，方玉婉就要按照赵支书的指示着手准备村民大课堂的工作了，如今的村民没事不喜欢到村部来，来村部都是有事情必须要村干部摆平的，举办村民大课堂难度不会小，方玉婉前期要做通村民的思想工作，发动一场村民大课堂的总动员。

她走进屋里，打开桌子上的台灯和电脑，先把需要做工作的村民排列一下，哪些要重点做，哪些要一般性说服。后半夜，她的台灯仍亮着，她的心也如台灯一样亮了起来，思路理顺了，她想首先去做郭饺子的老婆朱桂花的思想工作。

天刚亮，方玉婉就起床了，她匆匆赶到了朱桂花的家里，朱桂花正在做饭，贴了一锅饼子，锅底还煮了小鱼，正准备出锅，满屋香气。方玉婉进门就吸着鼻子说："打人有功劳啊，你这是给郭饺子做的，准备送饭去？"

朱桂花撩起前襟的围裙擦着手问："方主任，你跟赵支书为郭饺子求情了没有哇？"

方玉婉故意端着架子说："我求过了，可这个情恐怕求不下来，赵支书说打人犯法杀人偿命，你们家郭饺子把组长郭本能打伤住院了，这不是求情的性质了，犯法那可是要蹲大牢的。"

"谁让郭本能把我们家的农补款漏掉了，郭饺子打他是有理由的。"朱桂花一脸不服气的表情。

"有理由就可以打人吗？简直无法无天，听你这话是想让郭饸子在牢里蹲着了。那我还废什么话呀，我走了啊。"方玉婉一步跨出门槛。

朱桂花这下慌了，急步追出屋外，扯住方玉婉的袖子说："方主任呀，这次你无论如何要帮郭饸子求个情，他这人身体瓢不结实，平时就尿多憋不住，蹲在牢里就更憋不住尿了。你看我们家孩子在城里上班，家里只有我们两口子，年纪都一大把了，能不能让派出所先把人放了，要打要罚随便村里怎么办都行。"

方玉婉见朱桂花真急眼了，便说："现在放人肯定不行，组长郭本能都不会答应。如今讲法制，只要犯在法上，就不是谁说句话的事情了。再说了，你朱桂花平时就嘴碎，喜欢东扯葫芦西扯瓢，村里人都对你有看法。郭饸子把组长打伤了，犯在一个法上，谁敢把法当情说呢？"

朱桂花听方玉婉说得句句在理，突然扑通跪下说："这次我真求求方主任了，以后我再也不碎嘴了，请把我们家的郭饸子放出来吧。"

朱桂花的举动让方玉婉猝不及防，她愣在原地一时不知所措，忽然想起村民大讲堂的事情，便说："你起来吧，人要想活得有尊严，首先思想要跟上形势，脑子要开窍。听赵支书说村里要举办村民大讲堂呢，到时候你一定要积极报名参加哟。"说着伸手拉起了朱桂花。

"只要把郭饸子放出来，什么堂我都参加。"朱桂花拍着膝盖上的土说。

方玉婉叹息道："郭饸子能不能早回家，要看你的行动力如何？"

朱桂花急忙问："那我怎么行动？"

方玉婉说:"人心都是肉长的,你不是给郭饺子做了小鱼贴饼子吗?你把这好吃的送到城里的医院去,顺便给郭组长赔个不是,让他先消消气,郭饺子犯下的罪过不就轻了吗?一个村子的人,又是本家,低头不见抬头见的,郭本能真想把郭饺子怎么着吗?"

"可我若把小鱼贴饼子送给郭本能吃了,那郭饺子不就挨饿了吗?"朱桂花心有不甘地说。

方玉婉加重语气说:"郭饺子饿不死,让他在派出所好好反省吧,吃一堑长一智,要让他知道打人犯法,那是要付出代价的。"

朱桂花仍不情愿地说:"那我今天只好听方主任一回了。"

方玉婉笑笑:"听不听都由你,郭饺子能不能早回家也由你,你看着办吧。"说罢,转身走了。

方玉婉走后,朱桂花用饭囊把小鱼贴饼子装好,来不及细想就匆匆进城了。

6

朱桂花闪进病房时,郭本能正捂着伤口呻吟,麻药劲过了,干辣辣的疼痛就上来了,他哎哟一声就顺嘴骂道:"郭饺子,你个王八蛋!"

刚走到门口的朱桂花听到郭本能的叫骂吓了一跳,不由就碰翻了门口的一个盆子,幸亏里面没水,但这砰的一响,却让郭本能把眼珠子瞪成了小灯泡。

"你干什么来了?谁让你进来的,难道郭饺子把我打伤了还不够,你还要来谋害我吗?来人啊!"郭本能惊恐地喊叫起来。

"郭组长，你千万别喊，我真是给你赔礼道歉来了，郭饸子脑子犯浑把你打了，你别跟他一般见识好不好？今天我特意做的小鱼贴饼子，大老远跑来看你，请组长看在我们是本家的份上，饶了郭饸子吧！"朱桂花把饭囊放在床头柜上。

郭本能这会儿总算镇静下来了，他转过头，两眼盯着屋顶说："我饶他可以，但法律能饶他吗？打人犯法，他犯法了呀！"

朱桂花突然哭起来，先是小声哭，渐渐地哭声越来越大，郭本能听着这哭声竟一时无招了。

这时，郭本能的老婆乔宝珠闯了进来，她是来给郭本能送饭的，刚进医院就听见了吵嚷声，心想哪个女人这么不识相吵到医院来了，这是病人住的地方，进了这里的人都是来保命的，哪有心思吵呢？待她走近了，才知道吵闹是从郭本能的病房里传出来的，再走近了又发现哭闹的女人竟是郭饸子的老婆朱桂花。乔宝珠对朱桂花没一点好印象，两人小学中学都在一个班级，中学时又是同桌，乔宝珠长得漂亮，朱桂花奇丑无比，男生给她俩分别取了外号，乔宝珠叫"荞麦花"，朱桂花叫"朱嘴巴"。朱桂花喜欢传闲话，经常无事生非，今天说这个男生喜欢乔宝珠，明天又说那个男生喜欢乔宝珠，让乔宝珠成了班里的众矢之的，乔宝珠为此经常跟朱桂花吵架，两人早就心生隔阂了。结婚后，两人又同在一个村里住，虽说低头不见抬头见，但内心的隔阂难解。

乔宝珠把手里的饭盒放下，沉下脸嚷道："你男人把组长打伤住院了，你还来闹什么鬼？真是想赶尽杀绝呀！"

朱桂花抬头见是乔宝珠，急忙止住哭说："我闹什么鬼呀，我是给郭组长送小鱼锅贴来了，求他让派出所放了郭饸子，他打人不对，给你赔个礼不就行了吗？一个村子的人低头

不见抬头见的，干吗往死里整呀？"

乔宝珠质问道："你说什么？把人往死里整的人是郭戗子，如果打在头上，郭本能就没命了。打人犯法，想放出来没那么容易。"

朱桂花又大声哭起来，天呀地呀叫嚷着。

郭本能在床上侧过身子说："让她出去，别在医院恶心我了，我的伤痛着呢。"

乔宝珠不知哪里来的劲儿，扯起朱桂花的胳膊就往外推，被推到门口的朱桂花忽然想起自己的小鱼贴饼子，急吼吼地喊："我的小鱼贴饼子！"随后又冲进病房拎起饭囊，瞪了一眼乔宝珠说："不放人拉倒，我还舍不得小鱼贴饼子呢。"

乔宝珠冲着她的背影使劲啐了一口唾沫。

郭本能嚷道："跟她一般见识啥呀，真没觉悟咋的？"

女护士走了进来，四处打量了一眼问："刚才谁在吵闹？这是医院，要注意公共环境哟。"

乔宝珠说："不是我们吵的，吵架的人已经走了。"见女护士未语，又问："这要住院多少天啊？家里一大堆事情呢。"

女护士说："明天问医生，什么时候出院医生说了算。"

乔宝珠翻翻眼睛不吭声了。

何进来了，进门时与出门的女护士擦肩而过，手里拎了一袋水果，不知往哪里放。

两眼早就盯着水果的乔宝珠一把接过来，放在郭本能的床头柜上，欢喜地说："我正想着买几个苹果呢，领导就给送来了，真是及时雨呀！"

郭本能把身子往床里边挪了一下，嘴里顺势哎哟一声，乔宝珠急忙上前扶他，说："你看把我们老郭打的，肋骨生生是打断了一根，伤筋动骨一百天，这伤养好得些日子了。家里那么多的农活搁置了，你说这损失谁赔呀？他这应该算是工伤吧？”

乔宝珠说着，把病房里的一把椅子搬过来，让何进坐下。

气喘吁吁的何进坐下后，笑着对郭本能说："郭组长受苦了，意外之祸，谁都想不到啊。"

郭本能又哎哟了一声，试图坐起来，可挣扎了一下还是原地躺下了。

乔宝珠慢慢扶正郭本能的身体说："郭饸子就是个混混，否则怎么可能下手这么狠呢。"

何进说："是伤得不轻。不过，郭组长也要反思一下，为什么被郭饸子这样的人打了。组长是一村之长，一个自然村少说也有百十口人，让每个村民对组长都心服口服，那就要讲究工作的方式方法，多交流多沟通。郭饸子打人不对，但你想过他为什么打你吗？而且下手这么重，这证明一腔火气在心里窝了很久了。"

郭本能听何进说这话，情绪突然激动起来，说："郭饸子经常不在村里住，他那几亩地早就包给别人种了，农补时我找不到他人，电话也打不通。不是故意漏掉他的，也没说过期不补，只差这么一点时间他就下手打人吗？他也太没王法了吧？"

乔宝珠急忙在一旁添油加醋："真是的，他老婆刚才还带着小鱼贴饼子跑来求我们老郭让派出所放了郭饸子，她真是想得美，把人都打住院了，一锅小鱼贴饼子就完事了？真想得轻巧！"

何进听明白了，忽然问："郭饸子的老婆刚才来过？"

乔宝珠瞪大两只眼睛说："来过，还带了一锅小鱼贴饼子，求郭组长让派出所放了郭饸子，我把她轰走了。"

何进叹息一声道："恕我直言，您这样做就不对了，郭饸子的老婆带着小鱼贴饼子来医院是给郭组长赔礼道歉来了，这恰恰是你们之间缓和矛盾的最好时机。你把她轰走了，下一步解决问题难度就更大了。"

乔宝珠一副得理不让人的表情说："我们本来也不想解决什么问题，我们跟他们之间就是要鱼死网破，上学时朱桂花在班里就是个长舌妇，她嫁给郭饸子两人真是尿到一壶里了。"

郭本能突然冲乔宝珠吼道："快闭上你的臭嘴吧，我看你也是长舌妇。"

乔宝珠扯开嗓门嚷："你竟敢当着村领导的面骂我，真是给你脸了。"

何进一下子笑了说："原来你们还有同学的关系在呀，那就更不应该针锋相对了。一个村子的人真能撕破脸吗？村民组长是一个村庄的当家人，工作中不能掺杂个人恩怨。郭饸子已经蹲派出所了，郭组长在医院把伤养好，下一步的事情再商量着来。远亲不如亲邻，近邻不如对门，眼下最重要的是不能再激化矛盾了。好了，那我先回了。"

何进起身离开病房时，郭本能想撑起身子，可肋骨痛得不允许他欠身。

乔宝珠想出门送送何进，何进让她留步，乔宝珠就讪笑着退了回来。

郭本能板着脸沉默不语，乔宝珠问："你想什么心思呢？"郭本能说："这何进是驻村干部，又是村支书助理，他在赵支书面前说话还是挺管用的。你说话没深没浅的，不知哪句话就把人得罪了。还有，我们刚才轰走朱桂花是不是有点过分了？"

乔宝珠脸一横说："有什么过分的？大不了不当组长呗。"

郭本能忽然扯开嗓门说："你懂个屁！"

乔宝珠一愣，像是忽然明白了郭本能的心思，不由讥讽道："官迷。"

郭本能据理力争说："是男人都官迷，宁在鸡前不在牛后。"

乔宝珠满脸厌恶地瞟了郭本能一眼，不再言声。

## 7

周甜甜临近考试，郑苹在网上看到了她新写的网络小说《霸王与兰花》，郑苹一口气读完，竟有说不出滋味的无奈之感。

这天，项羽对降卒发话："很惭愧，一直没有照顾好投过来的兄弟，今晚要犒赏大家，算是补偿。"

当晚，项羽就给他们发放大量的酒肉，让他们吃饱喝足。大吃大喝的秦军不知是计谋，个个喝得酩酊大醉东倒西歪，甚至连岗哨也找地方打盹去了。死一般寂静的营帐，危险正一步步临近。

东路杀来的是英布，西边包抄的是蒲将军，他们发起突然袭击，这是真正意义上的屠杀，只一个时辰，原秦军的营地就血流成河了。

为犒赏刽子手，项羽赏他们足够的酒肉，面对好酒好肉，刽子手们却无食欲，纷纷趴在地上呕吐，并说："过去在战场上与敌人拼杀，哪怕血肉横飞都有胜利的喜悦，可这次我们杀的是投诚而来毫无抵抗能力的人呀，二十万秦军，一下子解决了啊！……"

项王每做了得意之事，总喜欢在虞姬面前炫耀，可这一次他没有跟虞姬透露一个字，直到虞姬在军营里嗅到四处弥漫的血腥气，这血腥已经让虞姬寝食难安了，项王才不得不把这件事情的原委告诉了她。

虞姬听罢突然哭起来，说："将军带领八千江东子弟来到中原，兴义师，诛暴秦，天下赞扬。可是你怎么能杀光了投奔你的二十万秦军呢？"

项王的脸色阴沉下来，虞姬再不敢说下去了。

第二天一早，项王想尽快离开这个屠场，他留下万余人掩埋尸体，就下令开拔，进军关中。

虞姬一路上愁眉不展，悄然落泪，乞求项王送她回江东，她要在那里等待将军回去。

项王听罢虞姬的请求，黯然神伤："一年来我身经百战，爱妃不曾离我身边。没有你，我会在万军丛中感到孤独无靠，而有了你，就是踏遍千难万险，我仍勇气不减。爱妃，难道你真忍心舍我而去吗？"

虞姬说："你屠杀了二十万投奔你的秦军，我感到空气中都充满了血腥，睁眼闭眼鲜血都在我眼前奔流，那可是人血呀，你怎么下得了手啊？"

项王解释道："爱妃，这也是不得已之举呀！试想想，进入关中后，倘若这二十万秦军反戈一击，我军将处于无法应对的万难窘境啊！"

项王本想继续说下去为自己辩解，他突然看到虞姬眼睛里晶莹的泪花，他没有再说下去的勇气了，便抱住虞姬说："爱妃，我保证以后再也不做这样的事了。"

虞姬用满是泪水的眼睛看着项王说:"将军,你知道吗?你这样做会激起素儿的拼死抵抗,你这是在为自己设置障碍呀!还有,天下人不会忘记这件事的,百年千年万年之后,仍会有人记起来的。"

"爱妃说得对。"项王的语气软了下来。

……

网上有很多跟帖,有的帖子挺俗气的,也有帖子是表扬的。

有帖子说:这个作者是男是女啊,挺会拿捏的,项王虞姬都写得像那么回事。

……

郑苹看到这里时,屋门突然响了一下,她慌忙关了电脑,从女儿房间里出来,一步就跨进了自己的卧室,顺手拿起了写字台上的中医书《医学传心录》。

周甜甜进门直奔自己的房间,随后就把门关上了。那门关得严丝合缝,郑苹就是眼睛睁得再大,也难窥视到女儿在房间里做什么。她真想推开女儿房间的门提醒马上就要考试了,可她犹豫再三,仍没有去敲门的勇气。

这时,周甜甜突然从自己的房间冲出来,站在郑苹面前,满脸气恼地问:"妈,你是不是动我的电脑了?"

郑苹似早有准备地举起手上的《医学传心录》,辩解说:"我一直在看这本书呀,怎么可能跑进你的房间动你的电脑呢?"

周甜甜感觉妈妈在撒谎,仍不肯罢休地追问:"你没动,那就是我爸爸动了,可他没在家呀?"

周甜甜的两只眼睛始终盯着郑苹,这双黑亮的如同暗夜里的灯光一样的眼睛，曾让无数人夸赞，也曾让郑苹引以为骄傲，可此刻这双眼睛就像 X 光线一样将她的五脏六腑照得通透，她的掩饰和谎言都抵挡不住这射线了。面对周甜甜的咄咄逼人，郑苹忽然冷静下来，岔开话题说："你喜欢的鲫鱼我已经买好了，一会儿就给你煨汤去。"

周甜甜的眼睛更加黑亮了，一束不妥协的光射在郑苹的脸上，接着郑苹听到了女儿不妥协的质问："妈，我现在问的不是喝鱼汤的事，我问的是你动没动我的电脑？"

"没、没有哇。"郑苹的一双眼睛闪烁着，她想躲过女儿如炬的目光。

"妈妈，你在撒谎，如果你没有碰我的电脑，那我放在鼠标旁的发财猫怎么掉地上了？"周甜甜把柄在握。

郑苹一愣，心怦怦跳动，半晌才平静情绪说："我怎么知道？也许是风吹的吧。"

"我的窗子关着，风从哪里吹来呢？"周甜甜仍不依不饶。

郑苹今天是躲不过周甜甜的眼睛了，只好说："我是进过你房间，想打扫一下卫生，又无从下手，就退出来了，也许是我不小心碰掉了发财猫吧。"

周甜甜立刻得理不让人地说："妈妈，你进我房间的目的不是打扫卫生，你是看我在电脑上又写了什么吧？不错，我又写了项王和虞姬的网络小说了。"

郑苹总算抓住了机会，她两眼直视女儿，神情认真地说："马上就考试了，你还在网上写小说，你写得再好也不能给考试成绩加分，高考分数是决定你前程命运的根本呀！"

周甜甜指着郑苹手里的《医学传心录》说："妈妈，你不是中医院的护士，怎么还看中医的书呢？这证明知识学问就是要融会贯通的。说不定我写的项王和虞姬能在语文考试卷上用得着呢，如今学校提倡学生们读课外书，切忌死记硬背。"周甜甜说罢，转身欲走，又忽然转过身望着郑苹说："妈妈，希望您以后在没被我允许的情况下，不要看我的电脑，这是我个人的隐私，否则您就侵权了，虽然我是您的女儿，但我的隐私权是受到法律保护的。"

"网终时代还有什么隐私权可言呢？刷脸刷微信等高科技手段，早就让人'裸奔'了。再说，你写小说不就是要发在网上让人看的吗？"郑苹微笑着说。

周甜甜不耐烦地说："我没时间跟你理论，反正以后不经我允许，你和我爸都不能动我的电脑。你记住了吗？"

郑苹微笑着嗯了一声，笑容很尴尬。

当周甜甜推开自己的房门又关上时，郑苹对着她的背影说："我马上给你煨鱼汤喝。"

周志远回来的时候，鱼汤的香气已经弥漫在屋里了，他吸着鼻子说："好香啊！"刚走进厨房，却见郑苹一脸的不高兴，便问："怎么啦？不高兴嘛。甜甜马上就高考了，我们的情绪可不能影响她的心情啊！"

郑苹仍沉着脸，周志远逗她说："别生闷气啊，《医学传心录》上第一句话就提醒'百病皆由气生'，生气是百病之源。"

郑苹这才开口说："喊你女儿出来喝鱼汤吧。"

周志远出了厨房，站在甜甜的门口喊："甜甜，你妈给你煨的鱼汤好了，快出来喝吧。"

周甜甜拉开门，一脸不情愿地说："你们就知道吃，一天到晚让我吃吃吃，我都快成肥猪了。"

周志远笑说："鱼汤可是补脑子的，希望你考出好成绩哟。"

周甜甜不情愿地坐在桌子前，郑苹将一碗鱼汤递给她说：

"趁热喝吧。"

周甜甜用勺子搅着鱼汤，一声不吭。

## 8

赵支书一大早就坐在办公室了，这已成了他的习惯，利用上班前的时间看书阅报。

何进来时，赵支书正翻看报纸，桌上摆了一杯浓茶，茶叶上下漂浮，就像主人翻腾的心情。

何进未开口说话，赵支书就问："郭本能怎么样了？"

何进说："住院了，看样子无大碍。昨天郭饦子的老婆也去医院了，还特意做了小鱼贴饼子，被郭本能的老婆乔宝珠轰走了。"

赵支书抬眼望着窗外，叹息说："双方都在气头上，公说公有理婆说婆有理，各执一词。但不管怎么说，郭本能把郭饦子的农补漏掉了，这是工作上的失误，郭饦子打人，还下手那么重，这是犯法。"

何进问："那您说这事应该怎么办？"

赵支书说："依法办事，法院说了算，人情在法律面前统统作废。"

"那郭本能的医药费应该怎么解决？是当事人出还是村里出？郭本能的老婆说这应该算是工伤。"何进又问。

赵支书沉默起来，好像心里一时没了主张，他翻着报纸说："哎，说起来农村人真是苦哇，我老早就想把村里的合作医疗点办起来，看样子最近真得着手做了。眼前的事情就亟须摆平，郭本能被打了，郭饦子肯定不肯出钱，让郭本能自己出钱又真是委屈他了。你说这事咋摆平？到头来真要打哭一个哄笑一个了。"

何进附和道："我没驻村之前真以为农村工作很简单呢。"

赵支书调侃说："这回开眼了吧？美丽乡村工作刚刚起步，大小矛盾一堆，有你的好戏看呢。"

何进感叹说："真是挺受教育的。"又问："赵支书，我今天到哪个组调研？"

赵支书说："按顺序来，你今天就去二组吧，那里地势低洼，年年淹水，不搬迁也不现实了。"

"是不是有点像六组？"何进问。

赵支书摇头说："不一样，六组有旅游资源，二组没有这个资源，不过以后可以把资源整合一下，那里打造一片河岸花海，吸引游客来观光。但这信息你先不能透露出去。"

"我明白了，赵支书，那我马上行动。"何进转身出门时，赵支书又把他叫住了说："我现在就给二组组长打个电话，他曾经当过村里的放映员，哪里都熟悉。"随后拿起桌上的电话打过去："喂，李放映，驻村干部何助理马上到你们组调研，你接待一下，把方方面面的情况都详细介绍一下吧。"赵支书放下电话说："你去吧，他今天在组里。"何进有点好奇地问："他真名就叫李放映？"赵支书笑说："小名可能叫狗蛋啥的，自从当了电影放映员就叫李放映了。""那这名字还真有纪念意义呀。"何进笑着出门。

何进没有开车，他从村部借了辆自行车，七拐八绕的，骑到二组时太阳已经老高了。

李放映站在村口迎接何进，两人寒暄后何进就随李放映进了他家的院子，二组的办公地点就在他家里。这是一所老宅子，房檐高翘，有一个角已明显塌陷了，其他三个角正吃力地拉着它。

何进打量着问："这房子有年头了吧？应该重新翻盖一下了。"

李放映说："祖上留下来的，本来想翻盖，听说组里要拆迁，也就等拆迁了。"

何进未置可否，仔细打量小院，进门的地方有几盆荷花，荷叶已生出来了，盆是长条状的铁皮，何进一眼看出是用破开的油桶做的，便暗自笑了一下问："农民现在还喜欢看电影吗？如今每家都有电视机，电影频道每天都播放电影呢。手机上也能看电影。"

李放映说："农民喜欢看露天电影，看电影的时候可以互相说说话，那种气氛真好。"

"现在乡村都放什么电影？"何进又问。

"战斗故事片，还有一些反映现实生活的片子，最近我在放映一部《暖春》，大伙儿都说好看。眼下放电影也承包了，仅在一个镇一年就要放够三百场。"

何进说："想不到网络这么发达，老百姓还是喜欢聚在一起看电影啊。"

李放映说："习惯成自然，积习难改呀。本村谁家生娃了，谁家办喜事了，哪怕是办丧事，张三李四都要掏腰包喝顿酒，大伙凑在一起图个热闹。"

何进笑笑，不由想起一组组长郭本能被郭饿子打伤的事情，便问："二组的干群关系怎么样啊？"

李放映笑了说："二组的干群关系挺好的，关键是我们二组没有干部，都是老百姓，我这个组长只是为大家伙儿服务的。"

何进接过李放映的话说："电影看多了，人就特别会说话，电影是一门综合艺术啊。"

李放映心领神会地说："常看电影对人的思想真是有帮助。听说一组组长郭本能被打得不轻，不要紧吧？"

何进低声说："住院了，组长们都要以此为戒。在群众面前，既要拿自己当干部又不能拿自己当干部，避免一切不必要的意外发生。"

李放映深有感触地说："如今群众口味高了，干部干得再好也未必合他们的口味，让他们认可，农村工作还是很难干的。我心里琢磨是不是农民把和谐社会的含义给理解歪了？"

何进望着院子里的葡萄树说："别把自己的心思搞复杂，你就什么事都没有，当干部的就是要心底无私天地宽。"又说："你家的葡萄长得不错，果挂得密实，二组还有人家种葡萄吗？"

李放映说："有好几家呢，都种得不错。二组虽然是洼地年年淹水，但阳坡上的人家种葡萄肯长，日照充足又是沙土地。何助理，你若有兴趣，我马上带你去看看。"

"我正想去看看呢。"

何进随李放映在组里转了几圈，发现还真有几家葡萄园侍弄得很不错，架子上的葡萄叶子蓬勃得如同搭了一个天然凉棚，挂果密实，下边还放了几张原木做的长条椅，木质粗糙却显原生态本色。

李放映用手抹抹长条椅上的灰土说："何助理，你坐下歇会儿，这小风吹着多舒服啊。"

何进随之坐下，打量着葡萄凉棚说："这葡萄园是一家的还是几家合起来的？"

李放映说："几家合起来的，自称合作社，去年摘葡萄的时候还搞了个亲子活动，江南人都带着孩子过来采摘葡萄，说这里的葡萄比江南的葡萄还好吃呢。"

何进感叹说："民间藏高手，群众才是真正的英雄啊。这葡萄园里年轻人多还是留守的老人多？"

李放映一笑，感叹道："哎，差不多都是留在家里的老人，虽说六七十岁了，但体力活还是能干的，种葡萄是一把好手，施肥剪枝，样样精通。对了，有一对年轻的小夫妻一直未进城打工，几家人联合种葡萄就是他们夫妻俩折腾起来的，他们还开了个小饭馆，午饭就在他家吃怎么样？"

何进站起身说："走，找这小夫妻俩聊聊去。"

李放映带着何进来到小夫妻家，两人正忙着做饭，今天请人上门搭葡萄架，李放映与何进到来正好凑了一桌。菜都是家常菜，蒜苗炒鸡蛋、蒲芹炒香干、老豆腐烧咸肉、蒸腊肠、菊花脑蛋汤，配上白花花的米饭，满屋子香气。

何进吃饭时不讲话，但一双眼睛四处打量，他发现男主人的左手只有四根手指，他往桌上端菜的时候，被何进一眼扫到。这手指是天生的，不是后天因祸所致。何进发愣的时候，被李放映看到了，急忙打马虎眼说："何助理，尝一尝这腊肠，他家自己腌制的。"

何进担心自己的走神被男主人发现，便故意问："你们这么年轻，为什么不到城里打工啊？如今的年轻人都喜欢到城里赚快钱。"

未等男主人开口，女主人抢先说："城里再能赚钱也不踏实，毕竟不是自己的家呀。再说，赚那几个钱，要交房租水电物业费，一年算下来剩不了几个钱，家里老人小孩也都照顾不了，还是在家里安稳为好。"

何进接着问："你这葡萄园一年能赚多少钱？"

男主人说："多了赚不到，几万还是有的。今年还想扩大种植面积，别人家不要的地我们给包下来了，这不今天师傅们

已经上门干活了。"

两位师傅抬头笑笑，其中一位说："开工酒闭工饭，老早的规矩了。"

男主人接着说："我媳妇刚刚说的是真话，我们希望在村里好好发展，守着家园过日子。"

何进感觉两个年轻人的理想追求都定位在家乡了，便不住地点头称是。

李放映接过话说："你们的心愿肯定能实现，何助理到村里来就是体察民情民意的。"

男主人见村领导肯定着自己，便兴致颇浓地继续说："村里人现在都想到城里赚快钱，我们只想留在村里，村里发展起来了，证明我们走的路子是对的。二组虽是低洼地，但坡上日照充足，又有沙土，适合种葡萄。"

何进接过话说："美丽乡村就是要整合资源，二组如果适合种葡萄，可适当扩大规模，还可以在采摘葡萄的时候举办嘉年华葡萄节什么的。"

男主人一脸喜色说："何助理真跟我们想到一块儿去了。"

李放映趁机插嘴："怎么样？四哥，今天这顿饭没白吃吧？"

男主人说："如今谁家管不起一顿饭啊？只要把村里规划好了，天天在我家吃饭都欢迎。"又说："李组长，当着何助理的面，你别喊我绰号好不好？我真名叫李名堂，跟你一样都是李门人，一笔写不出两个李字。"

李放映顿时红了脸，尴尬道："大伙儿都喊你四哥，我一高兴也就顺嘴喊出来了，对不起啊，以后保证不再叫了。"

女主人接过话说："当干部的岂能满嘴跑火车呢？"

李放映满不在乎地说："组长算什么干部呀，最多是个跑

腿的罢了。"

男主人说："在何助理面前你的官不算大，在组里人面前你就是公鸡头上的冠子，大小是个官儿。"

几个人说话的时候，何进从包里掏出 20 元钱放在桌子上。女主人一下子就明白了，急忙把钱拿起来递给李放映说："李组长，何助理这顿便饭我们请了。"

李放映接过钱塞进何进的包里，何进边扯包边说："公事公办，我在村部食堂吃饭也是要交饭钱的。如果落下在老百姓家蹭饭的话柄，那可就因小贪而失大节了。"

女主人笑道："何助理准是刚出校门吧？说话都是学生腔。我们难道管不起你一顿家常饭吗？今天你若真丢下 20 元钱，那可太看不起我们了。"

何进被女主人说得不好意思，也就不再掏包找钱，与女主人客套几句，便随李放映出了大门。

两人走在路上的时候，何进忽然想起饭桌上的话，忍不住问："李组长，你刚才叫那个男的四哥，他好像挺不高兴的。"

李放映笑道："四哥是他的绰号，因他左手只有四个指头，村民就这么叫他。我刚才顺嘴溜，让他在你面前丢面子了。"

何进叹道："天生长了四根指头本来就窝心，以后要注意不能拿别人的短处说事，当干部的一言一行老百姓都看在眼里呢。"

李放映嬉笑道："当组长之前，啥话都敢跟大伙儿胡扯，当了组长嘴上就要有站岗的哨兵了。"

何进未再言语，回头望着远处的一片葡萄园说："今天调研还是挺有收获的，知道了二组适合种葡萄，还有年轻人留在家乡创业。"

　　何进回到村部时，见村部门口围了一群妇女，妇女们表情激动，正七嘴八舌说着什么，她们还不太熟悉何进。

　　何进快步疾走，直奔赵支书办公室，只见一个身材苗条的老妇女正缠着赵支书喋喋不休说事情，何进不好插言就站在一旁听。

　　老妇女说："现在镇街上的女人都跳广场舞了，村里不让我们跳，这些留守家里的妇女怎么健身呢？"

　　赵支书笑道："赵小菜你已经够苗条的了，还跳什么广场舞啊？要说健身，在地里干活最健身了，出力流汗就是天然的减肥药。再说，跳广场舞你老公同意吗？他要到村部跟我闹，我拿什么说项？"

　　赵小菜急头败脸说："我跳广场舞是健身，又不是跟男人跳交谊舞，他闹什么呀？"

　　赵支书说："这话跟你老公说去吧。反正，村里暂时不允许你们跳广场舞，一是没有广场，二是你们跳舞的那地方凹凸不平，崴了脚闪了腰，都是我们村委会的事情。"

　　赵小菜沉下脸说："你们村委会管得也太宽了吧，村里的女人们跳个广场舞你们也管，是不是我们女人放屁屙屎都要请示村委会呀？"

　　这话显然刺耳了，赵支书有点不耐烦了说："赵小菜你别觉着跟我一个赵姓就放肆，我现在不允许你们跳舞是为了你们好，等村里建个小广场，地面平整了，你们愿意咋跳就咋跳，跳出花样来我们都不管。"

　　赵小菜突然大声笑起来，说："有你赵支书这句话我就放心了，那我让姐妹们先回去了，等村里建完小广场我们再跳，但要快点建啊，别拖拖拉拉的。"说罢转身出门。

　　赵支书转身看着何进，叹息道："真是千头万绪呀！你今天调研的结果怎么样？二组的情况如何？"

何进汇报说："二组给我的感觉还不错，不少农户种植葡萄，还自发成立了互助组。"

赵支书打断他的话说："这些我都知道，你拣重要的说吧。"

何进停顿了一下，接着说："二组有一对年轻夫妻始终没进城打工，在村里留了下来，这都是发展美丽乡村的人力资源啊。"

赵支书说："你说的是李名堂两口子吧，这小两口真是给在村里创业的人树立了榜样，等年底评劳模时，要好好表扬他们俩。"

何进说："赵支书对二组情况肯定比我更熟悉了。"

"这还用说吗，是特别熟悉，哪块地适合种什么我都清楚。开始种葡萄的时候，我差点跑断了腿。你回头把二组的发展方向汇总一个报告，先搞设施农业，主攻葡萄。"

"二组不是要整体拆迁到镇上吗？"何进心生疑惑地问。

"拆迁也只是洼地上的十几户，大部分还是原地不动的。再说，上边的设想落到实处还需要一个漫长的过程呢，我们边干边看吧。"

何进心悦诚服地应道："那好，我马上写汇总报告。"

# 第五章

## *1*

何进晚上做完一天的工作笔记，刚准备上床休息，卓然给他发来一首歌曲《桥边姑娘》，何进不得不听了一下："暖阳下我迎芬芳，是谁家的姑娘？我走在了那座小桥上，你抚琴奏忧伤……"词曲感觉还不错，他刚要给卓然回个表情包，卓然又发来信息说："想来你的村庄看看。"何进不知怎么回复卓然，近几天他忙得四脚朝天，哪有时间与卓然悠哉？他只好发了个晚安的表情包，提醒她夜已深，然后就关机了。

卓然没有得到何进的确切答复，他又突然关机了，这让她一夜辗转难眠，第二天一大早就开着车子跑到了鬼门关村部。

村部里没有人，她显然来早了。何进的手机关机，她只听何进说住在村部，具体哪个房间并不清楚。村部大楼的门开着，卓然走了进去，一间又一间敲门。当她在二楼靠边的房间敲门时，开门的正是何进。

看到卓然站在门口，何进十分惊讶："你怎么来了？"

"原来你还活着，昨晚打你电话不通，我还以为你心猝了呢。"

"想不到这世界上还有人巴望我死，而且是身边最亲近的人。"何进说着闪开身子，让卓然进屋，随手把门关上了。

卓然两手搭在他的肩膀上，泪眼蒙眬地望着他说："你就真的不想见我吗？"

何进轻吻了她的脑门一下说:"最近我真是太忙了,不信你看看我的那些工作笔记吧。"

卓然两手勾着他的脖子说:"不想吻我吗?"

何进挣开她的手说:"我还没洗漱呢,要讲口腔卫生哟。"

何进的房间没有卫生间,他要到楼内的公共卫生间洗漱,何进肩膀上搭着毛巾、手里端着牙具出门后,卓然就坐在办公桌前翻看他的工作笔记。

今天刚到一组,组长郭本能就被郭饺子打了,原因是他漏报了郭饺子的农补,据郭本能说他不是有意漏报的,当时郭饺子不在家,上门几次都找不到人。郭本能被打得不轻,肋骨断了一根,头部也流血了,好在未伤及脑子。把他送进医院回来时已是后半夜了,又跟赵支书汇报了情况,半夜鸡叫时才上床睡下。农村工作真是不容易干好,赵支书说我要用百分之七八十的精力与老百姓沟通,如今的老百姓个个大神级!

二组有几家农户种葡萄,还成立了互助组,搞得像模像样的。有一对年轻的夫妻始终没到城里打工,带头组织农户种葡萄,还开了一家小饭馆,男的叫李名堂,左手只长了四根手指,老百姓私底下喊他四哥……

卓然看到这里,忽然笑起来。

何进洗澡回来,卓然看着他说:"刚刚翻看了你的工作笔记,真是辛苦,我对你理解太少了啊。今天是周末了,带我出去放松一下吧,把车开到最远的地方,尝尝农家饭。"

何进收拾着东西，换上一件夹克衫说："今天我带你去星甸看看，那里有滁河，有嵚里人家，还有摩崖石刻，最重要的是可以品尝正宗的星甸烤鸭。"

卓然欣喜地说："太好了。"

卓然随他下楼。

到了楼下，何进建议骑单车到星甸，一路风光慢慢赏。这恰好满足了卓然的好奇心。

老山在星甸境内叫西山，山上有座峰叫翠云峰。何进与卓然将单车停在山下，准备爬上山去。山路崎岖，爬起来不费力，到了山顶，只见松柏青翠，怪石嶙峋，有的像桌子，有的像板凳，有的像花床，花床两侧用木棍和草支撑，如一个小窝棚，床上还有枕头和被子……两人正打量时，一个老头儿突然站在他们面前，卓然吓了一跳，何进下意识地将卓然护在身后。只见老头儿白发银须，发有一尺，须有八寸，老头手上抡一根长木棍，不时用木棍戳打着绿草。

何进试探着问："请问长老，您在山上干什么呢？"

老头儿警觉地打量着眼前两个陌生的年轻人，说："我就住在山上，这里就是我的家。"说着指了指石头床上的被子和枕头。

何进好奇地问："您住山上，靠什么生活？"

老头儿拈着胡须笑道："靠山吃山，山上什么都有，有果子有野兔还有药材，这里盛产一种名贵药材明党参，个大、肉厚、皮嫩，国家收购，都卖到国外去了呢。我挖了这药材到山下去卖，每次都能卖个好价钱。"

卓然在一旁搭腔："您老多大年纪了？"

老头儿望望天说："我的年纪只有老天知道，老天让我回去我就得回去了。"又说："别看我这小窝棚不起眼，它可叫

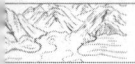

'仙人房'。此房还有个动人的神话传说呢，话说很早以前，山脚下有一对打柴为生的夫妇，晚年得女翠云，模样俊俏，翠云被本地财主王老悍看中，而她喜欢的人却是与自己一起打柴的邻村小伙儿大山。一天，翠云在打柴回家的途中被王老悍指使恶人绑架，塞进一顶小轿中，路经石板桥时，暴雨狂风发怒，石板桥瞬间崩塌，王老悍和恶人纷纷掉入河里。这时风停雨止，桥下翻腾的云雾中，两朵莲花腾空而起，一朵莲花上站着大肚罗汉，一朵莲花上站着翠云，她呼喊着大山的名字随升腾的云雾直奔山上的顶峰，大山听到翠云的呼喊急忙赶来，见翠云已在山顶，便踏着云雾追赶上去。大肚罗汉成人之美，立刻施法力超度他们得道成仙了。当地百姓被两人的爱情感动，就将此山命名为翠云山。每逢正月十五，翠云山上云雾缭绕，翠云与大山在'仙人房'饮酒，还有人听到过两位仙人的悄悄话呢。"

"那您听到过吗？"卓然好奇地追问。

老头儿晃晃满头银丝说："我年轻时听到过，如今耳朵背了，听不清了。对了，一会儿你们从北坡下去，可看见一个摩崖石刻'佛'字，据说那字是明世宗书写的。山顶上还有一座始建于三国东吴时的九峰寺，寺前有九龙槐，树干屈曲自成龙形；寺后有一峰高耸，翠竹茂密，故九峰寺又称竹峰寺。曾有僧人撰写楹联：'竹环四面山三面，僧解千愁我万愁。'"

何进感叹道："您老真是满腹经纶啊，能告诉我您老上山之前在哪里高就吗？"

老头儿将手中的棍子在半空中抡了几下，呵呵笑道："仙人不问来处啊。"说罢拍了拍膝盖飘然而去。

卓然望着老头儿的背影感叹："真是好神奇呀，这世上竟有仙风道骨之人。"又说："我觉得要是能在这荒谷中住上

一阵子，有一个我爱的人和爱我的人相伴，那真是美好的童话呢。"

何进趁机说："今天没白来吧，多有意义啊。我们要熟悉大地本身，熟悉构成世界的一切感性和物质的东西。"

卓然极目远眺，山上大大小小的树林都被大自然抹上了绚丽的色彩，她的心已完全被大自然俘获，仿佛生活已留在崇山峻岭之间了，便忍不住感慨："人活在世上，有空气呼吸，有天空大地，有太阳月亮，还有温暖的和风、树木的喧嚣，这是多么幸福的事情啊，简直不可思议。可我们仍感到不幸福，这是为什么呢？"

何进接过她的话说："因为我们的生命短暂，因为我们的生活谬误百出。就拿爱情来说吧，年轻的男女都渴望浪漫的爱情，而这样的渴望又使男女的形象被神化了，当你追求到爱情的时候，却感到它不过是空中楼阁，还不如眼前的树林和山岭美好。这说明人的内心永远有填不满的欲望，有个成语叫'欲壑难填'，你现在应该明白其含义了吧？"

卓然看了何进一眼，颇为自信地说："我早就明白了，难道我顶着家庭的压力跟你恋爱，还不够脱俗吗？我内心的欲望不应该用壑来形容吧？"

何进急忙说："那是那是，要不怎么叫卓然呢。"说着拉住卓然的手，望着前方说："我知道你妈妈嫌我是个穷小子，没有钱。其实我何尝不想赚钱呢？但当赚钱剥夺了你成为一个高尚人的机会，你就会讨厌财富了。我心里还是想踏踏实实干一番事业的。"

卓然使劲挽住他的胳膊说："我看中的就是你干事业的雄心壮志呀！如果你是一路奋斗过来的，社会就会认可你是一个值得尊敬的人了。"

两人继续行走，一会儿就转到了山的北麓，进了九峰寺，院内清幽雅静，除了九龙槐和竹子，卓然还看到了大殿前缸里漂浮的水葫芦。

这时，一位年轻的法师从大殿里出来，卓然做了个拱手礼，又进殿敬了香，出来时何进正与法师聊得热闹，卓然走近他们，听了一会儿，听见法师说："有个画佛像的老法师圆霖就是在九峰寺出家的，后来去了天浦的兜率寺。"

何进点头道："听说过，还看过他的佛画呢，中国有个著名的雕塑家曾把圆霖法师的佛画与徐悲鸿的马、齐白石的虾相提并论。"

卓然还想说什么，何进拉了她一把说："走吧，我们现在马上去看摩崖石刻吧。"

师傅拈着佛珠说："摩崖石刻的佛字有 1.5 米见方呢。"

何进拉着卓然沿北麓下山，老远就看到一个红色的"佛"字，顿时肃然起敬。一侧还立有一碑，上写摩崖石刻的来历。两人拱手作揖，又继续下山，就到了斩龙桥上了。

斩龙桥下的河叫万寿河，河两岸的芦苇和簪灯花在阳光中伸开绿色的筋骨，一只白鹭腾地飞了起来，它扇动着白色的翅膀，在半空中画着弧线，一会儿盘旋一会儿俯冲，始终在斩龙桥下的河面盘旋着。

何进忽然想起了什么说："这里曾出过一个有名无实的状元郎。"

卓然问："有名无实？此话怎讲？"

何进接着就讲了焦状元的传说：

　　焦状元到了紫禁城朝见皇上，皇上问他家住哪里？他回答说住天浦斩龙桥。皇上立刻心有忌讳，

便继续问：你父母干什么营生啊？你平时吃什么烧什么啊？焦状元听后，刚要说：我父母是磨豆腐的，家中吃芭谷、烧芭谷秆子。可又感觉自己已是状元了，不能如此回答皇上，于是改口说：回万岁，小的父母在家转动乾坤，家中主要吃龙肉，烧龙骨、龙须。皇上听罢龙颜大怒道：焦竑，此话当真？焦竑连忙回道：回万岁，小的不敢说谎。皇上于是满脸杀气地吼道：拉出去斩了！焦竑不知道哪句话得罪了皇上，立刻吓瘫在地。左右大臣纷纷替他求情，皇上只好收回斩令，让焦竑空做一名状元。焦竑随即退出皇朝，做了一个有名无实的状元郎

卓然听罢哈哈大笑，边笑边说："说话真是一门艺术啊，会说话的人能把死人说活，不会说话的人能把活人说死。舌头就是一把软刀子呀。"

何进颇有感慨："驻村以来，我越发感觉到说话要讲究艺术了，特别是跟农民打交道，绝不能一句话让他跳起来，那真就惹麻烦了。"

"这说明，在学校时的棱角到了现实生活中都渐渐磨平了，人变得老成以后激情也就消失了。我说得对吗？"卓然望着何进。

何进摇头说："激情要在理智的框架中，否则会引起负面的东西。"说着俯身拣起一块石头扔进河里，立刻有一波水花在视野中绽开又收拢。

两人在桥上站了一会儿，何进往前边指指说："桥那边就是滁河了，古称'滁水'，唐朝以后改称滁河，发源于德固塘，汇合了六九五十四条支流进入六合区，孕育着两千多年的

古文明。"

卓然推着车往桥下走，边走边说："你刚来不长时间，想不到竟掌握了这么多的地方风物和民风民俗，真是挺用心的！"

何进故意问："那你说我干什么不用心呢？"

卓然停下来，望着他说："对我就不用心。"

走在后面的何进推着卓然的车后座说："我的热情都放在研究地方风物上了，哪有那么多的时间和热情给你呀？不过，我做得还很不够，跟我们村的赵支书相比差得远呢。赵支书能说出每个村的具体情况，对我驻村的鬼门关更是了如指掌。"

卓然推车下了桥，停下来望着跟在后面的何进说："男子汉大丈夫，自古以来就了不起！"

何进推车跟上来，与卓然肩并肩走着说："其实我更佩服项羽，都四面楚歌了，心里还惦记着虞姬怎么办？可我呢？总是顾此失彼，顾了工作这头就冷落了爱情那头，你心里怪我也是应该的，我能理解。"

卓然说："幸亏我今天来了，身临其境的感觉让我从心里理解了你。"

"真的吗？"何进有点意外地问。

卓然用确定的眼神看着他，好像在问："你难道还有什么怀疑吗？"

滁河风光带有七个景点、六个果树段和三块湿地，流经星甸�里人家，与翠云峰上的九峰寺遥相呼应，形成一片山环水绕、人在画中的秀美景观。何进与卓然行走在河堤两岸，看河水流动，两岸花草纷披的圩埂绵延着伸向远方，河里的小木舟荡于水中，船上的渔人在打捞水里野生的鱼虾，夕阳将碎金洒在河面，与流动的水形成闪烁的光波，颇有"落日熔金"之意

境，好一派"闲上山来看野水，忽于水底见青山"的田园慢生活。

卓然欢呼着高叫着，撒欢在圩埂上奔跑，不时举起手机打开镜头拍照。

何进见卓然纵情撒欢，自己也撒起欢来，他放声高歌《桥边姑娘》，卓然惊讶道："这歌我刚刚传给你，你就会唱了？"

何进越发唱得大声，卓然随后也唱起来。唱着唱着，他们就走到岈里人家，岈是天浦一带的专有名词，两山之间的凹地称为岈。相传这里共有七十二岈，现已开发出九岈，且以胡岈为领先，街头竖一块野石，上写"胡岈"，传说明代姓胡的官员在此花钱买地，胡岈家门口是一条直路，在九个岈中间，于是把秦岈、唐岈、杨岈统一在他的名下，并收编了一些小村庄统统叫胡岈。

卓然口渴了，想喝水，便问路边一个大妈哪里有水？大妈往前一指说："前边有口井，叫时雨泉，饮此泉水可长寿。"

何进与卓然走到时雨泉，这是一口水井，井台上竖了一块石碑，上写：井水含有丰富的矿物质，钙、磷、钾、钠等，冬暖夏凉，甘甜滋润，冬日泉水温和，阳光下可蒸腾起阵阵雾气。

泉水与井台几乎齐平，人猫腰下去就可以用手捧水喝，卓然捧喝了几口说："真甜，下次带我爸妈来这里看看。"

何进指了指前边说："过了斩龙桥，那边就是汤泉了。下次带你爸妈来，去汤泉泡温泉啊。"

卓然说："那肯定的，只是不知道我妈肯不肯来？"

"那就要看你的本事了。"何进说罢，骑上单车喊，"跑起来吧。"

卓然脚一蹬，一下子跑在了前边，何进在后边紧追，两人并肩骑行在路上，大自然的风爽爽地吹，他们的头发被风拉出一缕又一缕黑色的线条，如同泼墨画。

何进说："这下对我放心了吧？"

卓然转身望着他说："我什么时候对你不放心了？我不记得呀。"说罢调皮地抛了个媚眼。

何进使劲往前骑了一步，迎着风说："那就随风而逝吧！"

两人的笑声伴着风声在田野的上空回荡。

夕阳正在黯淡下去，残阳如一个巨大的没有光泽的火球，正疲惫地落入远方地平线的后面，当夕阳只剩下状若弯弓的一条边缘，空气中颤动着的一抹火红色的余晖迅速地扑向大地，乡村的宁静与落寞立刻显现出来了。何进与卓然停下车子望着天边，直至天色渐渐黑下来。

"原来夕阳是这样落下去的……"卓然意犹未尽。

何进说："今晚你还能在乡村看到月亮是怎样升起来的呢。"

卓然不相信地问："真的吗？"

何进说："那你就等着吧。"

两人又骑行了一会儿，卓然猛抬头，看到鹅黄的月亮正慢慢抬起她那硕大的脸庞……

"月亮女神真的来了！"卓然叫喊起来，声音兴奋。

何进也喊起来："这是城里看不到的大月亮啊！"

## 2

早晨召开村委会，赵支书重点讲了村里的医疗合作站问题，他神情严峻，说话一句接一句，每句话都砸在了人们的心上。

　　农民的苦日子我从小就开始目睹，我成长时恰逢七十年代，在我的印象中，村里有赤脚医生，如果头疼脑热了，赤脚医生会送来一片白色的药片，温水吃进肚里，出一身汗，就退烧了。联产承包以后，赤脚医生没有了，老百姓发烧生病要走四五十里路进城去看，农民没有钱，别说是感冒发烧这样的小病，就是生癌症这样的大病，没钱的农民也只能挨着等死，缺医少药的农村人太需要基本的医疗设施了。

　　今天召开村两委会，研究在原来的三组易地新建村合作医疗站。这是我刚刚从上边争取来的计划，相关手续已经办好了，马上就要施工，但我仍担心会遇到麻烦。合作医疗站是公益事业，大家的事情大家做，建起来会方便村里人就近看病，都吃五谷杂粮，谁敢保证不生病呢？我们应该清楚村民缺医少药的日子有多么难，现在好事来了，大家不要为了个人的一点小利益就拦着不让施工，新农村建设如果是政府剃头挑子一头热，大家袖手旁观，这事能办好吗？大家的事大家要伸手啊！

　　会场鸦雀无声，大家你看我我看你，不知道如何表达自己的看法。

　　何进不了解情况，显然没资格率先发言。

　　村主任方玉婉说："类似这样的村民代表会召开三四次了吧，大多数人想通了，仍有个别人思想不开窍。合作医疗站建在三组，那地方正好要占去陈老偏的四分地。老人已经八十岁了，死活不同意占他家的地，理由很充分：夫妻俩就靠这几分

地生活，孩子是过继的，没了地，靠什么过日子？前段时间施工队进去了，被陈老倔两口子骂了出来，三组有些人也跟着起哄，陈老倔的继子还拿着刀乱比画。施工一拖再拖，无法进行。"

赵支书忽然皱起了眉头说："明明是为村民办好事，可好事来了，村民却不认这个账。这样吧，今天会议先开到这儿，散会后村干部们集中去现场看看，到底是怎么个情况，大家有什么好招都使出来。"

散会后，几个主要的村干部就奔了三组，赵支书还把村里团支部书记和文体委员都喊上了，一下子召集了七八个人，方玉婉是唯一的女性。

到了三组准备建合作医疗站的地界，大伙儿一看就明白了，紧挨此地界的就是陈老倔家，三间房子破旧不堪，墙皮剥落，上面有雨淋的霉点子。前后都有院子，前院养了几盆草本花，有太阳花还有凤仙花，后院种了菜，茄子、辣椒、生菜、韭菜……后院显得宽敞，有鸡舍有狗窝，几只老母鸡在院子里啄菜，小黑狗朝人群汪汪狂吠。

陈老倔见村干部们来了，故意搬了个长板凳坐在门口，迎着日头闭上眼睛。

赵支书笑呵呵说："陈老伯，我今天带人到你家讨饭来了。"

陈老倔板着脸，眼不睁地说："你们这群公鸡，就是为了吃蜈蚣才来的。"

方玉婉走上来问："陈老伯，你不是在骂我们吧？这话怎么解释呀？"

陈老倔这才睁开眼睛说："这还用解释吗？老百姓是蜈蚣，干部是公鸡，老百姓与干部的关系就是蜈蚣与公鸡的关系。"

正说着，眼前突然有一条蜈蚣不知从哪里爬了出来，被院子里的大公鸡一口啄食了。

何进笑道："老伯这话真有点魔幻现实主义的味道啊，您看刚提蜈蚣它就钻出来了，又恰好被大公鸡啄食了。"

陈老倔自以为是地说："这就是天意，演给你们看的。"

赵支书接过话说："陈老伯，您是眼看着我长大的，小时候我记得您得了胃病，痛得满地打滚，但没钱去医院，只能自己忍着。如今咱村里经济宽裕些了，我就想把医疗合作站建起来，都吃五谷杂粮，谁敢保证不生病啊。"

这时，陈老倔的老伴冲了出来，仰起脖子嚷："你们建合作医疗站我举双手赞成，但不能占我们家宅基地，不能掘我们的命根子。"

赵支书笑道："婶子，您误会我们了，这是公益事业，给大伙谋福利的。"

突然，一把明晃晃的长刀在村干部们面前亮起来，一个年轻人横眉立目举着长刀，不用说，这是陈老倔的继子陈小横。

赵支书顿时起了心火，瞪大眼睛说："怎么又动起刀子来了，我这已经是第二次看到你亮刀子了，陈小横，打人犯法、杀人偿命你难道不明白吗？"

陈小横紧握着手里的长刀，斜着眼睛觑着赵支书说："都好好看看啊，这是一把蒙古长刀，它只听我命令，我让谁见血谁就见血。你们不占我家宅基地，我也就不动刀子。人不犯我，我不犯人。人若犯我，我必犯人！"

"今天我就不信这个邪了！"赵支书撸了撸袖子，摆出一副迎刃而上的架势。

方玉婉见状，急忙上前拉住他说："赵支书，反正医疗合作站就是这地界，大伙儿今天也都看清楚了。咱们先回去，改

日再来吧。"

陈小横挥起长刀，冷冷地看着赵支书。

赵支书一脸无所畏惧的样子说："陈小横，你今天真敢白刀子进红刀子出吗？那就冲我来好了，我不怕死！"

陈小横举刀在半空中抢了一个圆弧说："你敢动我家的宅基地，我就敢让你见红！"

何进与另外几个村干部跑上来拉住陈小横，陈小横白亮的刀子左晃右晃，杀气逼人。

方玉婉急忙拉起赵支书扭头走了。走出不远，何进等人也跟了上来，赵支书说："看样子要请陈老倔的亲戚出来做工作喽，否则他只认死理，你又奈何不了他。再加上他这个动刀子的继子，他捅了干部算白捅，干部若跟他撕扯，那就立刻成网红了，弄不好还算村里出了恶性事件。哎，真是惹麻烦的事情！医疗合作站不能按期施工，受损的是村里的老百姓啊。"

方玉婉说："哎，我倒想起一个人来了，他还是村里的老党员呢，是陈老倔的表亲。"

"谁呀？"赵支书急忙问。

"陈占理，让他来做工作说不定有门儿。"方玉婉说。

赵支书眼睛一亮，拍了拍脑门说："这话你要早说就好了，我怎么把这茬忘了呢？咱村干脆成立老党员议事小组，让这些老党员出来显显身手。走，咱们马上去陈占理家，请他出马。"

老支书陈占理没到陈老倔家里去，去他家里做工作要见他的老伴和继子，两个人都是不好惹的主，陈占理就在家里备了几个小菜，请老伴去街上买了烤鸭和香干，又温了一壶老酒，请陈老倔到自己家里来喝酒，于是两人就坐在院子的老榆树下边喝酒边聊天。

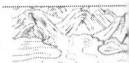

老榆树看上去有些年头了，枝干扭曲着往半空中伸展，树皮也剥落了，露出花花白白的树干。

陈占理与陈老倔喝下去半壶酒，知道该说话了，便率先发声。

"老哥，我们在村里活了几十年了，生病都没地方治，去城里又没钱，现在赵支书好不容易跟上边要来了建合作医疗站的项目，因为占了你们家的四分地，你阻止反对，全村人都无法享受合作医疗，你就不怕村里人骂你，对你有看法吗？人活一辈子总要落个好名声，您老八十岁了，让出这四分地，也算为全村人行行好，村里人会记住你的好呀。"

陈老倔一听这话，啪一声就把筷子放下了，两眼直勾勾瞅着陈占理说："老弟，敢情你今天摆的是鸿门宴呀，早知道这样，八抬大轿我也不来！"

陈占理也放下了筷子，端起酒杯说："咱是陈门兄弟，不能为家里的私事伤了和气，也不能因私损公，毕竟咱陈家人都够爷们！来，咱哥俩为陈家爷们喝一个。"

陈老倔懒洋洋端起酒杯，一仰脖子就把盅里的酒一口闷了，放下酒盅说："医疗合作站建不起来，我心里也不是滋味。我房前屋后的宅基地都是种菜用的，那是救命的地，村里几个干部一合计，就想霸占我四分地，这跟过去的地主老财有什么两样呀？我没了这四分地，在哪种菜，靠啥买菜？我和老伴都八十多岁了，家里没有收入，儿子又是过继的，娶媳妇不要花钱吗？"

陈占理忽然明白了，陈老倔不是不肯让出四分地，如果村里能给些补偿，这事还是有商量的余地的。

陈占理又端起酒盅说："老弟呀，听你刚才这番话，我知道这事为啥摆不平了，是差在钱上了。这么着，我跟赵支书通

融一下，看村里能给你补偿多少钱，如果差不多的话，你也就为村民行行好吧。"

陈老倔也端起酒盅说："这事村两委应该考虑在先呀，还用得着老哥费心思？"说着一仰脖子把酒喝干了，晃着酒盅给陈占理看。

陈占理也晃着酒盅说："今天这酒喝得痛快，再想喝也没有了。"

两人忽然哈哈笑起来，笑声把老槐树上的鸟惊飞了。

送走了陈老倔，陈占理就给赵支书打电话，把陈老倔的想法说了，赵支书听后说："新农村建设政府在主导，老百姓的参与意识不强，其实老百姓应该是主体，主体袖手旁观怎么可能把事情做好呢？"

陈占理说："赵支书，您这些大道理大伙都明白，问题是现在涉及陈老倔的宅基地了，你不给他个说法，让他往后的日子咋过呢？"

赵支书说："问题是这一步迈出去，以后村里人都效仿，什么事都干不成了。"

陈占理说："村里要给个合理的解释，否则我今天的工作就白做了。"

赵支书叹口气说："哎，看起来，政治工作是一切经济工作的生命线，伟人的话在任何时候都适用。我准备花三年时间请方方面面的教授给村民讲百场课，帮助村人学习，让村民转变观念。现在村民新农村建设的观念不具备，政府剃头挑子一头热，百姓生产技能水平不具备，现代生活理念和方式不具备，新农村要有文化内涵。培训农民的思想目的要把农民变成社会主义新农村建设的主力军和生力军，使他们成为和谐农家的一分子及开拓者。届时村里将成立老党员议事组，陈老伯要一马当先啊。"

陈占理一拍胸脯："我虽是夕阳了，也要红一红啊。"

不久，村里的医疗合作站就开始施工了，陈老倔得了村里的一笔补偿款，具体多少别人不知道，村部让他保密，一旦泄密就把补偿款收回来。据说老两口趁继子睡觉时打着电筒数了半夜，后来把钱存到哪里了，只有老两口自己清楚。

## 3

周志远想不到自己策划的项目竟在讨论中被亮红灯了，有人指出楚霸王是悲剧人物，不宜大肆宣传；也有人说如果论证楚霸王不是在乌江自刎而跑到了乌江以外的地方，那等于给自己踢了个乌龙球，把美丽乡村的旅游资源拱手送给别人了；还有人说胜者王侯败者贼，楚霸王对虞姬的爱情再忠贞，也是一世的败寇，要宣传英雄必须固守胜利情结。

最初的反对声音是微弱的，随着反对声音的加强，反对者的队伍也不断扩大，最后竟变成了众口一词的一边倒，让周志远一下子陷入了尴尬的境地。面对这样的局面，纵然他有胜券在握的宏大理论，也难以舌战群儒了，只好千言万语压在了心头。

讨论会是下午进行的，激烈的讨论一直持续到晚上。

夜幕降临时，办公室的人陆续离开，当最后一个人起身时，椅子很响地挪动了一下，好像是故意跟周志远叫板似的，使他的心脏突然猛烈地跳动了两下，额上一下子渗出汗来。他没有动，听着大楼里所有的脚步声远去。待所有的动静消失，他才站起身，这时一股虚弱的感觉袭来，他又重重地跌坐在椅子上。他的身边就是灯的开关，他伸手触碰一下，灯关了，窗外的灯光射进来，暗影中他用复杂沉重的眼神望着窗外，远处一排水杉在夜色中沉默着，周志远平时喜欢到水杉林里走一走，这排水杉还是上几届的领导在任时栽种的，有位领导当年很赏识他，把他提到了发改委副主任的位子上，具体分管美丽乡村建设，这么多年他的脚步是踏实的，业余时间他都在学习研究楚霸王，如果他的研究在这方面有突破，那就是一个大旅游的概念，打破条条框框的自我封闭与分割，合纵连横与邻县一起打造楚霸王溃逃旅游线路图，带动周边邻居共同富裕，何谓命运共同体？是也。

他这想法有错吗？本来雄心勃勃的他，面对今天万炮齐轰的讨论，他的思维突然收窄了，他甚至感觉妻子郑苹的话是有道理的，应该把自己的本职工作干好，余事勿取。现在，他尴尬的处境就是因为想多了吧？世上本无事，庸人自扰之。这念头刚一闪，他就把它掐灭了。如果他甘于平庸，就不会将历史已定论的项羽溃逃线路重新考证，恰恰是他自身的创新意识和使命感，使他勇于挑战权威，冒天下之大不韪将不可能变为可能。

周志远起身走出办公室，直奔那片杉树林，他抱住了一棵树，借着灯光打量上面的年轮，他想起了那位提携自己的老领导，感觉时光过得真是太快了。他因为工作太忙，已经很久没见到老领导了，于是掏出手机打电话，电话那边一个微弱的声音传过来，老领导病了，正在医院治疗。

周志远急忙开车奔向医院。路上他买了一点水果，特别买了小台芒，还记得那年与老领导到海南考察，老领导特别爱吃小台芒，回来时还带了一大袋子。

周志远来到医院病房，已是晚上九点钟了，老领导正倚在床上看一部历史小说《刘邦大传》。

周志远把水果放在床头柜上说："您老还是那么喜欢看书啊。"

老领导说："看了这部书，我有一种感觉，楚霸王才是顶天立地的英雄，他不玩弄权术、没有那么多心机，临死还惦记着虞姬，真是个大男人啊。"

周志远说："我也有同感，而且我发现项王溃逃的线路与从前历史的结论有误。"

老领导惊讶地望着周志远："何以见得？"

周志远面对老领导的询问，坦诚地把自己内心的想法和盘托出："这几年我利用周末假日实地考察了周边的相关遗址遗迹，发现项羽自垓下突围至乌江自刎过程中，留下的遗址、史料及传说故事存在诸多历史谜团，如：'霸王别姬'的故事到底是真是假？项羽渡过淮河后迷道的地方是阴陵县还是阴陵山？全国有四处项羽墓和四处虞姬墓，到底哪一处是真的？为何天浦与项羽溃逃有关的地名有很多？……"

老领导的目光在周志远的脸上停住了，这目光如炬，让周志远无所适从，他担心老领导会批评自己否定权威、不知天高地厚，于是心里不停地打鼓。少顷，老领导忽然朗声笑起来，使劲拉起他的手摇晃着说："志远，你真了不起，不愧是我的部下，敢于向学术权威挑战。不管你的猜想对不对，能怀疑并敢于推翻约定俗成的学界定论，就是一种勇气，一种创新。"

周志远想不到老领导如此肯定自己，这让他浑身热血沸腾，激情一下子就上来了，他站起身向老领导深鞠一躬说："老领导，当年在单位工作时您就一直鼓励我读书，后来又给我加担子，把我放在了重要的岗位上，今天您如此支持我向学术权威挑战，我真不知该说句什么话感谢您了。"

老领导将身子坐起来说："是金子在哪里都发光，是种子在哪里都发芽，好钢就要用在刀刃上。不过，挑战学术权威并非容易之事，你要把以往的史学定论推倒，以新的发现证明自己推理的正确，也等于是一场学术长征了。"

老领导的一番话忽然勾起了周志远的诸多回忆，茫茫学海行者无疆，有谁能懂得他的辛苦，那一波三折捕捉不定的考证，那翻遍史料永无止境的疑问……他的折腾绝不是为了个人的功名利禄，而是想以一个项羽溃逃线路新考为依托，挖掘大背景下的项羽历史文化旅游图，与江南江北都市圈规划同步。可他这想法竟被亮红灯了，看起来想让别人理解自己真是世上最难的事情了。

周志远望着老领导，无奈地叹了口气说："是呀，我这篇论文向多家学术期刊投稿都石沉大海了，没有一个期刊敢发。"

老领导闭上眼睛说："志远，挑战权威是会得罪人的，很可能还会影响你的仕途，你可要考虑好喽。"

周志远神闲气定地说："我早考虑过了，还历史以本来面目应该是学术界的根本。还有，我的挑战绝不是为了自己出风头，而是想建一个大的文化旅游经济圈，旅游应该是以历史文化为依托的大概念，而不是各自为政的挖沟填壑。"

老领导突然睁开眼睛，兴致颇高地说："谈谈看。"

周志远说："我们周边是安徽的定远县、宿州市、灵璧县、马鞍山市的和县，虞姬墓分别位于这四个地方，但有三处是假的，我已经考证出来了。不管真假，对于这几个地方来说都是一种难得的人文旅游资源，我想了一下，这四个地方如果按照本土传说打造相关景点，然后整合成一个大的旅游资源，让游客参与猜度哪一处是真的虞姬墓而哪一处又是假的虞姬墓，这对开发游客的智力和知识不失为一种新的尝试啊，因为现在游客的参与和互动意识都特别强烈，如果在游玩时能汲取知识营养大脑，那才是于无字句处读书呢。"

未等周志远的话音完全落地，老领导便抢着说："你这想法真是奇想，只是操作起来难度太大，不在一个省，各地方的经济状况又不相同，就好比不同地方的几把琴弦，谁能来指挥出一个调门呢？"

周志远苦笑道："我也只是突发奇想而已，离具体的操作还差十万八千里呢，纵然我是孙悟空，那金箍棒也甩不出去呀。"

老领导拍拍周志远的肩膀说："敢想就好，创新首先要敢想啊。看到你对工作的蓬勃热情，我心里很欣慰啊，当年没有看错你呀。"

周志远深有感触地说："我因此也招致一些人的误解，好像我要标新立异一样。"

"哀莫大于心死，人没有了创新精神，就剩一具空壳了，活着跟死了没啥区别。"老领导此时的思维特别活跃，每句话都像号角，吹在周志远的心上。

周志远心情激动地拉住老领导的手说："老领导，如果我天天能听到您这种振奋人心的号角该多好啊。"

老领导用手拍了拍周志远的肩膀说："关键是你自己心里要给自己吹号！"

"吹，我一定给自己吹号！"

周志远握紧了老领导的手，也许是太过用力了，老领导挣了挣，把手抽了回来。

周志远似意识到了什么，不好意思地站起身说："老领导，您好好休息吧，有什么事情唤我一声，我过去是您的部下，现在仍是您的部下，您有事尽管吩咐，我仍是您的跑腿者。"

老领导说："志远，把自己的工作干好，就是最好的跑腿者，权力取之于民用之于民啊。"

周志远连说："我明白我明白，老领导您就放心吧。"

从医院出来，周志远心中真像吹响了号角，他情绪饱满，开车的速度也快了起来，他还放起了音乐，小号演奏的《西班牙斗牛士》，生活就是一头老牛，他要一直斗下去，哪怕遍体鳞伤。

夜色深重了，街上的灯光与天上的星光同辉，分不清是灯光亮还是星光亮了。周志远心潮澎湃，突然想到哪家酒吧里坐一会儿，与人畅谈一下自己的想法，他想到了何进，于是打他的手机。

何进在村里，一时半会儿赶不过来。

周志远有点不甘心地打了一个大学教授的电话，这位郭教授在省农科院农研所，近几年写了不少有关美丽乡村的论文，周志远约他到附近的茶吧喝茶，郭教授很快答应下来。

不一会儿郭教授就到了，周志远与他寒暄着，问他喝什么茶？郭教授说："我喝茶没水平，再说晚上喝茶会失眠，不如来两瓶啤酒。"

周志远就喊服务生要了一扎生啤、一盘花生、一盘瓜子，两人举着透明的玻璃杯，借着啤酒将心里的郁闷悉数倒了出来。

周志远把最近一段时间自己工作上屡遭不顺的事和盘托出，特别是西楚霸王与虞姬的传说，他本想以自己的求证来成就一个大的旅游文化圈，但被亮红灯了，致使他的情绪几乎跌至冰点。

郭教授笑笑说："周主任，其实我心里比你轻松不到哪里去。最近我去全省农村转了一圈，古老的原始村落基本没有了，农民都'上楼'了，但住进居民区的农民仍然保持着过去的生活习惯，门前是手扶拖拉机，空闲地方堆满了柴草，前庭后院种花的地方都种了菜，把物业种的花草全拔了，每平方米只交两角钱的物业费都收不上来，村民住在小区里随地吐痰、嗑瓜子到处扔皮……眼下的城市化只是平房换楼房的表面现象，农民的思想观念仍然停滞在过去的农耕时代，离城市文明差得远呢，感觉不伦不类呀。"

周志远感叹说："这个问题我也发现了。"

郭教授接着说："还有我们的乡村建筑，几乎都是千篇一律的楼房，看上去就没有生机，更别说是乡村文化了。街上的那些门楣也都统一了字体，原来由当地书法家书写的五花八门的门楣如今都成了清一色，有的地方还黑底白字，农民觉得不吉祥啊!

周志远不由笑了起来，说："不懂乡村的人去改造乡村，这其实是对乡村的亵渎，更会毁掉乡村的民俗民风和原生态文化的。"

郭教授接着说："乡村振兴中，尤其是乡村旅游建设中，乡村人不懂城市脉络就去发展乡村等诸多现象更值得深思。乡村是乡村人的乡村，也是城里人的乡村，从这个意义上说，乡村成了中国现代化的稳定器和蓄水池。如果说城市为社会探索一种向前的动力，那么乡村则为这种动力提供精神慰藉和稳定后方。现在已经有不少返乡、下乡的创业人士，投入到振兴乡村的工作中，为农村、农民、农业，也为自己创造机遇，但成功者不多，为什么？是因为乡村旅游发展同质化严重、乡村旅游业态落后，这些问题的背后，源于乡村人不懂城里人的消费观念，不懂都市消费潮流，更不懂城里人为什么喜欢乡村。很多返乡后打造的乡村旅游业态，往往过于追求自己儿时的情感记忆，饭菜追求小时候妈妈的味道，而乡村游主流游客是"80后""90后"甚至"00后"，视野与格局简直与此格格不入，他们要的是种菜、摘果，花红柳绿，而不是条件简陋风吹日晒。"

周志远插话说："当然还有乡村文化，那种悠久的历史传说、神话故事是游客最喜欢看的东西，可现在许多乡村把真正属于自己的历史文化传说扔了，弄一些他山之石攻玉，能吸引游客住下来吗？"

"所以振兴乡村，首先要振兴思维，你懂城市才能建设乡村，要把中国的乡村打造成全世界、全人类共同喜欢的乡村，而不是乡村人的乡村。"

郭教授的思维很有深度，也比较接地气。周志远刚要接话，脑中忽然停摆了一下，出现了一个空白点。

郭教授看出周志远有话要说，便催促："你说呀，今晚约我出来不就是说话的嘛，要不吐不快呀。"

周志远搪塞道："刚想好了一个段子，到了嘴边又忘记了，最近我大脑经常出现空白，也容易忘事，可能是脑缺血了。"

郭教授随之说："我也一样，人到中年万事压顶，人压力过大就会未老先衰啊。"

这时，周志远的手机响了，他一看号码就想起身出去接电话，郑苹见他这么晚不回家，已经猴急了。

郭教授早已猜出了八九，便起身说："夫人干预了吧，太晚了，都回吧，明天我还要出差呢，闲时再聚。"

周志远回到家，发现郑苹一脸焦虑，她刚跟周甜甜吵过架。马上就考试了，周甜甜仍沉浸在虞姬与霸王的传奇之恋中，她还网购了两把剑，学唱京剧《霸王别姬》，正对着镜子练剑时，被下班回家的郑苹撞了个正着，于是母女俩就吵了起来。

郑苹吵不过女儿，周甜甜的理由很简单，要开拓自己的思维，她还举出了一个往届高考的例子，说别人就是因为思维开阔才写出了满分作文。

郑苹听了随口抛出一句："那是别人家的孩子，你考一个满分我看看？"

周甜甜说："妈，你别瞧不起我，要是我考个满分，你如何打赏我呢？"

郑苹说："放你游欧洲，这条件可以吧？"

"那咱们一言为定了。"周甜甜伸手与母亲拉钩一下，就跑到自己房间把门关起来了。

郑苹一直盯着周甜甜的房间看，周志远就是这个时候走进来的。他第一眼就看见了焦虑的郑苹，便将她一把拉进了卧室，郑苹索性把甜甜的一切和盘托出，周志远两手按住郑苹的肩膀说："相信甜甜会成功吧，我们不要过多干预了，孩子自有她的主张。"

这个夜晚对周志远来说，乡村旅游比周甜甜重要，西楚霸王与虞姬的旅游项目比郑苹重要。他的脑子里晃动的都是大事，难道这就是人到中年的状态吗？他前半夜与郑苹轻描淡写地说家事，后半夜又在妻子的鼾声中想公事，不知不觉黎明在他的窗前晃动时，他才发现天亮了。

## 4

听说甲骨印社有位社员，退休后一直在研究项羽溃逃线路地名，还刻成线装书，把沿线地名故事也全部整理出来了。何进决定去探个究竟。

龙虎巷是与津浦铁路共生的，当年天津的一大批产业工人南下谋生，在浦镇车辆厂形成固定的生活圈，既是生活圈就会有三六九等，就会有达官显贵与饮食男女，还会有酒肆、旅店、洗澡堂以及卧轨起义的壮举。昔日的红色经典故事成就了龙虎巷的名声，同样成就其名声的还有产业工人的生活习惯，那些沿街盖建的商铺，鸡丝馄饨与六合猪头肉的香气穿越时空的隧道在砖瓦墙壁上弥漫，高居于沿街小铺子后面的是堂皇气派的各式别墅，英伦式建筑最为抢眼。几经沧桑巨变，旧人去了，新人又起，风雨剥蚀的痕迹，让人从巷子的深处窥见当年的繁华市井。如今这里已属于新区的范畴，听说要以百亿的规模打造，旧酒装新瓶，别是一番新滋味了。

何进走在旧式的砖石路上，忽然有一种心静之感，不知从哪里吹来的凉风又让他想起了"心静自然凉"的俗语。猛抬起头，正有一枝海棠越墙而出，海棠晃着一张红脸，忽而像卓然忽而又像于欢，何进不由使劲睁了睁眼睛，但幻觉还是不停地扰乱他的视线，不知所措之时，冷静细看恰是自己要找的门牌号码，于是停下脚步清醒一下头脑，开始叩门。

门只响了一声，里边就有人探出头来，一袭蓝色的布衣，五官紧凑，鬓角略白，不用说他就是那位刻谱的长者。

"打扰您了。"何进的客套随着他的脚步跨进了院内，这是一个老旧的四合院，房檐有点倾斜，但老屋老瓦的韵致还在，院子里的海棠树正值花期，见到陌生人似争先恐后地全开了。

何进打量着一树的海棠说："老旧的院子因为这一树的海棠花变得鲜亮起来了。"

"树就是院子的眼睛，也是院子的风水。"长者随口说。

　　何进跟着长者进了屋内，简陋的木质桌椅看上去有些年头了，长桌子是乒乓球案板，上面摆满了各种宣纸和笔墨刻刀。

　　长者让何进坐下，又倒了杯水，就把《天浦项羽故事地名印谱》递给了何进。

　　何进翻着，心生敬意，将这些地名集在一起就是很大的工作量，再一刀一刀刻出来，对个人来说，真是一件了不起的工程。他不由问："您老怎么会想起做这个？这可是个不简单的工程啊。"

　　长者笑道："我本人是甲骨印社社员，很喜欢项羽这个人物，在浦厂工作时，业余时间就收集这些地名，退休后有了空闲时间，就把这事情做出来了，也没觉得多么了不起。你说是工程，我倒想起做这事的缘由了。"

　　何进未语，一双眼睛盯着长者，期待着他说下去。

　　长者慢悠悠述说起来："我在天浦跑了不少地方，听说了项羽的许多传说，天浦有个地方叫高旺，'垓下之战'楚军大败，项羽带着虞姬和28骑逃到高旺附近时，刘邦追兵的喊声已如雷震天，项羽急忙打马到高旺的一座小山上瞭望，只见东边驿道上，尘土飞扬，绣着'刘'字的米黄色大旗迎风招展。西边路上也有一队人马，领头的就是韩信。项羽见是曾在自己手下当过执戈郎的韩信，气得毛发直耸，真想将他捉住活剥皮。就在这时，项羽的乌骓马突然长啸一声腾起两只前蹄，它在催促主人快寻生路，于是项羽抖起缰绳，极目四望哪里是生路，北边有老山阻挡显然不行，唯南边的西江口离长江十华里，不出一袋烟的工夫就可到达。可又一想，到了西江口去哪里寻船呢？再说，韩信也肯定在那里设兵布防了，此处也不可去。其实，项羽错估了形势，韩信恰恰在西江口没有布防。项羽当年登高瞭望的地方被后人取名为'高望'，后来百姓图吉利就改成'高旺'了。"

何进听得入神，不想打断长者，只在一旁催促："您老继续讲，很生动，我喜欢听。"

长者也不再推辞，继续讲述起来："项羽率众从高旺向西奔逃，与前来堵截的韩信追兵殊死拼杀。交战中，虞姬挥舞双剑不离项羽左右，项羽直挺长枪紧护虞姬身后。虞姬平时最喜欢兰花，衣服上绣着兰花，头上的碧玉簪也是兰花图案。此刻，在与韩信交锋的激烈战斗中，她的兰花簪丢失在一个大塘埂上了。从此，这失落碧玉兰花簪的塘埂上和附近的山坡上就出现了兰花，漫山遍野，每逢春天到来之际，香气袭人。后来人们就把虞姬失落碧玉簪的塘叫'兰花塘'。"

"好一个动人的爱情故事，抽空我一定到兰花塘实地去看一下。"何进站起身望向窗外，长者在院子里养了几盆兰花，虽未到开花的季节，那几丛叶片也足够雅致。当他把目光移回房间时，长者显然兴致高涨，不等他催促，就继续说起来："离兰花塘七八里的样子，还有一座失姬桥呢。传说项羽带着虞姬等人冲破韩信的堵截，穿过一个村落来到一座小桥边，这时天已大黑，项羽下令就地宿营。虞姬守在项羽身边，不由长叹一声，想不到这叹息惊醒了项羽。虞姬见项羽心情郁闷，便挥起双剑舞了起来，那双剑酷似两道闪电，银光闪闪，伴着虞姬的泪珠，动人魂魄。项羽这时忽听到虞姬边舞边泣说：'望大王珍重龙体，妾先去了……'话未落地，虞姬已倒在血泊中，她自刎了。项羽大叫一声，扑在虞姬身上，泣不成声。据说，后来当地百姓把虞姬掩埋在小桥西边的田野里，这座桥就叫'失姬桥'了。"

"这个故事知道的人多，京剧《霸王别姬》演的就是这个故事。您再继续往下讲，这个叫'横六步'的地方是哪里呢？"何进翻着名谱问。

　　长者笑道："您若真喜欢听，那我就接着讲吧。项羽失去虞姬后，又与追兵拼杀，单骑　人杀出一条血路。乌骓马奔跑如飞，天蒙蒙亮时，项羽来到驿道边的一个小村庄，但见追兵呼啸而来，这位骄横一世的西楚霸王，不知往哪里奔，进退两难，失魂落魄的他只好随着马在驿道上转圈子……后人就给这个小小的古战场取了个'魂落步'的名字。时间久了，人们误把'魂落步'叫作'横路步'，也有叫'横六步'的，总之意思都一样。"

　　何进插话："有首民乐《十面埋伏》，表现的就是项羽这段传奇故事。"

　　说完，他忽然想起尚不知怎么称呼这位长者，便询问起来。长者托起桌案上的一块石头说："叫我金石吧，我本身就是研究金石文化的。"

　　"那您真名？"何进接着问。

　　"真名是父母给取的，笔名是自己取的。"长者笑说，又将一本名谱送给何进道，"我限量印了一百本，这是第九十本，但愿此书对你有用。"

　　何进诚惶诚恐接过名谱，掂量着说："做这么一本书多不容易啊，我若白拿一本等于掠夺您老的胜利果实了，我还是付些费用吧。"说着就掏口袋。

　　金石笑道："这话就见外了，要知道我这是无用功，无用功的东西能派上大用场，我该是多么欣喜呀！"

　　何进只好把名谱收进包中，再无客套地离开金石的家。

　　走出龙虎巷时，何进忽然有一种传递信息的欲望，他首先想到了周志远，他要把这本名谱拿给他看，让他知道天浦民间有多少人在以不同的方式研究着项羽，项羽文化旅游项目是有民间基础的。何进打通了周志远的电话，一脚油门车就跨过了长江。

周志远靠在办公室的椅子上，何进兴致勃勃地讲述似未勾起他的兴奋点，他的头仍在痛，皱紧的眉毛让何进感到他神经的痛点。

何进忍不住问："周主任哪里不舒服吗？"

周志远答非所问地说："项羽失败这件事对中国人心理上的影响是很大的，中国人从此记住了'成王败寇'。但项羽是典型的英雄人格，他重视道义、有尊严有自信、坦率直爽，他是楚国大将的后代，代表的是贵族精神，临死之前还担忧虞姬怎么办。他是君子啊，虽败犹荣，君子精神就是贵族精神，英雄精神也是贵族精神的一种形式，难道这不是当下国人应该提倡的吗？"

何进听到这里，隐约感觉周志远的项羽文化旅游项目受阻了，他想细问却又不好打断他的思路，便任由他说下去。

周志远继续自话自说："一个旅游项目首先要展示当地的历史文化，历史文化其实就是一种精神，我们当下的许多旅游项目都太同质化了，这怎么行？我们太需要项羽精神了，顶天立地的精神、君子精神、贵族精神，而不是唯唯诺诺、见利忘义的吃喝玩乐精神。"

何进使劲咽了口唾液，他口渴了，估计周志远也口渴了吧？可他不敢站起来倒杯水，更不忍打断周志远的慷慨陈词，他还未听够呢，难得的一次见识啊。

何进的唾液可能咽得太大声了，周志远意识到了，他停下话突然问："你要喝水吗？来，自己倒吧，这里有茶叶。"

周志远将茶叶罐推给何进，这才缓过神似的大舒一口气说："我刚才都跟你说什么了？这本来是昨天应该在会上说的。我这个人啊，经常这样，本来应该在会议上说的事情，会上捞不到时间讲，就在私下寻思当时为什么不抢着讲？应该怎么讲才能引起领导们足够的重视。可真到了我应该讲的时候，就没时间了，只好闷在心里了。"周志远满脸悲怆。

马后炮，何进在心里说。他已经泡好了茶，递一杯给周志远，然后端起杯子吹着上面漂浮的茶叶，呷了一口说："周主任，您自小就是这种性格吗？不喜欢抢话说，喜欢听别人说。"

周志远随之呷了一口茶说："不是的，这习惯是在工作后养成的。可我想论证的项羽文化旅游项目必须要表达，却又没有机会展开陈述。今天见到你竟然滔滔不绝，就像见到了可以帮助我落实项目的上级领导一样啊。其实呢，在你听来这些可能都是牢骚话了。"

"哪里哪里，我颇长见识，真的周主任，这绝不是恭维。"

何进觉得周志远真算是胆气过人，既想推翻史学定论又想把自己的观点通过旅游项目立体呈现。在别人眼里这无疑是标新立异，在何进看来这就是国家多年提倡的创新意识，这意识是多么难能可贵呀！他不能再多言，只好大口喝茶，边喝边说："周主任，我很同意您的观点，只是我位卑言轻，起不了关键作用。但项羽这条旅游线路还是很有民间基础的，听了您的一番话我觉得此项目颇具思想高度，真是值得大做文章啊。"

周志远叹息说："雄心太大骑虎难下，如今我真正理解这句话的意思了。"

这时，何进的手机响了，是卓然。他快速按下消音键。

周志远问："谁找你？"

何进做个鬼脸说："还有谁？还能有谁？"

周志远一下子心知肚明地笑了："明白，赶紧去吧。"

何进端起杯子将茶一饮而尽说："周主任，哪天我请您喝茶，细聊啊。"

周志远起身靠近何进，拍拍他的肩膀说："今天跟你胡扯了一通，心里倒痛快多了。"

何进笑笑说："但愿我能成为您的解压阀。"

周志远使劲握了握何进的手，看着他的背影消失。

## 5

卓然最近心情有些郁闷，她本来是想去珍珠泉呼唤珍珠的，那泉水在人们的呼喊声中变幻出魔术般的水颗粒，如珍珠蹿上跳下，她精神的兴奋点也随之沸腾。可到了珍珠泉，沿小路行走竟寻到了达摩面壁的洞窟，卓然一下子就想到了何进，忍不住打他的电话。

何进见到卓然的第一句话就说："今天我正跟领导谈事情呢，你真是搅局呀。又不是双休日，约我来这里干吗？"

"我没想到你会来，本来是随便打了一个电话，哪想到你就来了呢。"卓然有点娇嗔地说。

"这只能证明你在我心里的位置很重要，不，是非常重要。不过，今天我要提前给你打个预防针，不要提于欢，更不准吃醋啊，我心烦着呢。"

卓然说："我是请你过来看达摩洞窟的，在佛祖面前你还会心烦吗？"

何进四处打量了一番说："好神秘呀，这地方就是一个神秘的气场，达摩洞窟和珍珠泉，妙不可言的人与物。"

何进说着，放慢脚步慢慢地欣赏起来。

　　定山寺位于定山狮子峰下一箕形山坳里，背山面江，远望如群山之大门。四周山绕，苍松夹道，岫岭参差。寺门外古银杏三棵，古桧三株，皆数百年物。

　　两人走到洞窟前，细读墙上的文字。据史料记载，公元503年，也就是南北朝时的梁朝，梁武帝笃信佛教，为高僧法定在定山狮子峰下建造了规模宏大的定山寺，游人香客纷至沓来，香火盛极一时。定山寺为江北第一古刹，与江南栖霞寺、鸡鸣寺齐名，位居南朝四百八十寺之列。印度高僧菩提达摩时传教于中国广州，梁武帝邀请其至国都建康（南京）询问佛学，因教乘不合，达摩于梁普通七年（526年）离梁北上，折获渡江至长芦寺，后又至定山入禅院驻锡。明冯浩有卓锡泉诗曰：“九年面壁缘空幻，一苇横江也自奇。”后来达摩去河南少林寺，创立佛教禅宗。

　　两人走出洞窟，沿着一条小路行走了一会儿，只见周围堆叠着小山一样的木头，有的木头过于粗壮，两人合抱都抱不过来，估计是百年老树了。一个简易工棚里传出锯木声，有人在干活。

　　不远处金碧辉煌的大殿传来诵经声，香客们三三两两出出进进，殿前香火旺盛。

　　卓然停住脚步说：“我也想敬香。”

　　何进说：“那你敬吧，我去大殿里转转。”说着就进了大殿，留下卓然在殿外请香敬香。

　　一会儿，何进出来找到卓然，猛一抬头，见前边有个摄影师在摄影，旁边有个女的正比画什么。卓然一眼认出是于欢，顺嘴说道：“不是冤家不聚头，于欢怎么知道我俩在这里呢？”

　　何进一脸茫然说：“我怎么知道？你问我我问谁呢？我到这里也是听了你的召唤，我事先并不知道啊。”

卓然还是用怀疑的眼光打量何进，何进沉下脸说："卓然，我告诉你啊，别讨没趣。"

卓然转身离去，刚迈出两步，于欢一眼发现了他们，便高声喊叫起来："卓然，何进！怎么遇上你们了，真是太巧了。"

卓然只好转身奔向于欢，边走边说："今天真是应了无巧不成书这句话了。"

何进跟在她的身后。

他们到了于欢跟前，于欢抢先说："我们想拍一部庄昶的专题片，今天到这里采个实景。"

"庄昶？"何进好奇地问。

于欢自鸣得意说："难道你不知道庄昶吗？那我告诉你吧，他是明成化二年进士，为翰林四谏之一。明成化三年，宪宗帝以奉养两宫太后为由，命词臣献诗进赋，粉饰太平，并准备元宵节之夜张灯结彩，热闹庆贺。庄昶以国家安危和人民疾苦为重，不仅不写青词进赋，反与翰林编修数人上呈《培养圣德疏》，直言进谏。奏书情真意切，文采飞扬，却得罪宪宗帝，数人均遭庭杖且被贬官，时称'翰林四谏'。庄昶被贬后隐居定山近三十年，在珍珠泉附近修筑'定山草堂'。著有《定山文集》，后被收入《四库全书》。庄昶墓就在定山寺遗址后，你们有没有兴趣去看看？"

何进望一眼卓然说："那就去看看嘛。"

一行人立刻奔了过去。

何进对墓侧的诗碑颇感兴趣，诗云："此老平生铁作肠，诗篇每带梅花香。若知出处惟渔父，自信粗豪过楚狂。江海高风云滚滚，乾坤正气尚堂堂。至今人到坟头上，松柏常时有雪霜。"

何进用手机将诗碑拍了下来，准备发给周志远看看。

卓然奔过来说："于欢，给我们俩合个影。"说着将手机递过去。

于欢未接卓然的手机，自然也就未给他俩拍合影，她说了一个理由，让卓然哑口无言。"这是古人的墓地，不怕阴气冲了你们的喜福吗？"

卓然感到于欢真是高她一筹，处处可以击中她的软肋，不光她的软肋，何进也愣了半晌不出声。

天至黄昏，乌鸦怪叫，一片阴气笼罩，令人惊悚。

三个年轻人走出墓地，夜幕降临，城市的灯火让青春的心又有了骚动的快意，几个人吃了江南小吃，就准备各自回家了。

卓然想黏着何进的娇态被于欢一语道破："两情若久长，又岂在朝暮？"

何进急忙说："我马上回村里，一大堆事情呢，今天又不是周末。"

卓然无语地望着他，黯然神伤。

于欢随之调侃："工作第一、恋爱第二，干革命就要胸怀祖国放眼世界哈。"

卓然瞟了她一眼，板起脸不作声。

## 6

考试迫在眉睫了，周甜甜却不温不火起来，她的心思大部分都在网络小说上面。

最近，她又不知从哪儿学会给自己的小说开启了打赏模式。周甜甜的兴奋点被打赏点燃了，她索性一不做二不休，又开启了写作模式，《霸王与兰花》已多日未更新了，大把的粉

丝在留言：为什么还不更新？周甜甜心里暗喜，键盘声噼里啪啦就在房间响起来了。

　　项羽从咸阳撤出时，掳掠的财物、美人大都分配完毕，他身边的大将桓楚说："还有一些文人没人要。"

　　"什么文人？"项羽问。

　　桓楚说："就是养在那里供秦始皇咨询天下事情的。我查问了一下，有很多都是博士。"

　　项羽皱了皱眉头说："咱们用不着，杀掉算了。"

　　桓楚去后，不一会儿领了一个人来，对项羽说："那些没用的文人都杀掉了，这个人说他有重要的事情要对大王说，我只好领他来了。"

　　项羽瞟了一眼那人，宽衣大袖，相貌斯文，就问："你叫什么？"

　　那人急忙回答："大王，在下姓韩，叫……"

　　未等他将名字说出，项羽就摇头说："你这种人留个姓氏就够了，还用说名字吗？有什么话你就说吧。"

　　"大王，咸阳地势险要，周围土地肥沃，以此作为首都，可称霸天下。"韩的意思是劝项羽如秦始皇那般，干一番统一天下的大业。

　　项羽沉思片刻说："我只想做个天下霸王，不想做统一天下的秦王。现在咸阳已满目焦土，我还在这里干什么？富贵不归故乡，就如锦衣夜行，有谁知道呢？好了，你走吧，为了你的这些话，留你一条命。"

　　韩出了项羽大帐，仰头叹息，项羽不过是沐猴而冠罢了。

　　这话被一个小军官听到了，立刻报告了项羽，项羽大发雷霆，怒声命令："快去把他捉回来烧油锅烹了！"

　　……

　　周甜甜正在兴头上，满屋的键盘声。这声音够大，郑苹刚进客厅就听见了，忍不住喊："甜甜，马上高考了，你又不务正业吗？"

　　周甜甜未理睬，照样我行我素。

　　郑苹一把推开门，大声呵斥："甜甜，你还有完没完了？你考不上大学，就去扫马路吧。"

　　周甜甜只好停下键盘说："学士、硕士、博士，其实是最危险的人物，皇帝说杀就杀了，秦始皇焚书坑儒，楚霸王杀文人博士，觉得他们都没有用。"

　　郑苹双眼盯着电脑屏幕说："你这写的都是什么呀，乱七八糟的。"

　　周甜甜一下子关了电脑说："我的亲妈呀，我已经为自己找到人生的目标了，谁也拦不住我，这跟考大学无关。"

　　周志远刚好进门，听见吵闹声便说："在单位够心烦了，回到家也不清静。"

　　郑苹从甜甜房间走出来，打量着周志远，一时不知说什么话好了。

　　周甜甜趁机使劲把自己房间的门关上了。

　　郑苹和周志远同时把目光转向周甜甜紧闭的房门。

　　郑苹气恼地说："马上就考试了，她还在写网络小说，火

都烧眉毛了，她究竟要干什么呢？"

周志远本想发火的，见郑苹在撒气，便深呼吸将心中的火气熄灭，转过身看着郑苹说："女大不由娘这谁都知道，你也不必过多管她了，现在的孩子都不服管，管得越多她越逆反，要赏识教育了。"

"我赏识她写网络小说吗？她若真成了天下霸唱倒也好了，只怕是将来大学考不上，工作找不着，将来赖在家里当剩女呢。"

周甜甜突然从房间里冲出来嚷道："谁是剩女啊？我要是剩女，那也是神圣的圣。"见郑苹怒目瞪她，越发肆无忌惮说："当初要不是我爸接盘，你才是真剩女呢。"

"甜甜，你怎么这么跟你妈妈说话呢？简直太放肆了。"周志远未等郑苹反应，率先对女儿沉下脸。

郑苹早已心凉半截，哪还有心思跟女儿斗嘴，她转身进了卧室，唯有泪千行了。

周甜甜瞟了周志远一眼说："我考试不用你们管，考糊了我离家出走，不会赖在你们身边吃闲饭的。"说罢进了自己的房间，使劲关上了门。

房门的震颤惊动了房顶上一只吐丝的蜘蛛，它像挂吊环一样翻转了几下又吊了上去。

周志远望着吊来吊去的蜘蛛发呆。

## 7

何进兴冲冲走进村部，赵支书急忙说："一天没见你人影，心都发慌。"

何进说："我出去跑了一趟。"

赵支书问："你怎么说？今天有收获吗？"

何进这才坐下，叹息一声说："干什么事情都不容易，我昨天见到周主任了，听他的口气，项羽文化旅游项目不被看好，论证会上的反对票挺多的，说不定要遭遇滑铁卢了。"

赵支书随之紧张起来，两个耳朵直竖着倾听，生怕漏掉一个字。

何进接着说："总体意见是，项羽毕竟是败者，他再顶天立地，也不是成功的榜样，旅游项目是推介一种历史文化，向游客展示项羽的失败恐怕不太妥当。"

赵支书说："这叫什么事啊？真是添堵！"

何进见赵支书有点上火，便换了口气说："我只是从周主任那里听来了一点小道消息，跟您吹吹风而已，究竟怎么搞，要看上边的红头文件。"

赵支书的表情，让何进很后悔自己刚才的嘴快，他凭什么快嘴吹风呢？真有风来还用得着他吹吗？

赵支书起身拍拍何进的肩膀说："那这件事先放放，咱俩再去村里看看如何？"

何进表示同意。

赵支书与何进到了村子，只见一汪水塘、几棵柳树、几家炊烟。走到一处高筑的门楼前，听见里面正传出女人的大声喧哗，她支了扩音器，如过去的广播喇叭一样，女人讲述时，喇叭里还不时传出一个男人的嗤笑声。

女人说："二姑娘是倒贴呀，哪个男人会拒绝一个女人送上门呢？可她不知道这一下子就毁了一个家庭呢。全村的老少爷们，你们说这女人可恨不可恨呢？"

村里闲在家的人都出来听广播，院子外面聚了一群人。人群中更多的是留守妇女和老人，人们开始议论："这二姑娘也

太不像话了，明明是她跟大喇叭有事，非要给她的男人造谣不可，把个家折腾得都快散了。"

这个大喇叭是村里游手好闲之人，家有几亩地外包了，三十大几了仍是光棍一人，会看相算命，进手财钱不少，但平时基本不干正事。

赵支书与何进大体了解下情况，觉得个人的私事没必要过多干预，两人刚要转身，喇叭又响起来了。

"打火机和火柴同时追求香烟，可香烟最后选择了火柴，请问这是为什么？我告诉你吧，火柴和香烟一生只能为对方燃烧一次，打火机却能为不同的香烟燃烧无数次，最关键的是火柴有房子。"

围观的人哄笑起来。

赵支书转身冲屋里嚷："你别弄这些没用的，有本事把村里人都带着奔了小康，耍贫嘴算什么本事啊。"

大喇叭突然在人群中喊："哟嗬，你这口气挺像领导讲话嘛，你是哪沟赶来的？"

二姑娘近前一看，嚷道："哎呀，是赵支书，还有何助理。你真是个大喇叭，瞎嚷嚷什么？也不睁眼看看来了什么贵宾。"

大喇叭吐了吐舌头，一时竟不知怎么办才好。

二姑娘说："你那看相的本事呢，还不赶快拿出来派上用场。"

大喇叭一个箭步直奔到赵支书跟前说："我真是有眼不识泰山啊，看您这天庭饱满、地阁方圆的相貌就是个大富大贵之人，您一个人的福气托到全村人都有福，福如东海。"

赵支书上下打量了他一眼，一时不知说什么好了。大喇叭趁机问："赵支书您是到我们村视察吗？这村要拆迁做旅游

啦？听说上边要搞项羽文化旅游项目，跟您说啊，我们村真有一个项羽遗迹，一双大脚印还有马蹄印，上边要开发，先把那地方圈起来。不过，我那里还有一间房子呢，不知拆迁能补偿多少钱？"

何进静静地在一边看着，始终未吭声，他忽然悟到村民对拆迁的敏感是对钱的敏感，他们期望得到大笔的补偿款，让他们一夜暴富、一步登天。不由说："真扯淡！"

这话竟被大喇叭听到了，他凑到何进跟前问："你刚才说什么？扯淡是吧？我马上测一下，扯淡是什么意思？说着，在手机屏幕上比画了一会儿说，扯淡这两个字寓意非凡，我测了一下，签语是这样说的：笑谈封侯事不难，英雄仍作布衣看，纷纷眼前皆商贾，贫富原在咫尺间。"

大喇叭念完哈哈一笑说："这签语太符合实际了，你看第一句是说，你若当官这事不难很容易；第二句是说，你虽然当了官，仍把自己当成平民百姓；第三句呢，告诉你若开发村里的旅游项目，商人们就纷纷来投资了；第四句就更明白了，贫富都是尺把间的事情，只要一拆迁村人立刻就发财致富了。"

围观的人立刻哄笑起来，有人嘀咕大喇叭真是有两下子。

何进脸上的表情有点尴尬，一时不知说什么好了。

赵支书索性说："你也别在这儿瞎白话蛊惑人心啦，你说有项羽大脚印，那就带我们去看看好了。"

大喇叭立马手一挥说："为村里开发旅游效力，走起。"

赵支书与何进一直跟在大喇叭身后，大喇叭大步流星疾走如飞，七拐八绕到了一座小山包上，搬开几块大石头，用手指着说："领导们快看看，这像不像是一个人的大脚印？还有四周这几个穴点，像不像是马蹄印呢？"

赵支书与何进疾走几步赶上来，只见几块大石头中间是一

个脚掌大的鞋印，经大自然的风吹日晒，石头已经风化，不细看很难辨识是大自然的鬼斧神工还是人造的模子。

何进打量了一会儿说："我有点疑问，有没有人造的可能性呢？"

大喇叭仰脸朝天哈哈了两声说："谁吃饱了撑的造个大脚印呀，如今的人都忙着赚钱呢，怎会有闲心搞这些没用的。干什么活不得给钱啊？"

何进接过话说："那倒也是。"

赵支书笑道："雷锋是越来越少了，不过我真还不信偌大个村庄没有一个人鼓捣点闲事？如果真是这样，那证明整个村子的人心都是浮躁的，两只眼睛只盯着钱，连个梦想都没有了。"

大喇叭急忙说："我就是现成的梦想家，我心里有梦想，眼中有远方。对了，这村里倒是有个白发老头儿，从前在城里工地上干活，闲着没事喜欢捡破烂，破坛子、烂罐子堆得满屋都是，他见谁都说是文物，还想盖个民俗馆专门放那些破东西。现如今老头儿是快乐的单身汉，年轻时在城里结过婚又离了，以后再也没成家，如今膝下无子，养了好几只猫，除了捡破烂就是逗猫。我带领导们到他家看看如何？"

赵支书手一挥说："那你前边带路，我们后边跟着。"

三人下了小山包，就奔了不远处的村庄。恰有一老头儿在村口望着一棵古槐发呆，他白发披肩，头顶上一大块不毛之地，显出了年龄的真实。靠近跟前时，大喇叭说："人真是不经念叨，槐树前边站着的那个人就是白发老头儿。"

老头儿在看槐树上的猫，一黑一黄，趴在树干上往下望老头儿，老头儿也望它们。

大喇叭靠近他时，白发老头儿正全神贯注于猫，嘴里喃

嘀道："你们两个快下来跟我回家吧，一会儿老狗又来欺负你们了。"

大喇叭突然拍了一下白发老头儿的肩膀说："谁家老狗敢欺负你家猫咪呀？告诉我，我来治它。"

白发老头儿浑身一激灵，见是大喇叭，便没好气说："你怎么又遛到我们组来了，这地盘上又没有值钱的东西。"

大喇叭正色道："你嘴巴赶紧上把锁啊，村领导们都来了。"

白发老头儿这才转身打量眼前的赵支书与何进，问："你们该不是为寻找项羽遗物而来的吧？"

赵支书与何进突然被问住了，两人都不知怎么回答，彼此看了一眼，又把目光转向大喇叭。大喇叭立刻心领神会说："村领导就是为这事来的，如今您老已名声在外了，村领导想考察一下您老究竟拣了项羽多少遗物？"

白发老头儿忽然来了兴致说："那领导们就赶快到我家里去看看吧，都在家里呢。"刚转身，又对着老槐树上的猫说："大黑、大黄，我马上回家了啊，你们不跟我回去，老狗来咬你们我可管不了啊。"

老槐树上的两只猫像是听到命令似的，忽然跳下树来往前跑了。

赵支书与何进跟着大喇叭进了白发老头儿的院子，院子里堆满了各类旧物，大多是坛坛罐罐，还有奇形怪状的石头。进了屋，桌上、床上、椅子上，凡是能摆东西的地方都摆满了发旧的碗、盆、壶、碟，一看就是旧物重拾。白发老头儿刚要说话，一黑一黄两只猫蹿上了桌子，他挥手驱赶着说："要不是去找你们俩，我这堆东西都收拾完了。"

两只猫喵了几声，跳下桌子钻进了床下。

白发老头儿这才想起给客人让座："坐呀，都坐吧。"

大喇叭说："你看你这屋里哪儿还有村领导下脚的地方啊，就让村领导站一会儿算了。"

白发老头儿左右打量了一下，颇显难为情地说："那我就长话短说吧，自从回到村里，我就想把自己拾的这些老物件全部用到正地方，想来想去我想建个民俗馆，江西景德镇有个老女人造了幢瓷房子，我就不能建个村里的民俗馆吗？再说，我这些东西里有项羽用过的大碗，项王那可是顶天立地的大丈夫，在我们天浦留下很多足迹和文物，我真要为他做点什么呀。你们看，这只碗就是项王用来喝水的。"

何进的目光早已把屋子里的东西扫了一遍，他期待着赵支书一锤定音。

赵支书拿起桌上的旧碗说："你真是花了不少工夫啊，对项羽如此崇拜，那你能说出些具体的道理我听听吗？"

白发老头儿说："我虽不像你们村领导有文化，但对项羽还是有些研究和看法的，我不认为他是败者。你们看啊，楚汉战争进入垓下决战之时，项王统帅下的楚军已穷途末路了，项王携虞姬及所剩百余人马仓皇渡淮水，过阴陵大泽，退至天浦和安徽和县境内，一路搏杀，痛失虞姬，项王自感愧对江东父老，放弃过江而自刎取义，留下了富有传奇色彩的悲壮故事，传颂着一代枭雄的人格魅力。这只碗，就是项王在瓢儿井喝水时用的。"

"了不起！真看不出你还满肚子咕咕鸟。"大喇叭竖起了大拇指。

白发老头儿说："你说我了不起那不算数，要看村领导怎么评价。"

赵支书笑说："那你说说这只碗的来历吧。"

白发老头儿皱眉沉思了一会儿说："我在外面打工时，每天从工地回家必经过瓢儿井。有一回老工友跟我讲了瓢儿井的故事，说当年项王带着几十个残兵败将逃到沿江赵庄的宝塔山脚下，正是晌午，项王所部人困马乏又饥又渴，四面山峦无沟无塘，项王气得跳下战马，将手中大戟往地下一插喊：'天要灭我啊！'忽然一汪泉水从地上涌出来，项王甚喜，立刻招呼众将饮水，而后一路向天浦方向奔逃……记得那是八月份，下暴雨工地停工了，我急忙往家赶，路上积水很深，忽然看到路前方有条一米长的蛇摇头摆尾过马路，蛇游向瓢儿井旁边的拉拉藤中。我正紧张时，一大堆黄土被雨水冲下来，有个灰白色的圆东西也随之滚落下来，我以为是骷髅头，心里很害怕，越害怕越想看个究竟。我走近一看，那个灰白色的东西竟然晃动起来，突然一只癞蛤蟆跳了出来，吓得我直冒汗。后来我仔细打量那个灰白色的东西，竟是一只陶碗，于是我拾起来借雨水清洗了一下，发现这碗又古朴又雅致，这不就是项王当年喝水的碗吗？"

何进忽然想笑，看赵支书一本正经地听着，也就没敢笑出声来。

白发老头儿接着说："我这碗可是镇馆之宝啊，村领导就行行好，投资支持建个民俗馆吧。"

赵支书愣了，半晌未出声。

何进接过话说："这事您要写个详细报告，村委会要讨论，还要报给上级相关部门审批，不是一句话就能解决的。"

白发老头儿翻了个白眼说："我哪会写报告啊？再说我也没那闲工夫。"

大喇叭笑眯眯地说："这报告我帮你写，批下钱来要分给我一半哈。"

　　白发老头儿瞟了他一眼说："你就认钱。"

　　大喇叭嘻嘻道："你不爱钱？"说着，转身离开了。

　　"村领导在现场呢，你个大喇叭就不会广播几句好话吗？"白发老头儿嗔怪说。

　　大喇叭已走远，仍回过头嚷："那你就求村领导，给他们说好话呗。"

　　白发老头儿还要说什么，赵支书沉默着走出院子，何进也随之走出来，白发老头儿一双渴望巴结的眼睛盯着他们的背影。

　　赵支书走了几步，忽然转身说："您刚才说的事情村委会研究一下，如果赶上开发旅游项目，这事也许就沾边了。"

　　白发老头儿立刻追出院子喊："那我就等着了啊。"

　　一只鸟扑棱着翅膀在屋檐上叫了几声，白发老头儿看着鸟说："你叫什么叫？还不到你报喜的时候呢。"

　　鸟仍然叫着，它听不懂人语，就像人也听不懂鸟语一样。同在地球村，却不属同类。

# 第六章

## 1

周志远忽然发现脚下不远处有一泉眼，泉水清洌渐成漩涡，水声与鸟声共鸣，让人感到远离尘嚣的安静，正欲奔走时，却被数盆昙花吸引，白色尤其开得旺盛，有一盆竟开了三大朵，如白色的喇叭在风中唱卡拉 OK。接着又有一股幽香袭鼻，周志远不由深呼吸一口气，想感受这幽香，就在他闭眼时，后背突然被人拍了一下，回头一看竟是电视台节目主持人于欢。

"于记者，你怎么来了？"周志远掩饰着内心的惊讶问。

"领导查岗吗？"于欢扬起脸，一副调侃的表情。

周志远笑笑："在此巧遇很意外。"

"我倒没感到意外，领导本来就应该四处走走，体察民情呀。"于欢说。

"你来这里干什么？"周志远想打破砂锅问到底。

于欢抬高声音说："那我就正式向领导汇报吧，最近我被何进蛊惑，也想为项羽文化旅游项目做点贡献，我在寻找韩信的藏兵洞，走着走着就走到这里来了。"

周志远心中一阵惊喜，想不到何进始终在做这件事情，他似乎不放过任何机会，还发动他的同学、亲戚、朋友，这个何进有远见呀。

"那我陪于记者一起寻找可以吗？"周志远试探地问。

"那当然欢迎了，有个领导当保镖太安全了。"于欢调侃了一句，又说，"我前几天就见到何进了，我们还说哪天请您一道去看庄咏墓呢。"

"好呀，那我们今天就先去看韩信藏兵洞？"周志远望着于欢。

"等一下，我同事马上就到了。"于欢说着打开手机，边走边打电话。

周志远随着她行走，不一会儿就见到了于欢的同事，一个脖子上挂单反的小男生。

周志远风趣地说："三人行必有我师呀。"

于欢在前边打趣道："领导为师哈。"

小男生不言语，只管走路，不时低头看脚下，将石子踢到路边。

"韩信藏兵洞应该有两个，一个是在龙洞山上，还有这里的一个，但考古学家都没有确切定论，究竟哪一个是正宗的，只是坊间传说。如今两个洞所在的区域不同，也就都在抢。"周志远边走边说。

于欢接过话说："历史文化就是旅游资源，没有历史文化凭空打造的旅游项目是站不住脚的，一时的兴起也只是昙花一现，经不起时间考验的，到头来白打造一场，谁会花大笔的钱来看个假东西呢？"

周志远忽然来了兴致说："你这话有道理，要是大家都这么想就好了。"

于欢开心地笑起来说："跟领导不谋而合，我很光荣啊。不过，我就此提个建议，你们先拍个旅游风光片不好吗？先为项羽文化旅游项目造势，这叫先声夺人，这里的传说和遗迹众多，打造项羽文化旅游项目势在必行。"

"你这个建议很不错，拍个片子需要多少经费？"周志远停下脚步期待于欢下文。

于欢说："那要看怎么拍了，你们如果想请台里拍，可能费用会高，如果请个人的公司拍，费用就好商量了。领导真要有打算，交给我好了，保准拍得让领导满意。"

周志远未置可否，涉及 50 万以上的项目都是要竞标的，更何况上级领导有没有这个想法还不确定呢。

"怎么，不相信我？"周志远的犹豫被于欢一眼看出来了。

周志远说："这都是后话，现在先看藏兵洞吧。"

洞幽深，刚进洞口，一股凉气袭来，直扑头脸。男孩感到畏怯，忽然说："我就不进去了，台里还有事情呢。"

于欢猜出男孩的心思，便说："那你忙，我只能舍命陪领导了。"

男孩听到这话，像听到释放令一样欢喜地走了。

于欢看着他的背影说："一个男孩子竟如此胆小，将来怎么顶天立地呢？"

"所以我们要学习项羽精神，有责任有担当，都四面楚歌了，还在想着虞姬怎么办呢？我觉得做这个旅游项目其实也是宣传一种责任与担当的精神。"周志远感慨道。

"这个立意好！"于欢随声附和着，不由快走几步奔了前边。

周志远随后也快走几步，与于欢并肩说："你还是在我后面为好，万一有个什么突然情况，有我在前边挡着呢。"

于欢心里一阵温暖，忽然明白周志远为什么力推项羽旅游项目了，他的情感深处有与项羽相似的情怀。于欢只好跟在周志远身后，她想开口表扬他几句，又觉得一味夸赞他会有拍马屁之嫌，说不定让他心生厌恶。

藏兵洞幽深，周志远和于欢深一脚浅一脚在洞里走着，水气和雾气越来越重，不时听到滴水声。于欢有点畏怯，缩头缩脑的，周志远看出来了，便安慰说："没事，有我呢，你别怕。"

于欢笑笑说："我没怕，我在想韩信当年带众兵怎么进来的呢？这里并不好走啊，何况众兵都要携带盔甲呢。"

周志远说："据说韩信没有那么多的兵力，他只不过带着众将士从这个口子进来再从另外一个口子出去，反反复复绕来绕去的，项羽就信以为真了，就认为天要亡他了。"

"兵不厌诈，很典型的例子啊。"于欢说。见周志远不停地往前走，她有点跟不上了，便喊："领导啊，能不能不往里边走了？照这样走下去，天黑我们都走不到头，又不是探险，没必要呢。等下次你们这个旅游项目定下来，我带人来拍片再看个究竟不迟呀。"

周志远好像发现了什么，径直往前走，于欢的话似成了耳旁风。

于欢显得有些焦急，越发抬高嗓门喊："如果是拍片子选景，我们走了这么久，足可以证明洞很深了呀。哎呀，我手机没信号了，打不出电话了。"

周志远这才停住脚步说："这才哪儿到哪儿呀，从洞口到洞尾远了去了。要不你自己回转吧？"

"我自己回转？你都摸不清东南西北，我怎么回转？万一出了危险谁负责？"于欢快步跟上来，脸上的表情让周志远感到她真实无虚的心情。

"那我们回返吧，下次我一个人来。"周志远有点不情愿地转身。

于欢心想领导尚未尽兴，自己若真先撤了，会不会得罪领导而影响拍片呢？心思一闪念，忽然说："那我今天就舍命陪领导吧，领导说撤我就撤，说进我就进，我是领导的一个兵啊！"

本来准备回返的周志远，被于欢这么一叫板，只好又转身往前走，他的步子迈得更大了，于欢跟不上他，在后边一路趔趄。

他们一直行走到晚上，出洞时已是第二天凌晨了。天突然下起雨来了，又急又猛。两人不敢出洞，在里面避雨。

周志远望着洞外的雨说："这雨怎么说下就下来了，事先一点预兆都没有，真是不知哪块云彩有雨。"

于欢调侃说："就是，雨应该事先跟领导请示一下，打个报告，请领导审批是不是应该下了，要等待领导安排。雨真是不识相，这雨若在城里下，它能淋到谁呢？水泥楼林的办公室就是藏身躲雨的好去处，雨只能拉着风跳舞了。"

周志远回道："天行有常，不为尧存，不为桀亡。现在领导都是公仆级的，何以命令雨什么时候下呢？那真是跟天叫板了。"

于欢："嘿，想不到您还真有自知之明，令我刮目相看了啊。"

周志远："那我在你眼里应该是个什么样的人呢？"

于欢："循规蹈矩的人。"

周志远："被人理解真是一件挺难的事情，我其实不是你想象中的那种人，我有大局观念，同时也有自己的想法，可这想法在现实面前往往被亮红灯，难以获得身边人的支持。"

于欢："我知道你说的是项羽旅游项目。其实这个项目得不到大多数人支持很正常，项羽再顶天立地也是败者，成王败寇早已是约定俗成的定论了。"

周志远："你也这么想，真是出乎我的意料了。"

于欢："其实我不仅不欣赏项羽，我也不欣赏虞姬，她既然会舞刀弄剑，就应该跟项羽杀出一条血路逃离，她先自刎了，项羽还有什么奔头呢？生无牵挂，又要顶天立地，只好在乌江挥刀刎颈，如果虞姬活着，跟他一起奔逃，也许不会是这样的结局。留得青山，才能收拾一片山河啊。从这方面看，虞姬不能算是女汉子，只能算是小女人，依附心太重了。"

周志远："你的想法也堪称是一种奇思妙想吧，我还是第一次听说呢。"

周志远和于欢聊天的时候，并不知道他们进洞以后外面都发生了什么。

郑苹给周志远打了数个电话都未通，于欢的男朋友也给于欢打了十几个未通的电话。微信更是联系不上。

当周志远和于欢从洞里爬出来时，有人举着火把在洞口等他们，火把已被雨水熄灭，带路的是那个半途离开的实习男生。

于欢面对男朋友哭笑不得，不知应该怎样解释这一切。她拎着一只掉了半高跟的鞋子，光裸着一只脚，皮肤被泥土化了妆，像一个野人。周志远的胳膊上也有伤，渗出浅层的血渍，已将衬衫染了色。

于欢的男朋友板着脸，手一挥说："甭解释，人没伤着比什么都好。"

周志远很尴尬地笑着说："本想从这边洞口进去，从那边洞口出来，用脚步丈量一下藏兵洞究竟有多深，想不到迷路了。"

于欢的男朋友表情暧昧地说："迷途知返就好。"

周志远接着说："只是辛苦了于记者。"

于欢急忙接话："不辛苦。"

于欢男朋友趁机说："就是，难得陪领导考察，别说是一个藏兵洞，就是神仙洞我都没意见。"说着躬下腰，对于欢说："我背你走吧，光着一只脚怎么行呢，离车子还老远呢。"

于欢白了他一眼说："我自己能走，用不着你背。阴阳怪气的，还轮不到你说三道四呢。我跟你只是普通朋友而已，用得着这么吃醋吗？"

实习男生奔到于欢跟前说："于姐，是你男朋友找你找到台里，我迫不得已才带他来这儿的。"

于欢立刻沉下脸说："你说的这是什么话呀，本来我是陪领导进洞里考察一下，你胆子小跑掉了，你这么一闹腾真要动用黄河水了呢。"

周志远索性说："身正不怕影子斜，不用解释了。"

雨忽然停了，几个人下了山坡，周志远往天上看，大毛楞星已经不见了，天越来越明亮了。他内心紧张起来，回家该怎么跟郑苹解释呢？

## 2

门开了，郑苹表情冷漠地走进来，盯着周志远。

"郑苹你别误会，我是为了项羽旅游项目才特意去看藏兵洞，我真是为了工作。你应该了解我的。"周志远一脸焦虑。

郑苹不屑地瞟了他一眼，说："谁还相信你的鬼话。颜值时代，美女就是魅力。你跟她在洞里干了什么你自己清楚，如果想到还需要跟我解释，那就别进洞啊，竟然待了一夜，真是不可思议。"

周志远愣着，他不敢相信这是郑苹说的话，那个温婉的郑

苹，怎么突然变成了俗不可耐的泼妇？

郑苹也不敢相信这些话竟然从自己的嘴里冲出来了，对，不是说，是冲出来的，像山洪暴发滚滚而下，摧枯拉朽、排山倒海、一泻千里；又像放了一连串的痛快屁，对，一串屁而已。从周志远冷静的眼神里，郑苹就猜到了他对自己刚才一腔怒火的比喻了。

周志远真是太冷静了，就像什么事情都没有发生一样。他的冷静和主见，让郑苹始终难以跟他争吵起来，有时候她真想暴跳如雷，怎奈他一阵和风细雨，于是大事化小小事又化无了。

"你以为沉默不语就可以把自己的过错遮掩吗？你今天必须说清楚，你跟那个电视台的美女，到底在藏兵洞里干了什么？"郑苹不依不饶、步步紧逼，她今天就要撬开周志远的铁嘴钢牙。

"我跟你解释不清，我只想去韩信藏兵洞看一看，路上遇到了电视台的女记者于欢，她说要陪我去，还有电视台的另一位实习男生，到了洞口，里面阴森恐怖，实习男生借口溜了，关键时刻我不能认怂，只好硬着头皮往里走，于欢就在后边跟着，说是要陪领导。就这些，你想听什么惊心动魄的故事，还真没有。"

"那你胳膊上的伤是怎么划的？听说那个于欢还把鞋跟走掉了，光着一只脚？"郑苹述说着细节。

周志远突然舒展开眉眼，边笑边说："你真像是亲临现场了一样，跟你说吧，幸亏于欢在场，石头下有个水洼，我没看清，一脚踩了下去，如果不是她眼疾手快拉住了我，也许我就跌得头破血流了。她的鞋子卡在石头缝里，鞋跟也断掉了，刚走出洞口她就被男朋友讥讽了一番。哎，想不到我跟她的遭遇

同此凉热呀。"

"哟，你还真把自己跟美女拉到一起了？"郑苹像是握住了把柄，两只眼睛盯着周志远看，她的眼睛细长偏小，眼仁黑亮，目光颇有威慑力。

周志远看着她的眼睛想，女人的威力不在于眼睛大小，那些去美容院开眼角的女人，对眼睛尺寸进行扩张真就能震慑住男人的心吗？他只惧怕眼前这个小眼睛的女人，他怕她难过、误解，因为这些情绪由他而起，她本不该拥有。

周志远是太体谅郑苹了，郑苹心里明白，但有时候她就是想寻机跟他吵一架，可她难有这样的机会，周志远也从不制造这样的机会。眼下，她总算可以捕风捉影了，她想吵一吵、闹一闹，以此诱出自己身体里的激情，但她无论怎么说，怎么闹，怎么把嗓门敞开，周志远始终都是那几句话，不卑不亢，兵来将挡、水来土掩，纵然你有千条妙计他也有一定之规。他的从容淡定让郑苹心火熊熊却无法燃烧，她蓄势待发的挑衅被周志远情绪冷静的灭火器扑灭了。

她该怎么办？是否还有伎俩重施？

郑苹一眼瞥见桌上的水杯，这个杯子本是一个饮料瓶，后来插过绿萝，形状不艺术，只是一个饮料瓶而已，她早想扔了，只是每次收拾垃圾时都忘记扔掉，她索性抄起来，想摔碎这个瓶子，把心火泄出来。就在她高举起瓶子准备狠摔的时候，门突然开了，周甜甜出现在他们面前，郑苹愣了一下，面对女儿不知怎么行动。

周甜甜显然嗅到了房间里的火药味，她打量着父母，不无讥讽地说："明天我就大考了，难道您二位又在为我这个生命的赘肉而烦恼吗？"

女儿的出现让周志远感到援兵来了，他急忙说："甜甜，

爸爸昨天去藏兵洞考察出了点意外，回来迟了。你妈审个没完没了，你快来替你爸评评理！"

周甜甜故弄玄虚说："这可不好下结论，毕竟我妈妈不在场吧？说你什么都没干吧，你又一夜未归。说你干什么了吧，依照你的性格和人品，又不可能越雷池一步。哎，真是清官难断家务事呢。"

周志远表情认真地说："甜甜，你这番话等于火上浇油了啊。"

周甜甜不以为然地一笑说："我浇油了吗？这本来就是你们俩之间的事情，你非要我判断，一个是我爸一个是我妈，我能判断什么呢？你真是难煞女儿也。不过我妈喜欢小题大做，总是神经兮兮的，你多说几句好话就行了。"周甜甜做个鬼脸，推开自己的屋门进去了。

周志远看了看郑苹说："女儿明天就高考了，你就别瞎折腾了，相信我吧。"

郑苹一扭脸吐出三个字："我信鬼！"

周志远一下子笑了，这是郑苹妥协的信号。

## 3

赵支书与何进到村里的小学转了转，小学房屋破损，窗框飞絮，学生们早在两年前就到镇街上的学校去读书了，留下一片旧平房，还有校门口的一棵老槐树和挂在树上的一口大钟。

大钟已生锈了，拉响大钟的粗绳子还在，赵支书伸手拉了一下，大钟发出一声沉闷的响声。

赵支书仰头看了看，叹息说："多年不用了，钟也就生锈了，再也没有从前那样洪亮的响声了。我上小学时就是在这个

学校，我们家住得比较远，村里跟我一样大的毛娃子有好几个，我们每天天不亮就起来了，手里揣着饼子，边吃边跑，就怕赶不上学校上课的钟声，如果钟声响过了我们才进学校，那一定会被老师罚站的，我们几个毛娃子一个也没被罚站过，我们不怕吃苦路上跑得不歇呀。"

何进牵起钟绳使劲拉了两下，大钟发出的响声要比刚才响亮了几倍。

赵支书笑道："还是年轻人有气力，这动静比我刚才那个动静大多了。"

何进谦虚地笑笑："那也是赵支书开了个好头，否则怎么可能如此响亮呢？"

赵支书打量了何进一眼说："何助理呀，自从你来到咱们村，就给我一个沉稳的印象，看你的性格不像是一个未谙世事的毛头小伙子，倒很像一个饱经沧桑、阅历很深的人。"

何进说："哪里呀，我刚出校门涉世不深，本来就是来村里学习的。"

赵支书本已转身往前走，听见何进这话，又停下脚步说："你肯定不是'妈宝'吧？像个男子汉！"

"所以说，周志远主任力挺的项羽文化旅游项目真的很有必要，要让年轻人学习一种顶天立地、敢于担当的精神。"何进趁机说。

赵支书望着眼前的几间平房，忽生想法说："照这样说，这个小学校建个项羽文化博物馆倒是挺不错的。"

何进眼前一亮，急忙说："您这主意真好，校舍有八间房子呢，博物馆可以占一半，另一半改作他用。"

"哎，你这话倒提醒我了，另一半用来办村民大课堂，让方方面面的人士给村民讲课，开阔村民的眼界。"

"嗯，这倒真是个不错的组合，博物馆与大课堂相得益彰。"

何进话刚落地，只见大门口有个女人匆匆奔了过来，她步子很急，神色慌张，等跑到近前，何进才看清是村主任方玉婉。

方玉婉喘着粗气说："总算找到两位主事的了，真急死我了。"

赵支书急忙上前一步问："到底发生什么事情了？"

方玉婉擦着脸上的汗说："四组的杨老头都死了两天了，他的三个儿女没一个肯出钱给他发丧的，大儿子推给二儿子，二儿子推给大儿子，两个儿子又推给姐姐，姐姐说杨老头偏心眼，连学都不让她上，为了两个弟弟，她从小就帮父母干活。现在尸首都发臭了，应该怎么办呢？总不能在家里放着吧，街坊邻居都跑到村部来闹了。"

赵支书脸上忽生愠怒说："你看看，连自己的老父亲死了都不收尸，子女还算个人吗？不建村民大课堂怎么行呢？人就是要管要教育，人不管不成人啊。"

赵支书急步前行，何进和方玉婉紧随其后。

方玉婉不停地嘀咕："这种人连亲娘老子都不认，风气真是不好，一家跟着一家比，要把人教育好那可不是一两堂课的事情，积习难改呢。"

赵支书停下脚步转过头说："越是改不了越要改，等我抓个典型看我怎么收拾他。"

杨老头的两个儿子一个叫大葱、一个叫大蒜，女儿叫菜花。杨老头一辈子种地，先是种庄稼，这几年又种菜。老婆早几年生病，先他一步去了阴间，杨老头只好自己熬日子。女儿远嫁了，大儿子大葱跟他种菜，二儿子大蒜做了倒插门的

女婿，很少回来。杨老头是在卖菜时突然晕倒的，再也没有醒来。

　　赵支书进屋时就嗅到了一股臭味，他难以形容这味道，似是一种混合型气味，屋子里的腥臊味、霉味，主要还是尸首味……赵支书忽然想起一句话，人死如灯灭，一了百了，最后还要剩一股难闻的气味，人啊，不容易又看不透的人啊！世上有多少伤心的词汇在形容人啊！赵支书叹息着，内心不由升起一阵悲哀，他怕被人看出来，便故意板起脸说："小时候我娘常说老天爷造人是先造死后造生，谁都有这一天，你连自己的父母都不认，那你的孩子将来也不会认你。我活这么大岁数，在村里当支书也有十几年了，今天还是头一回见识不给父亲发丧的，你们造的恶业，将来必收恶果。"

　　村里有个分管红白喜事的唐老大，见赵支书来了，又说了这么多硬话，便也来了情绪，两手插着腰说："我来来回回都跑好几趟了，杨老头刚断气我就来了，我说给换身新衣服，这几个儿女都不答应，杨老头为几个儿女一辈子穿破衣，从未穿过新衣服。你们当儿女的好好想想吧，你们的命是谁给的？是谁把你们拉扯大的？"

　　赵支书手一挥说："今天也不用废话了，如果你们不好好发丧父亲不尽孝道，我就拿你们当典型，除了让全村人批评教育，还要上媒体报纸，精神文明建设讲了多少年了，我们村还有这样的不孝之子，这跟畜生有什么两样？往大了说，你们这是亵渎传统的孝道，要给你们上纲上线那就得吃不了兜着走了。"

　　"儿女还真不如一只狗懂得报恩呢。"唐老大在一旁搭腔。

　　大葱突然靠上来，满脸讪相说："赵支书，惹您生气了哈，这钱我出三分之一，另外的让我弟和我姐出吧。"

大蒜说："我被外边招婿了，为啥还要出这么多呢？我不出，我只认两百。"

姐姐菜花委屈地说："我从小就没被爸妈心疼过，他们有什么好吃的都是给儿子吃，我在家只是个陪父母干活的，让我出钱不公平。"

唐老大说："杨老头是你们的爸，他给了你们生命，他还能死多少回？每人出多少钱，你们自己看着办吧。"

赵支书手一挥说："大葱出五百，家里的房子你住着呢；大蒜出两百，菜花出一百，我们三个村干部再凑两百。唐老大，这回够了吧？"

唐老大说："买个最简单的骨灰盒应该够了。"

"那这事就拜托给你了啊。"赵支书放下话，急忙掏钱。

何进没有现金，唐老大又不会刷微信，方玉婉正好带了点现金，何进说："借我一百吧。"方玉婉说："三七二十一，赵支书和我每人出七十块，你出六十块。"

赵支书说："我出一百，你俩各出五十得了。"

何进争着说："我出一百，赵支书和方主任各出五十就行了。"

赵支书手一挥说："这点钱就别争了，多寒酸啊。"

方玉婉心有不甘地说："这钱本来就不应该我们出，无亲无故的，打照面都不认识谁是谁。"

赵支书转身看了一眼方玉婉说："真是小心眼，人都死了，什么应该不应该的。再说，我们的工作任务就是为人民服务，这个难道你不清楚吗？"

方玉婉瞟了他一眼，争辩道："赵支书你没听明白我的意思，我是说我们不能支持村民这种不孝道的行为。"说罢转身疾步向前走了。

何进与赵支书并肩走在一起，赵支书感叹道："你说这人不教育行吗？中国传统文化中的那些孝道，都不知道折腾到哪里去了。"

何进任赵支书说下去，未插话，他觉得赵支书今天的情绪有点激动了，那个杨老头也确实可怜，人死了儿女都不管发丧。何进第一次感到传统文化在乡村的缺失，他内心的惊讶和失落久久不去。

## 4

手机铃声是后半夜响起来的，周志远忽然被惊醒，半夜三更打电话，必是有特别紧急的事情，谁呢？他心怦怦跳着摸起手机，把可能来电的家人亲戚都想了一遍，当他按下接听键时，一个微弱的声音传进了他的耳朵："志远，是我！"

"老领导！这么晚打电话来，有什么急事吗？您身体还好吧？"周志远压低声音问。他知道再过数小时，甜甜就要参加高考了。

老领导焦急地说："你快来，我有事吩咐你，再晚就来不及了。"

周志远二话未说，拎起车钥匙就往外跑，他关门的时候还是弄出了一点响动，好在郑苹和女儿都睡熟了。他坐到车里发动车子，直奔医院而去。

周志远前段时间去医院看望过老领导，老领导那番让他提精神的话时时在耳边回响，深更半夜老领导突然要见他，不会有什么不祥吧？人固有一死，但老领导退休没几年就住了医院，有点为时过早了。人生无常，满目皆是难料啊。

周志远进入病房的时候，老领导正睁着两只眼睛往门口张望，他的眼窝塌陷，眼神倦怠，好像再也没有力气阅尽世间冷暖了。

周志远从老领导的眼神里就知道了他人生的最后脚步，也许再迈一步就是望乡台了……他的心不由揪起来，眼睛立刻湿润了，他怕老领导看出他的情绪，急忙说："您老稍等，我先去趟洗手间。"

周志远没有去洗手间，他往走廊里看了一眼，一眼看不尽走廊，洗手间一定在走廊尽头，来回折腾一下就是几分钟，而他要多陪陪老领导。他靠在离病房稍远的墙上，大喘了几口气，镇静了一下自己的情绪，然后返回病房，坐在老领导身边。

"老领导，您的家人呢？都不在吗？"周志远问。

老领导摇摇头，无力地说："老伴前几年去世了，儿子在大洋彼岸，偶尔来个电话，算是还有我这么一个爸爸。我这辈子最大的后悔就是把孩子送出去了，断了他文化的根脉，现在想补救也来不及了。"

"那您平时靠谁照顾呢？"周志远问。

"请了个护工。我今晚就是为自己的后事请你来的，我来日不多了，有件事情总是放心不下。我当政的时候，正是开放搞活之初，四面八方来了不少人才，苏北有个烧窑的师傅带了一帮人在咱这里建了窑厂，这个师傅手艺高超，烧出的砖直供江南主城，几年就红火起来了，他也当上了厂长。当时有个外企在这里圈了一块地盖了工厂，刚开始销路不错，后来就出现了颓势，老板准备撤资走人，为了保住这家外企，我就找厂长谈话，让他的窑厂出资买下这家外企。事成没多久，窑厂效益下滑，正逢企业关停并转，窑厂买断职工工龄，几千块钱就把人打发回家了。那个厂长如今得了一种病，怕火怕热，回苏北老家了，在家闲着，听说每月只拿一千多块钱的养老金，这事我真是亏欠人家呀。这么多年我一直记着这个人，心里有愧难以平静。我手里有点积蓄，我就不留给孩子了，儿孙自有儿孙福，你明天带上我的积蓄去苏北找到这个厂长，把我的愧疚捎去，我不能带着遗憾奔向望乡台啊。"

周志远一下子拉住老领导的手说："老领导，我明天就去，请您老告诉我联系方式吧。"

老领导说："他姓项，是项氏后人，你去这一趟，说不定还能挖掘一些项王的故事呢。"

周志远说："那真就一举两得了。您老一定等我回来汇报啊。"

老领导使劲握住周志远的手，两眼充满期待说："无论如何我要听了你的汇报再走。"

"走"这个字，当下已成了离世的代词，它比"死"显得平静，好像出远门了，后人还有期盼，他还能回来。其实，这个走字比死字还要残酷，"走"是无所谓的、平淡的，而"死"是被在乎的，是一去不复返的。这个走与死的替换使用，不知是谁发明的，也许是现代人对无常难以揣摩，才将"走"换成了"死"，让死显得随意而寻常了。

一股湿润的东西立刻涌入周志远的眼眶，他突然转过头去，不让老领导看见他的眼泪，这眼泪此刻已涌到眼睫毛旁边了，似逼不回去了。他想说些什么，可又怕他的嗓子因为抵抗不住越来越强烈的哽咽而失声。两个人都沉默不语，彼此都忐忑不安地凝视着对方。最后，周志远心潮起伏地站起身说："老领导，那我出发了，愿您早日康复！"他闭上眼睛走出病房，在带上房门的一瞬间，眼泪夺眶而出，顺着面颊滚落下来，模糊了视线。

周志远匆匆驾车奔了苏北。到了苏北，他立刻打项总电话，项师傅正在工地上忙碌，突然接到一个喊他"项总"的电话，心里感到十分蹊跷，多少年没有人喊他项总了，他现在的称谓是"项师傅"，"项总"是若干年以前的称呼了，他早就忘了。但他还是很礼貌地接了电话，问清对方来由，便放下手里的水泥抹子走出工地。

项总瘦小得不足一百斤，个头也在一米六以下，周志远真不敢相信就是这么一个不起眼的苏北乡下汉子，当年却在天浦把个窑厂折腾得风生水起，他烧的砖瓦让江南主城建起高楼大厦。看来人真是不可貌相啊。

周志远的心思被对方看出来了，未等他开口，项师傅先声夺人说："年轻人，我就是当年那个项总，江南主城的高楼大厦用的都是我烧的砖瓦，别看我其貌不扬，干的事情可大了，当年我是胸怀天浦放眼江南、为天浦经济增加了 GDP 的优秀企业家啊。哎，十年河东十年河西了，我如今被人称'项师傅'，叫项总的时代早就翻篇了。"

见项师傅停顿下来，周志远急忙插话："您真是了不起呀！您当年为天浦所做的贡献始终被一个老领导铭记在心，他特意让我来看望您，不知您现在情况怎么样了，生活得还如意吧？"

项师傅抬头望了望天，叹息说："什么叫如意什么叫不如意？我这个人就是知足常乐，当年我是项总，我做的一切都是贡献、分内之事，应该的。你说的这个老领导我知道是谁了，我心里也始终记挂着他呢，当年没有他拍板引进我这个窑厂，我怎么可能成为优秀企业家，怎么可能被众人尊称为项总呢？哎，时间真是个驴驹子，他一尥蹶子就过去几十年了。老领导如今还好吧？身体咋样？"

　　周志远刚想说出实情，忽然想起老领导的叮嘱，便平静情绪说："老领导一直觉得当年有愧于你，你为他排忧解难，最后落得每月只拿一千多元养老金。"

　　"这有什么呀？比我差的人多着去了，人就要有一股劲、一种精神，就像我们的项王，虽败犹荣，死到临头还想着江东父老、还想着虞姬。钱这东西生不带来死不带去，人一辈子用在吃喝上能花几个钱呢？这钱就是要用在刀刃上。这不，当年跟我出去轰轰烈烈的那帮人，如今又在工地上当砖瓦匠呢，我们自己出钱出力建造一个项王宫，让老家的人学习项王的精神，敢于担责、敢于冒险，虽死犹生、虽败犹荣啊。"

　　"您这个做法很不错，老领导对您的关心正好可以派上用场。"周志远从包里掏出一张支票递给项师傅。

　　项师傅接过支票认真看了看，他有点不相信自己的眼睛，老领导要送给他这些钱，他何德何能接受如此恩惠呢？他盯着支票看了半晌，最终摇摇头又把支票递给了周志远，说："我怎么能要老领导的钱呢？当年如果不是他抬举我，我就是苏北一个泥瓦匠啊。"

　　周志远表情认真地说："您的心情我很理解，老领导的心情我也很理解，不然我怎么可能跑这么远来找您呢？您和老领导虽然工作性质不同、人生地位各异，但你们都是大公无私的人。老领导每月有工资收入，可他个人消费不高，穿衣不穿名牌，吃饭多是素食，他把几十年积存的工资让我交给您，算是了却了他的一个心愿，他总说当年为了政绩有愧于您啊。这笔钱是老领导执意要我带给您的，您就收下吧，也说不定可以用在项王宫的建设上呢。"

　　项师傅突然一拍大腿说："对呀，项王宫建设正缺资金呢，想在大门口给项王塑个雕像，这钱真就派上用场了，感谢

老领导啊，他还是像当年那样知道我的心思。"

他们不知道，老领导就是在这时候突然闭上眼睛的。

项师傅说："我这右眼怎么一个劲地跳呢？老领导他没事吧？"

周志远的心脏猛跳了两下，他打开手机拨号，对方没有回应。周志远把支票塞进项师傅的手里说："我马上要回去了，让我们为老领导祈祷吧。"

项师傅拿着支票的手突然抖起来，他将支票举过头顶，高喊："老领导啊！老领导！……"

一阵风过，吹去了项师傅脸上纵横的老泪。

周志远内心一阵感动，忽然想起"情怀"两个字，老领导和项师傅都堪称有情怀之人，而人世间的芸芸众生若都无情怀于心灵，那么世界也许会以污浊的形态呈现了。

父辈的传统显然被老领导继承了，他在副职岗位无怨无悔了一生，用两个字形容，那就是"情怀"。后来，周志远认定有情怀的人才是高尚的人，才是看明白了天地宇宙的人。其实世上的一切都会逝去，永不复返。人的离别、病痛、悲伤、实现不了的理想、终成泡影的希望、难以言说或未及表达的感情，最终都逃脱不掉死亡。死亡就像乌云遮蔽了太阳一样，把世界遮蔽了，瞬间事业和金钱都失去了价值和意义，一切都化为虚幻。

周志远没有在老领导告别人世的最后时刻出现在他面前，尽管他风驰电掣犹如踩上了风火轮，但赶到老领导身边时，出现在眼前的已是一张白布盖脸了。一种巨大的悲痛如重锤敲打着他的心，老领导弥留之际身边没有亲人，除了医院的医生护士，就是护工了。他对人世的告别太孤独了一点，也太凄凉了一点，莫非人生的孤独和凄凉就是常态？周志远走上前，轻轻

掀起白单，他看到老领导脸上的表情很安宁，就像在睡觉，而不是赶赴一场再也回不来的征程。他再细看，发现老领导有一只眼睛是微睁开的，他记挂的事情尚未完全放下呀。

周志远哽咽地喊道："老领导，您交代我办的事情都落实到位了，那个项师傅是个有情怀的人，他正带着当年的一帮老伙计建造项王宫，他答应用这笔钱给项王塑个雕像。老领导您就无牵无挂地走吧，您这一生无愧于家庭、无愧于工作、无愧于社会，我只用两个字形容您的品格，那就是'情怀'。"

周志远正喃喃自语，忽然他感觉头顶上空响起老领导的声音："男子汉不要婉约，婉约太多就成不了男子汉了，要学项羽打得起输得起，大丈夫能屈能伸。君志所向，一往无前，愈挫愈勇，再接再厉。周志远，你也要有这样的情怀呀！"

周志远镇静了一会儿，当他将白布单重又盖在老领导的脸上时，他发现老领导微睁的一只眼睛闭上了。"老领导，您如愿以偿了，放心走吧。"然后他坐在床边的一把椅子上，一动不动。

周志远一夜未归，他要陪老领导最后一晚，送老领导最后一程，这是永别，彼此不能对话，面对面却阴阳两隔。他很后悔平时没有时间多跑来看望老领导，老领导的学识、阅历、情怀都值得他学习。世上最难买的就是后悔药了，可人生吃后悔药的事常有，有谁能逃过吗？

## 5

周甜甜是一个人去考场的，与那些轿车接送的考生相比，她可谓单刀赴会。

周志远一夜未归，家里两天一夜都未见他的人影。郑苹值

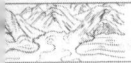

白班，恰好赶上手术日，她不可能放下工作去送女儿到考场。这也恰恰应和了周甜甜的心愿，自己考试本来就跟家长无关，他们瞎掺和什么呀？

一向独往独来的周甜甜，这次单刀赴会奔了考场，考好了、考砸了都归她自己，与任何人无涉。别人只有看热闹的份了。

周甜甜最拿手的就是语文了，所以她第一天非常自信，她出发的时间并不晚，提前一个多小时就离家了，妈妈一大早就给她定了闹铃，这让周甜甜不得不依依不舍与美梦吻别，尽管心里有好大的不情愿。从她家到考场需经过一个五星级的酒店，酒店的早餐品相口感都好。妈妈昨晚就提醒她今早到这家酒店吃早餐，能量绝对够了。

周甜甜无论如何也想不到，作文题目竟然是：如何解读"不可沽名学霸王"。她突然心生欢喜，只要与霸王沾边那就有戏。洋洋洒洒写完作文，她自我感觉良好。

可下午和第二天的考试就没那么顺利了，由于这段时间分心写小说，很多知识都没掌握好。总的来说考得不理想。周甜甜感到自己的心都起皱褶了。

## 6

城南河畔的绿树下站着一男一女两个人，看他们的面部表情就知道是在争吵。

"女儿考试，你竟然两天一夜不回家，跟我玩失踪。周志远，女儿在你心中还有位置吗？"

"可你为什么不打电话提醒我？我这两天忙得把甜甜考试的事情给忘了。"

"你什么时候没忙过？家事永远不如公事，这已经成为你

的生活标配了。再说，我凭什么给你打电话呀，自从你跟那个女记者去藏兵洞探险，我就不再想关心你了，你有自己的私人天地，我去干涉等于自讨没趣。你天天不着家，现在甜甜也要离开这个家了，这个家的原始形态还有存在的意义吗？"

"郑苹，你别这样曲解我好不好？关于我跟那个女记者去藏兵洞的事媒体都报道了，还用我多磨嘴皮子吗？这么多年，我对工作是投入的，对家庭也是关心的，你和甜甜就在我心里的正中心位置，如果说我的工作是左心房，你和甜甜就是我的右心室啊。"

"你今天的嘴里是不是含着蜂蜜呢？甜得齁人。"

"郑苹，我说的都是真心话，我不希望家庭出什么乱子，谁都知道家庭是生活的港湾。这两天我去了苏北，帮老领导了却了一桩心愿。老领导弥留之际，把他手里的积蓄交给了我，让我去苏北找一个姓项的烧窑师傅。这个烧窑师傅当年在天浦带着一帮苏北兄弟把窑厂办成了明星企业，烧出的砖瓦直供江南主城建设，他们的贡献又为天浦引进第一家外资企业打下了基础。后来赶上企业关停并转，项师傅就带着那帮兄弟回了老家，现在每月只拿一千多块钱养老金。这事成了老领导扎心的痛，引进项师傅的企业和关闭项师傅的企业都在老领导的任上，而项师傅却落得这样的待遇。老领导决定把自己的大部分积蓄捐赠给项师傅，我就匆匆赶赴苏北找他，项师傅虽然拿着不多的钱，却干着一个很大的工程，他和当年那帮兄弟正在村里建项王宫，说要让村人学习项王顶天立地的大英雄气概，项王是他们的祖宗，他不能让祖宗的精神在后人身上遗失了。"

"你说的都是真的？"

"我跟你撒谎有用吗？回来后，我第一时间赶赴医院，想跟老领导做最后的诀别。可他已经走了，我在他的灵前守了一

夜，跟他汇报他想知道的一切，我相信老领导在天之灵听见了，他的眼睛本来是微睁着的，当我说完最后一句话时，他的眼睛完全闭上了。"

"你为什么不告诉我？我好去送他一程。当年如果没有他对你的赏识和提携，你还不会到今天这个位置上呢。"

"老领导是个有情怀有品格的高尚之人，还有那个项师傅，跟他们相比，我太渺小了。"

周志远望着远方，夜幕降临了，城南河两岸亮起了灯光。

郑苹说："志远，这几天我有点误解你了，看起来是我太小心眼了，你别往心里去啊！这个社会给男人的压力真是太大了。"

"谢谢你能理解我。其实女人的压力也不小，既要工作又要照顾家庭。"

"哎，我就是担心甜甜，性格太独立自主了，还不知道考得怎么样呢？能不能有书读啊？"

"相信甜甜，老话说儿孙自有儿孙福，她肯定错不了的，由她去吧。"

城南河两岸的灯光愈来愈亮了，灯光下是一对夫妻的身影，他们在为女儿寻找天上的福星。

## 7

卓然已经多日没联系何进了，想到他在微信上对她不冷不热的敷衍，她就懒得再以自己的热脸奉迎他的冷臀，自从落脚到村庄，何进的注意力就不在卓然的身上了。

如果不是父亲突发疾病住院，她一个人在医院楼上楼下跑得上气不接下气，她也不会给何进发信息，这信息等于求助，

向一个正在基层公干的人求助，他会因为爱情而放弃自己当下的公干吗？

何进真的放下手上的公干来了，他跑得气喘吁吁，当他出现在卓然面前时，最抢她眼球的是他额上渗出的汗滴，像是擦不尽的水流，面巾纸用了一张又一张。

"你怎么来了？"卓然吃惊的同时又喜出望外。

"我这个时候不来什么时候来呢？谁不知道好钢要用在刀刃上啊。"

何进不再废话，随后紧跟着卓然的脚步跑急诊室、检查室……直到卓然的老父亲住进了病房，何进才算大松了一口气。

何进的尽心尽力，让李亚芬刮目相看，她眼里那个无车无房的穷小子，在卓大林生病住院的当口，因为忙上忙下而突然大放光彩，就像一道阳光，至暗时刻照进了李亚芬茫然无措的心房。

卓大林刚办好住院手续，李亚芬就赶紧回家煨鸡汤，这锅鸡汤她不仅要给卓大林补身体，也要给何进补营养，小伙子出力流汗，把衣服都湿了一层又一层。

何进一直守在卓大林身边，他看着药液一滴又一滴渗进卓大林的血管里，药液似有了回春之力，不久卓大林就有精神了，他开始跟何进说话，尽管何进再三劝他闭目养神，可他还是喋喋不休。

"人靠的真是一口气，哪知道我只吃了一个梨子，就差点把这口气断掉了。谢谢你了，小何。"

"不客气，这是我应该做的。只是眼下驻村事情太多，又忙着旅游项目，无暇经常来看您，望您老原谅。"何进一脸的诚恳。

"乡村的旅游文化项目一定要有历史文化的依托，没有历史文化的依托是长久不了的。在农村即便是养猪也形成了一种猪文化，并不是猪本身有什么文化，而是千百年来老百姓养猪的习俗形成了一种文化，这是渗透在老百姓骨子里的，是在日常生活中就能显现出来的。不尊重历史文化，只是把良田打造成了花海，把民居修饰一下，就称作美丽乡村，终是不长久的短视行为。"

卓大林对乡村文化的看法让何进耳目一新，也出乎他的意料，算是找到了话题的共同点，于是接着他的话说："您说的乡村文化指的是乡村民俗文化，这个从长远看可能更持久，因为民俗是浸在老百姓骨子里的，是老百姓以自己传统的生活方式创造出来的。我们村眼下准备做的项羽文化旅游项目就是从民俗文化着手的，后面会延伸一系列文化产业。"

"你的思路是对的，人的正确思想就是从实践中来的，祝你成功啊！等你完成了工作任务，就跟卓然结婚吧，你虽然没房没车，可你有思想有才华有干劲，这就是生命的创造力，房子车子都是靠生命的创造力赚来的。"

卓大林妙语连珠地翕动着嘴巴，好一会儿才停下来闭上了眼睛休息。

卓然来了，还带了鸡汤。她告诉何进这是她妈妈特意为他煨的。

何进喝了一大碗鸡汤，趁着卓大林在梦中畅游，匆匆离开病房返回村庄。想到卓大林述说的民俗文化，他忽然想去见一个人。

郑大嗓是村里公认的民间艺人，虽称大嗓实是小嗓，年轻时曾在部队考过文工团，在台下唱歌十分动听，登台却发不出大音，只是小嗓发声，乐器一伴奏嗓子就没音量了，也就没有

机缘登上大雅之堂。他复员后回了家乡，业余时间带一帮人扭秧歌跑旱船，算是村里有头有脸的人物，关键是他有手艺，旱船花篮都是他自己扎出来的，所用材料也是自己拾拣来的，久而久之也就成了令人敬佩的民间艺人。

何进环视他的小屋，到处堆着塑料瓶，有装可乐的、有装矿泉水的，还有装其他饮料的，郑大嗓正用一个绿色的塑料瓶剪荷叶，他的剪刀可谓稳准狠，一剪刀下去，一片叶子就成形了，他随手拾起一个粉颜色的塑料瓶，咔嚓几下一朵荷花就活灵活现了。

何进看得眼花缭乱，感觉自己眼光的速度都赶不上郑大嗓手上的速度，都说民间藏高手，今天他总算见识了。

郑大嗓见何进不吱声，只是在一旁盯着看，便瞟了他一眼问："你是想跟我学手艺吗？我已经收了几个徒弟了。如今我年龄大了，一晃都70出头了，不把手艺传给年轻人肯定不行了。手艺这行当说大不大说小不小，三百六十行行行出状元。但我这手艺没利润，纯属自娱自乐，眼下年轻孩子都想跑外面挣钱，跟我学手艺的都是上了年纪的人。哎，有时候想想，心里也挺悲哀的。村里玩手艺的木匠、瓦匠都是一帮老头了，年轻人怎肯吃这个苦？以后这些民间手艺都要失传了。"

何进本来不想暴露自己的身份，听郑大嗓这样说，心里也就有了共鸣感。乡村的经济发展史应该也是历史文化发展史，那些存于民间的风俗习惯、神话传说，如果作为美丽乡村的精神依托，一定会呈现乡村的不同形态，否则千村一面，到处种花种草，时间久了城里人也就不愿意来了，毕竟没有历史文化支撑的美丽乡村就如同失魂一样，落魄必然是其结果。

"郑师傅，我今天来是想请教您一个问题，项羽和虞姬在咱们这里有许多传说，您老知道吧？"

"我怎么能不知道呢，我还编过一个兰花舞呢，这舞的故事情节就是根据项王和虞姬的故事编出来的，我扮演项王，我老婆扮演虞姬，演时大伙都叫好。本来这是我们的保留剧目，可我老婆去年把腿跌断了，有个女的替她演虞姬，总是笑场，这个节目也就不演了。"郑师傅一脸遗憾的表情。

"这个节目有生命力，是根据当地的历史文化传说改编的，应该是本土旅游文化的组成部分。郑师傅，您好好把这个节目编排一下，届时我来看看。"

"好哇。但没钱难办事，这是个实际问题。"

郑师傅刚刚答应下来，看看欲出门的何进，白衬衫、旅游鞋，看上去文静，不像是本地人，便忍不住问："年轻人你是城里的吧？到我们这里搞乡村调查吗？"

何进微笑着点点头。

郑大嗓接着说："你要是能跟村里的领导说上话，帮我们呼吁一下，能不能给点钱，让我们把节目好好排一排，靠我们个人化缘仨瓜俩枣的不好干啥，我个人恨不能把秋裤都搭上了。演出这行当，就是靠钱耍的。"

何进暗暗苦笑了一下想，到处都要钱，现在哪里还有不要钱的地方呢？但他表面上还是镇静地说："郑师傅，我记下了，您排演项王虞姬的节目需要经费。"

"就是缺钱啊。村里给多少都行，过街雨掉钢镚。"

"您老的话我记下了，您先忙吧。"

何进笑着离开，耳畔一直想着郑大嗓的话，缺钱啊！是啊，到处缺钱，可他到哪里弄钱去呢？

## 8

赵支书正在办公室跟方玉婉争论着什么，两人面红耳赤，显然为争论的问题南辕北辙了。方玉婉语音很激动，赵支书丝毫没有妥协退让的意思，两人的表情都定格在争论的焦点上了。

何进在门口稍停了一会儿，想听清他们争论的内容，但只听到只言片语，他只好推门而入。

只见方玉婉沉下脸说："你让我把全村的留守妇女都组织起来，可妇女们眼下就喜欢跳广场舞，她们要买统一的服装，跟我要钱买，我又不是印钞机，不跟你赵支书反映情况又跟谁反映情况呢？再说，村里有各项农补，就不能抠出一点补给文化娱乐吗？"

赵支书板着脸说："上面的农补指标都是一个萝卜一个坑来的，我怎么可能抠出一点给村里的妇女跳广场舞呢？我算来算去，农业这个补那个补都有，就是没有文化补贴这一说，你可以向上反映，如今讲提升乡村文化，没有钱怎么提升呢？这倒真是个问题。"

何进觉得这是自己插话的好时机了，便见缝插针说："我刚刚见到民间艺人郑大嗓了，他说想排一个项羽和虞姬的民间舞，但没钱操作。他这想法不错，对开发项羽旅游文化项目还是有益处的。"

方玉婉见何进说的话题也跟钱沾边，便知趣地起身告辞了。

赵支书似没在意方玉婉的离开，他接着何进的话说："你也跟我要钱是不是？村主任为村里留守的老妇女来跟我要钱也就罢了，你一个城里来的大学生也伸手跟我要钱，是不是面子上有点难堪呀？再说了，项羽文化旅游项目不是搁置了吗？你还为此忙乎什么呀？"

"我是想，这个项目眼下虽然搁置了，但未必永远搁置，项羽自刎在天浦乌江，他一路溃逃留下的足迹几乎遍布天浦全境，而他的精神也是在拔剑自刎时呈现出来的。郑大嗓自发排演民间舞，证明项羽虞姬的传说是有民间市场的，老百姓很敬佩他们。"何进把内心的想法说了出来，也许这想法并不讨喜。说罢，他两眼直勾勾望着赵支书，想看他的反应。

赵支书苦笑了一下说："本来周主任这个设想是可以让我们全村脱贫的，全村区域的文化旅游兴起，有多少人可以靠农家乐赚钱，又有多少人可以靠民宿赚钱……美丽乡村的美好生活就在前边不远处招手，可谁知道这美好的方案被搁置了呢？你这个时候跟我说项要钱，我到哪里弄钱去？我就是一只大公鸡也下不出金蛋呀。"

何进此时很能理解赵支书心里的情绪，本以为项羽文化旅游项目可带动全村脱贫致富，谁知忽然搁置，美梦即化为泡影。他刚来时的雄心壮志也随之泯灭，他有点不甘心，如果驻村以无所事事收场，他有何颜面见卓然和她的父母？

何进几乎是灰溜溜走出了赵支书的办公室，走到门前的一片荒草地，见一只鸟腾空飞起，他忽然想起一句话：燕雀安知鸿鹄之志哉？

黄昏了，万物开启寂静模式，鸟和动物们都归窠。何进看着天幕一点一点降落，黑暗开始抚摸大地，他没有回宿舍，而是驾车往城里奔，他要找钱去，一路想着所有可以利用的关系，第一个想到的竟是卓然的妈妈李亚芬。

李亚芬退休后每月的养老金不少，超万了，差不多是一般企业员工的两倍。可她不喜欢高消费，一门心思一夜暴富发大

财，彩票一买就是上百张，几天就塞满一抽屉，为这事卓然没少跟她斗嘴，但她说不过李亚芬，李亚芬有一百个理由堵她的嘴。这事还是卓然无意间透露给何进的呢，何进突然想起来时，就认定李亚芬是他的借钱对象。

让何进头疼的是自己眼下与李亚芬的关系，她是他的准丈母娘，而他是她的准女婿，她能认下他这个准女婿还是因为卓然父亲生病住院期间，何进忙前忙后的殷勤，让李亚芬心里对这个穷小子的排斥渐少，让她感到没钱男孩的肯干与有钱男孩的懒惰相比还是前者更实在一些。

何进显然不能直接开口跟李亚芬借钱，他要通过卓然去动员准丈母娘。

卓然深知何进是个大忙人，很感动他又进城看望父亲。当何进问完她父亲的情况，跟她说明借钱的缘由时，卓然立刻脸色大变地看着何进说："原来螳螂捕蝉黄雀在后啊，你以为你是谁呀，竟敢跟我妈妈借钱？我妈妈是借钱给你的人吗？她的钱除了买彩票就是炒股，别说是你，就是我妈妈的亲姐妹都难从她手里借出钱来。"

何进一脸失望的倦容，今天一整天为钱烦恼的情绪一下子都涌到眼前，如小火山一样在卓然面前暴发了。

"卓然，这回你务必帮我借钱，这钱不是我花，而是给村里的一个民间艺人，他想继续排演项羽和虞姬的民间舞，但没有钱，我工作没几年，手里也没什么钱。如果你妈妈能借钱给这个民间艺人，就算扶持了一个民间文化项目，也是很光彩的一件事情。人一辈子总要做几件有意义的事情，做出个榜样来吧？"

接着何进就把项羽文化旅游项目搁置的事情说了，并强调民间舞对项羽文化旅游项目的重要性。

卓然一下子听明白了，笑说："你是想证明自己虽然没干出惊天伟业，但小小不言的业绩还是干出来了。"

"还是你知我心啊，如果这个民间舞以后在省市参赛能拿个奖什么的，那对项羽文化旅游项目的落实岂不是一种很好的宣传吗？"

"好了，那我就试试看吧，但我不敢保证能说动我妈，我爸经常说她是大象屁股推不动。"

何进摸摸卓然的脸，笑说："那就看你的三寸不烂之舌了。"

## 9

李亚芬听完卓然的话，一跳老高。

"这个穷小子简直是蹬鼻子上脸，看我给他好脸了是不是？还没成为我上门女婿呢，就打起我家财产的主意来了。跟我借钱，他真好意思开这个口。"

"妈，他不是为自己借钱，他是为公家借钱。"卓然急忙为李亚芬灭火。

"为公家借钱凭什么打我私人的主意？他要是上了光荣榜，就让我喝西北风呗。他可真会想点子，这点子脑残的人还真想不出来哟。"李亚芬一根筋地认定何进在打她钱财的主意了。

"妈，您听我说好不好？"卓然急得脸上的汗都渗出来了。

"那你说，你要是能把我说服了，我就把钱借给他。哎，他人呢？他要跟我借钱，让你来磨我，连个人影也见不着，还跟我玩起失踪来了。"

卓然忙说："他到医院看我爸去了，他是牵挂我爸的病才

从村里赶过来的。"

"他是惦记你爸的病呢？还是惦记我口袋里的钱呢？我看他是为钱找借口吧。"李亚芬仍不依不饶。

"妈，您别这样曲解何进好不好？这次我爸生病住院，他跑前跑后的，您也都看见了。何进是个实实在在的人，他不会弄虚也不会作假，他的内心深处有一种高蹈的理想之光，这个我是清楚的。本来他想去乡村干一番事业的，但他抓的项羽文化旅游项目突然被亮红灯了，他通过走村串户的调查，发现项羽虞姬的传说在民间流传久远，有个民间艺人还编了舞蹈，正好赶上明年有全省民间舞蹈会演，他想筹集一点钱，让这个民间舞蹈参加会演，让项羽文化旅游项目先声夺人。"卓然一口气说完，两眼期待地望着妈妈。

"公事公办，这是自古就定下的规矩，我的女儿，难道你不明白吗？你可是大学生啊，比妈妈的学历高多了。再说，公家的事向个人借钱，这是不是有点心术不正啊？"李亚芬毫不妥协地看着卓然。

"妈，跟您借钱是我给何进出的主意，不是他本人的意思。"卓然要保护何进了，便突然撒了个谎。

"好哇，你还没跟他结婚呢就胳膊肘往外拐了，照这样看，你爸和我这点家业还真不够你们算计的，说不定我们还没痴呆你们就把房子卖了，我们还没咽气就被你们安乐死了。居心叵测，太可怕了。我这就到医院跟你爸说去，千万别相信何进那穷小子，别被他的假象蒙蔽了。还有，家里已生内鬼了。"李亚芬瞟了卓然一眼就往外走。

卓然急忙拦住她说："妈，您不能到医院去胡搅，这对我爸的身体不利。您想一想，您每个月盘在手上的养老金有多少钱是胡乱花出去的，您买福彩、炒股票一门心思想发财，可您

一次也没中过彩，股票赔得连本都不剩。在网上乱买东西，吃的喝的不算，最近又买起珠宝来了，还说等着传世。您真是可笑到家了，谁能把自己的传家宝拿到网上去卖？天上如果掉馅饼，早就被人抢疯了，怎么可能轮到你？可您如果把手上的钱借给何进就等于扶持了民间文化项目，这是公益事业，能抬高您的身份，使您成为有文化、有品位的老太太呀。"

"你少跟我油腔滑调的，大公无私的光辉思想早就照耀到我心灵深处了，还用得着你来上纲上线？如此看来，这穷小子何进真是不简单呀，他已经把你蒙得五迷三道跟他一条道跑到黑了。不行，今天我一定到医院去，当着你爸的面戳穿他。"李亚芬用力推开卓然。

"妈——妈——"

卓然一不留神，李亚芬就夺门而出了，她虽上了年纪腿脚却利落，跑得飞快。卓然在后面紧追，追来追去竟被李亚芬甩出两条街，眼见她上了公交车，卓然只好停下来打出租车。

卓然与李亚芬几乎同时到了医院，病房里只有卓大林一个人，何进不在场。

李亚芬风风火火说明了来意，卓大林愠怒地板起脸说："你真是从门缝里看人，把何进看扁了。这小伙子有理想有抱负，当了驻村村官没干出政绩，他不焦虑吗？他把想法都告诉我了，我也都明白了，你如果想支持他一下，就借钱给他。闲话也就别说了，我耳朵疼不想听。"

"嗨，原来你们是一伙的，都串通好了，只把我一个人蒙在鼓里了。那穷小子何进去哪里了？"李亚芬四处打量。

"村里来电话，要他回去了。"

卓大林说罢，望了卓然一眼。

卓然满脸释然，心里大舒了一口气，再也没有说话的欲望了。

何进提前在微信里接到卓然的警报，要他赶快撤退。

何进借口去了洗手间，听卓然把情况说了个大概，回来便跟卓大林谎称村里有事，急忙脱身。医院里本该上演的一场滑稽戏就这样罢演了。

李亚芬觉得自己又被女儿耍了，她瞟了一眼卓然，发现她脸上一副淡定的表情，便拿着腔调说："都淡定了哈?"说罢，自感无趣地坐在病房的椅子上，大声叹气。

卓然望着李亚芬，忽然想笑，她急忙转身把笑憋了回去。

卓大林扯起被子盖在脸上，病房里立刻响起呼噜声。

# 第七章

## 1

周志远接二连三接到一个人打来的电话，打电话的人是他去某村扶贫时认识的"鸡皇后"。

"鸡皇后"原是村里一个中年寡妇，丈夫常年开拖拉机搞运输，有次遇大雨山洪，连人带车冲走了，连个尸首也没找到。中年寡妇突遭横祸，家里有卧床的老婆婆，还有儿子在城里读书，生活陷入了困境。她本是个爱说爱笑又喜欢唱京剧的女人，突然就变得沉默了，见谁都干瞪两只暗淡无光如枯井一样的眼睛，再不开口说话。

周志远见到这个中年寡妇时，见她家院里养了一群鸡，便想帮她做一个养鸡项目。信用社不给她贷款，怕她还不起。周志远便给她做了担保。中年寡妇高兴得突然唱起了京剧《霸王别姬》，字正腔圆很有韵味，把周志远吓了一跳，以为她发神经了。后来村干部介绍，中年女人和丈夫都是京剧戏迷，两人经常唱京戏，村里人都喜欢听他们唱《霸王别姬》，自从女人的丈夫遇难，她再也没开过口，这是事故后第一次开口唱京剧。

中年女人唱的京剧与周志远的研究方向有关，他自然是发自内心地欣赏和高兴。村干部在一旁悄声告诉他，这女人在村里有个绰号叫"戏皇后"。

周志远随之戏言："那她以后把鸡养好，就是鸡皇后品牌。”一旁的人听了都笑起来。

中年女人只用一年半的时间就当上了“鸡皇后”，她养的鸡卖了大价钱，她第一个想到感激的人就是周志远。她不停地打电话说要来看望他，周志远推辞不过，只好答应下来。

鸡皇后给周志远带来了四只鸡，两只大公鸡和两只老母鸡，挎在篮子里，进大院时被门岗拦下了，她说找周志远，门岗便给周志远打电话，确认无疑后才放中年女人进去。

鸡皇后在鸡篮子里给周志远放了五万块钱，算是对他的感恩。周志远先是不知，鸡皇后走出大门才发微信告诉他，周志远显然是追不上她了。

周志远把四只鸡提到食堂交给厨师，做好后供大家尝鲜，回到办公室就对着五万块钱发愣，这钱应该怎么还给鸡皇后，周志远要让鸡皇后明白发家致富靠的是她自己的诚实劳动，无须感恩谁，周志远做的只是分内之事。正发愣时，何进来了。

何进刚坐下就跟周志远说起了筹钱之苦，又说了村里艺人郑大嗓排演虞姬舞想参加省会演无钱之事。

周志远笑说：“想不到两人都为钱所困了，那你今天陪我走一趟吧，也许会有意外的收获呢。”

何进对周志远一向言听计从，二话未说就跟他奔了乡下。

鸡皇后正在山上看鸡飞，有两只公鸡在斗架，都梗着脖子，脖子上的毛炸起来，五颜六色甚是好看。成群的母鸡在一旁观望，好像在等待冠军的诞生。

鸡皇后边看边自语：“你们两个今天要不争个你死我活，母鸡们以后再也不睬你们了，你们就找不到对象了，只能玩个金鸡独立了。”

母鸡们好像听懂了鸡皇后的话，咕咕叫起来，像是为两只公鸡助力加油。

两只大公鸡中有一只通体毛色金黄，只在脖颈上有一圈墨黑，太阳光一照又呈墨绿。另一只大公鸡通体杂色，赤橙黄绿青蓝紫，好像拱出蛋壳时不小心掉进七彩染缸里了。从色彩上看，显然那只金黄色的大公鸡占优势，正应了那个成语：金鸡独立。

这金鸡好像听懂了鸡皇后的话，一跳一冲把大花公鸡冲出老远，三冲两跳就赢了第一局。

母鸡们呼啦啦冲上来，围着金鸡转悠，咕咕咕发情。

鸡皇后对着杂毛公鸡说："败下阵了吧，没说的，认怂吧。"

"谁认怂啊？"

周志远与何进走上山坡，正好听见鸡皇后的后半句话，便忍不住搭腔。

鸡皇后转身见是周主任，满脸惊喜地说："周主任怎么有时间跑到山上来了？这位是……"

周志远说："这位是驻村干部何进，他当村官的村子离你们这里不远，是近邻呢。"

何进笑说："打扰了。"

鸡皇后说："欢迎两位领导光临，进屋喝点茶吧，一会儿我给两位领导煨点鸡汤喝。"

周志远与何进走进一排平房，里面装修异常简陋，房子是水坯盖起来的，一共三个房间，房梁裸露，墙面是泥土和草芥的混合，唯靠里面的房间墙上用草席遮盖，里面架了一张木板床，可能是鸡皇后的住处。

鸡皇后让周志远与何进坐下，然后忙着沏茶，又差人去杀鸡，接着坐下来给两人倒茶，边倒茶边说："没有周主任就没有我的今天，如今这满山的鸡就是钱呢，鸡每天下蛋都是钱，

我天天捡钱。"

周志远端起茶杯呷了一口茶说："如今你名声大噪，方圆百里都知道有个鸡皇后。"

"那还不是靠了周主任的扶助嘛！"鸡皇后咯咯笑道。

周志远趁机拉开包，将里面几捆人民币拿出来摆在桌上。

鸡皇后的脸腾一下红起来说："周主任您这是干啥？我的一点心意您若不收，就是想让我做个不懂感恩的人啊。"

何进弄不清是怎么回事，两只眼睛一会儿看看人民币，一会儿看看周志远和鸡皇后，他们两人的对话忽然让他明白周志远的清廉了。

周志远说："你谁都不用感激，扶贫是我们分内的工作，要感激就感激自己付出的辛勤劳动吧，你这是用诚实的劳动换取美好富裕的生活。"

"当初要不是周主任帮我，我真没有今天。现在我致富了，又当了村里、镇上和区里的劳模，还上了报纸，我怎么能不感激周主任呢？这钱您若不收下，就捐给社会吧，看看哪里需要就捐给哪里吧，不然我心里会不安的。"

周志远趁机说："现在有个民间文化项目，你若想投资我就拿这钱帮你做贡献了。"

鸡皇后随之问："什么文化项目啊？我又不懂，周主任看着办吧。"

周志远这时给何进递了个眼色，何进立刻把民间艺人郑大嗓排演项羽虞姬舞蹈缺资金的事和盘托出。

鸡皇后听罢表态说："只要周主任同意，这钱你拿去用就是了，不用跟我解释这么多。其实我本人就喜欢演戏，只是眼下忙养鸡没有时间罢了，如果有时间我就去演。"

何进想不到一下子得到五万元经费，他颇为兴奋，同时又

十分不安，毕竟这是一个妇女创业的辛苦钱，便说："这钱算是我们借的，等演出成功获了奖，我们一定想办法还给您。"

"不用还不用还，你们拿去用吧，也算是我为民间艺术做点贡献了。"鸡皇后也很兴奋，想不到自己的钱派上了大用场。

周志远与何进喝了鸡皇后煨的鸡汤，两人就匆匆下山了。车开到平坦的路上，何进忍不住说："周主任您真沉得住气，上山之前都没向我透露一点风声，您真是保密到家了，让我喜出望外。"

周志远望着前方感叹道："如果项羽虞姬的民间舞演出成功并在省里获奖，对促进项羽文化旅游项目还是大有益处的，证明项羽文化在民间有很大的市场。"

何进望了周志远一眼说："周主任，认识您以来，在您身上我学到了一个很重要的品质。"

"什么品质？"周志远急着听下文。

"坚忍不拔。"何进回答。

周志远突然拍了一下何进的后背，两人不约而同大笑起来。

## 2

周甜甜尽管自信满满，但是当她的总分数以十分之差掉进三本投档线时，她还是忍不住哭了起来，当然她的眼泪不是当着爸爸妈妈的面流的，也不是在同学们面前流的，她跑到了距城区数十公里的霸王祠，面对一片溪水大声哭泣，哗哗的水声淹没了她的哭声，她要的就是这个效果，即使一个人都没有，她也不想让大自然嘲弄自己，她的哭声只对着自己的内心。

也许她的哭声真是太大了，盖过了溪水声，一群小鱼突然腾跳了一下，摆着尾巴朝远处游去了。

"哎呀，小鱼儿，你们为什么走？难道不喜欢听我哭吗？你们要留下来听我哭，用我的哭声给你们伴奏好不好？"周甜甜自言自语。

小鱼儿越游越远，有一只小鱼儿好像听懂了周甜甜的诉说，它往回游了游，犹豫了片刻又随大部队游向远方。

周甜甜望着成群游走的小鱼儿，忽然明白了成群结队是每一个生物的共性，所有的生物都喜欢呼朋引伴，更何况人呢？特立独行的人、标新立异的人、我行我素的人、别具一格的人、独树一帜的人、别开生面的人……都是鹤立鸡群、出类拔萃的人，他们的终极目标是想出人头地，要么流芳百世要么遗臭万年。可项王，他是流芳百世了，还是遗臭万年了呢？他功业的败北可能是遗臭万年了，而他对爱情的忠诚、对虞姬的呵护又让他的大丈夫气概永世流芳。人真要活得起折腾得起呀，不因俗世的价值观而改变自己。

周甜甜正想入非非，忽然发现一双男式皮鞋在她的眼皮底下定格了。她不由慌乱地抬起头，一眼看去竟是自己第一次来这里时碰到的何进，后来她还在江南城里遇见过他，得知他跟自己的爸爸周志远有交集。

"喂，你怎么到这里来了？"周甜甜表情惊讶地问。

"这里有规定只许你来不许我来吗？"何进笑着反问。

周甜甜故意板起脸说："我第一次到这里来时就碰见你了，那次如果不是你在，我就遇险了。今天我是专门跑到这里来哭的，难道你心里有感应我会在这里哭吗？你莫不是又来救我的吧？"

何进心里想笑，这个周甜甜真是聪明绝顶，她能猜透自己的心思。何进来这里之前，忽然接到周志远的电话，说高考分数公布了，自己女儿没考好，估计离家出走了，让何进在江北帮着找一找。

本想回村部的何进，二话没说就把方向盘调转了方向，他猜到周甜甜去哪里了，有着浓厚项羽情结的网络小说作者，此刻除了霸王祠还能去哪里呢？一路上他回想着当初救她的情景，断定她此时的位置。凭着自己的直觉，他一下子就在拱桥畔发现了她，她在哭，大声哭泣。这本不像她的性格，她崇拜项羽的大丈夫气概，自然不会像一般的女孩子动不动就哭鼻子，可人性是个多面体，周甜甜身上爱哭的一面会在不被人看见的地方展示出来，眼下她就展示得淋漓尽致了。

"一个带有英雄情结的女孩子怎么会哭呢？失败是成功之母天下皆知吧？"何进站在周甜甜对面，嘴里甩出两句话。

"难道因为我崇拜项羽就不能哭吗？我是哭我自己太笨了太轻视高考了，高考之前我没拿考试当回事，可分数一公布，我才知道这是人生阶段最重要的起步，可我这一步跌进沟里去了，我爬不到岸上了。"

"条条大路通罗马，这话你应该比我还清楚吧？"何进靠近周甜甜。

周甜甜往后退着说："你们公务员都会耍嘴皮子，而且翻来覆去就是那几句话，我爸爸也跟你一样。哎，真不知道我爸妈眼下急成什么样子了？"

"既然你知道爸妈着急，还跑到这里来躲心净，你是故意让他们着急的吧？"何进说。

"我没有，项王溃败无颜见江东父老，我没考上一类大学也没脸见爸妈。"周甜甜为自己寻找理由。

何进突然一个箭步蹿上来，使劲抓住周甜甜的手说：

"走，现在就跟我回去见你爸妈吧。"

周甜甜下意识地挣了一下，但还是拗不过何进，只好跟着走了。

车子发动起来后，何进的话匣子就打开了。

"今天本是应该带着你在这里游玩一下的，但天色太晚了，我把你送到家还要赶到村部去，要知道我和你爸这种人每天都忙得四脚朝天啊。"

"四脚朝天那是猪哇！"周甜甜忍不住调侃。

何进一下子笑起来说："现在的孩子们想象力丰富、成熟得早、成长也快，很难管啊。"

"我凭什么要人管啊？越管越逆反。本来我今天想到霸王祠的大殿里跟项王的塑像说说心里话的，你一来让我的愿望灰飞烟灭了。"

"难道你真想把自己的爸妈逼成精神病吗？"

"我怎么逼他们了？我考试没考好，将来怎么办啊？我自己都快急成精神病了。"

"波澜壮阔的人生未必都是一流大学的高才生干出来的，当年有很多少年天才后来不也都半途而废了吗？你能写项王虞姬的网络小说，这就是上天赐给你的本事，你靠着自己的想象和一支笔就能生存。如果遇到不拘一格降人才的好时机，说不定某个大学的历史系就破格把你录取了呢。"

"听你这么一说，我心里立刻开了一朵花，花在怒放，那是项王喜欢的兰花呢。哎，你说项王那么顶天立地的人为什么喜欢兰花呢？他身上的柔情蜜意是从兰花那里得来的吗？"

"这我可不敢妄言，只能说凡英雄豪杰都有怜香惜玉之情，项王四面楚歌时对虞姬的挂念充分证明了这一点。"

"那你身上有柔情蜜意吗？"

"这个问题我难以回答，我一不是楚王，二没有四面楚歌。"

"据说女人看男人要看细节，你平时关心你的女朋友吗？比如她的大姨妈来时情绪起伏不定，你会哄她吗？"

"你这些小女生的问题我都没办法回答。我们放一段音乐好吗？"

何进打开音响，经典音乐《十面埋伏》立刻回荡在车厢内。

周甜甜陶醉地听着，一双眼睛望着车窗外，天上的晚霞正在绽放，如火焰燃烧，夕阳悬挂在树林上空，忽而露出笑脸忽而敛起笑容，像在树杈上打着秋千，又像是为黑夜的降临安排着自己的位置。太阳怕谁？黑夜永远不是太阳的对手，太阳走了，黑夜才会降临。

## 3

郑苹感到自己的脸这几天已经掉到地上了，那不是单纯地碎成了两片，而是粉碎性摔成了碎片，她无时无刻不感到火烧火燎地疼痛，特别是当有人从她的身边经过，故意跟她打招呼问起她女儿的分数时，郑苹就感到一种羞辱在身。"甜甜，你怎么就如此不争气呢？你的网络小说点击率虽然高，可高考是决定前程命运的事情，你岂能马马虎虎敷衍了事？

"还有周志远，在机关的位子坐着舒舒服服不好吗？偏要去搞什么项羽文化旅游项目，既折腾自己也折腾村庄的老百姓，现在项目搁置了对他来说也是一件好事，让他记住一次铁的教训。"

郑苹一路走一路想，脑子不停地走神，马路两边的车辆、

人流、树木也就不在她的视野之中，本来在人行道上走着，不知怎么就走到了大马路上，眼睛还未顾得上四处打量，一个骑电瓶车的人突然撞了她一下，郑苹这下清醒了，刚要发火，对方竟嘿嘿笑着喊她的名字："老同学，不认识我了，小学我俩是前后座呀！"

郑苹定睛一看，竟是小学同学王木头，王木头从小就喜欢读古书，数学却一塌糊涂，因为偏科没考上重点高中，又因为偏科没考上重点大学，但他古文成绩不错，又喜欢摆弄一些古玩意，后被省城一家技术学院破格录取，定向培养织锦技术，毕业后直接分配到云锦艺术研究所，也算学有所用了。

王木头推着电瓶车，一路跟郑苹介绍自己的当初与当下，两人不知不觉就走到了云锦艺术研究所大门口。王木头将电瓶车推进停车棚里，随后邀请郑苹去展厅看展品，郑苹紧跟他的脚步。

云锦展厅面积有近一千平方米，历朝历代的精品悬挂在橱窗和展示柜里，向游人讲述着自云锦诞生以来的风云际会。特别是那宽大的蟒袍，神秘、权威、高傲而不可触及，有多少男人对其向往，又有多少男人命丧捣蟒的阴谋……郑苹第一次在展厅欣赏云锦，近距离的描龙绣凤画面，那工艺的层层叠叠和烦琐复杂美得令人不敢大舒一口气，生怕浊气污染了锦绣。

郑苹越看越喜欢，便认真地读起有关云锦的历史和介绍：

云锦织造技艺存续着中国皇家织造的传统，采用"通经断纬"等核心技术，在构造复杂的大型织机上，由上下两人手工操作，用蚕丝线、黄金线和孔雀羽线等材料织出华贵织物。云锦织造技艺体系由材料准备、纹样设计、挑花结本、造机、织造等百余道工序构成，云锦纹样"图必有意，意必吉祥"。从元代至明清，云锦一直是皇家御用品，可作为朝廷礼品，馈赠外国君主及使臣或赏赐大臣和有功之人……

郑苹正看得出神，王木头凑上来说："这些都是历史资料介绍，我马上带你去看怎么织云锦，我亲自上机织给你看，老同学你不佩服我都是不可能的。"

郑苹笑道："如今特别流行自我表扬，你干脆做个短视频，把自己的织功在朋友圈炫一炫吧。"

"你以为我不炫呀，我都炫过多少遍了，但短视频这东西太碎片化了，云锦要系统地宣传一下，拍成纪录片写成书啥的，让大家仔细了解，这是我们城市的非物质文化遗产呀。"

王木头津津乐道，郑苹听得津津有味。两人说话之间就到了云锦工坊，有几个男女工人正在织锦，王木头一沾织机的边就显出了不可替代的权威和高傲，那是郑苹难以替代的权威，也是郑苹不可企及的骄傲。郑苹眼下是心服口服的统一，而王木头再也不是从前那个数学总考不及格的"木头疙瘩脑袋"了。

郑苹心里翻腾着，用心潮起伏形容可能有点俗了，但她的心潮真是在起伏，一波又一波的浪涌，她的心在掂量这么多年对女儿甜甜的教育是否过于大众化流俗化了，只单纯地要求女儿高考的分数，一切都围着高考的分数转，而忽略了她本身的才华与兴趣，他们没有因势利导让女儿以兴趣尽情发挥自己的才华，而是不断地压制围攻，只准她朝着高考的方向。表面上他们是压制成功了，实际上女儿的心思根本不在高考上面，她考不出理想的成绩再正常不过了。

王木头在织机上尽情操作，其实是在为郑苹表演，他记得小学时自己喜欢和郑苹玩，他曾用过年的压岁钱买了根冰棒送给郑苹吃，虽然只花了五分钱，可那个年代的五分钱也相当多了啊。但愿郑苹还记得这事。

王木头从织机上下来，第一句话就问郑苹："我织锦的姿势美不美帅不帅？"

郑苹一下子笑了说："都这把岁数了，你还挺在乎自己形象的。"

王木头正儿八经说："人的颜值很重要，小学时因为你的颜值高，我用压岁钱给你买了一根冰棒吃，你还记得吗？"

"那时候的冰棒才5分钱一根，你只为我花了5分钱至今还不忘炫耀，真有你的。"郑苹不以为意地说。

王木头强调："姐们，那时的5分钱也不少了，那是我攒了一年的压岁钱，你咋没给我买过一根冰棒呢？"

郑苹一下子被王木头问住了，她想说我没有给你买冰棒吃的想法呀！话到嘴边又咽回去了，急忙改口说："哪有女生给男生买东西吃的，都是男生给女生买东西吃呢。"

王木头嬉笑道："就是就是，男追女一道墙，女追男一层纸。"

"王木头，我没有追求过你吧？"郑苹故意问。

王木头讪笑："我心里倒是想过，要是你也给我买一根冰棒就好了。"

"我不会给任何男生买冰棒，我本身就是一根冰棒。"

"高颜值的女人都是冰棒。"王木头这话不知是给自己找台阶下还是变相夸赞了郑苹。

郑苹当下的心思都在女儿周甜甜身上，王木头的戏说只被她看成是贫嘴而已。郑苹在感情方面开窍迟，今生遇到周志远再也未修改过自己的情感轨迹。王木头的调侃倒让郑苹感到自己活得太纯净了，在滚滚红尘的社会，纯净是一种高贵的美德，有钱难买人的纯净，从里到外。

吃饭时，王木头在云锦艺术研究所对面的深巷子里请郑苹品尝了扬州盐水老鹅，是地道的扬州特色名菜，烂而不散，色黄油亮，质感松嫩、肥而不腻。

郑苹第一次吃扬州盐水老鹅，感觉挺可口的，就不停地揵动筷子。

王木头看着郑苹的吃相，心里美滋滋的，便将这道扬州盐水老鹅介绍得有板有眼："这是有着 2000 多年历史的淮扬菜里的一道名菜，清代时，地方官员用盐水鹅招待下江南的康熙和乾隆皇帝，这菜从此名扬天下，作为地方特色菜闻名遐迩。扬州大量养鹅、吃鹅的历史可以追溯到唐宋前。唐代诗人姚合在《扬州春词》中描述当时的扬州是'有地惟栽竹，无家不养鹅'。到了明代，鹅肉是最为家常的一道菜，一些笔记小说都有记载。《红楼梦》中的胭脂鹅便是一道人们喜爱的扬州菜。世界卫生组织对 2011 年版的健康食品排行榜进行类别划分时，鹅肉为肉类健康食品的冠军。"

"哟，王木头，真看不出来你肚子里装了这么多的知识嘛。谁敢再说你是木头疙瘩，我一定跟他理论。"郑苹用筷子揵起一块鹅肉晃了晃，又顺势塞进自己的嘴里。

王木头释然一笑说："郑苹，我是故意找到你的，我女儿是你女儿的粉丝，喜欢看你女儿写的网络小说，我女儿的考试成绩不理想，要死要活的。开始我还训斥她，现在我也想开了，高考成绩只是人生的一种参照，其实人生有很多条路可走，干吗非要逼着孩子挤那一条路呢？再说，大学毕业也不见得就能找到好工作。你看我现在是单位的业务骨干，多次获得

过省市劳模了，在学校时我是数学成绩最差的学生，天天被老师点名批评，那时我跳河的心思都有了。可到了工作岗位，技艺我是一流的，没人不服。其实在校读书是一回事，到了工作岗位又是一回事，孩子们书本上学的很多知识，到了社会上都用不上了。"

郑苹惊讶地望着王木头，想不到老同学竟是自己的克格勃，简直太不可思议了，看样子他早就知道甜甜的分数了，便索性坦言："我未听周甜甜说过你女儿的事情，更不知道她们之间还有交往。不过，这次我女儿也考糊了，一本大学肯定是进不去了。"郑苹叹息着。

王木头说："高考不是人生的试金石，与其选择读二三流的大学，倒不如选择一流的技工学院，学一门技术，毕业后真不愁找工作。像我们云锦工坊就特别需要技术人才，你女儿不妨报考这个专业试试。"

"让她当工人，怎么可以？"郑苹一脸不高兴。

"能当一个技术工人那才是真本事，多少大学生毕业后找不到工作啊，听说京城送外卖的就有好几千人。"

郑苹瞟了他一眼，想说句反对的话，又觉得没意思也没心情跟王木头较真，于是便又伸筷子撩起一块老鹅说："这道菜真香，下次我请你吃啊。"

离开老鹅馆，郑苹独自走在回家的路上，耳畔总是响起王木头说的话，她隐隐觉得这些话有些道理，便想回去说给周志远听听。

4

方玉婉在赵支书那里吃了瘪，心里颇不是滋味，这么多年她一直是赵支书的支持者，赵支书也是她的依靠。眼看年底了，上边要政绩，每个人都要总结自己的工作表现。妇女工作如今是个难点，她偏又代理村妇女主任。眼下村里留守的都是老妇女们，年轻的也五十出头了，田地都承包出去了，孩子们进城打工了，这些留守的妇女们大多心灵寂寞，就喜欢跳个广场舞，凑在一起乐和乐和。可村里没有广场，她们经常聚起来在别人家门前跳，在坑坑洼洼的土路上跳，崴脚脖子的事情时有发生。村里有上边拨下来的各种农业补贴，就是没有文化娱乐补贴，可这钱村里还是能挤出一点来的。她以为去村部跟赵支书申请一下，赵支书怎么也会给她一点面子，想不到竟被他狠狠剋了一顿，这跟打她的脸还有什么区别呢？平时村里人都传说她在赵支书面前说话管用，可这么点公事都办不成，她方玉婉还有什么脸在村人面前摆划？

方玉婉越想越气，马上就进村了，担心碰到妇女们问这事，看看天色已晚，索性在村外的一片空地坐了下来。

这片空地原是村人晒稻子的地方，后来村人也不种稻子了，就空了起来，放映队曾在这里放过电影，都是老电影抗日打鬼子的。年轻人在家时，看的人多，年轻人进城打工，电影也没多少人看了，放映员也就没了兴致，再也不来放电影了。村里的妇女们经常聚在这里闲聊，有一棵老槐树夏天成荫，妇女们白天在树下躲太阳，晚上在树下看月亮，天长日久就成了习惯。后来有妇女从城里回来，说城里的女人晚饭后都喜欢跳广场舞，健身美体益处多多，便自购了一个小放音机，几个爱热闹的妇女真就跳了起来。但场地不平，没两天就有人崴脚脖子了，妇女们就联合起来找到方玉婉要村里把广场修起来。

方玉婉感到这不是什么难事，修个小广场用不了多少钱，村里应该是支持的。谁料赵支书真就没有支持她，这让她太没

面子了。

心里正窝囊着，不知不觉天就黑下来了，大地一片安静，好像万物都听到了上天的一声号令，全禁口闭嘴了。偶有远处的一声狗吠，算是寂静中的殊音。方玉婉忽然感到人的内心都是害怕寂寞无声的，难怪在原始森林中会迷路。这时，前边忽然有一辆自行车晃来晃去，晃到方玉婉跟前停了下来，赵支书停下自行车说："老远就看到一个人影，我就知道是你。"

"你真是火眼金睛，天这么黑怎么能看出是我呢？"方玉婉不高兴地问。

"今天我把你气着了，你肯定要坐在这里怄气呀。这里是我们小时候捉迷藏的地方，你还不把从前回忆回忆吗？"赵支书顺势坐在方玉婉对面。

方玉婉没吭声，看他还有什么话说。

赵支书见方玉婉脸板得像块铁饼，便为自己强词夺理："眼看着好端端的旅游项目搁置了，本想着通过旅游项目让村里天翻地覆呢，这下没指望了。村里人眼见拆迁无望，都快把眼珠子瞪出眼眶了，村人的心也散了。我压力大，哪有钱给一帮老妇女们造广场呀？"

"妇女们年轻时生娃子，成了老妇女又要带孙子，真正回家养老了又成了留守老人，现在我就是想把她们组织起来，让广场舞带给她们精神上的快乐。"方玉婉据理力争。

"你们跳广场舞我不反对，可想让我投钱真没有，骂死我也没有。"赵支书一脸不妥协的表情。

"你别的不用弄，把晒稻子的这个场院用水泥铺平就行了，用不了多少钱。"方玉婉也不妥协，她今天就要死磕赵支书。

"你真是头脑简单，水泥黄沙是用不了多少钱，我个人都

可以出这个钱，可人工呢？眼下人工太贵了，挖一棵大树都要千儿八百的，更何况造一个广场呢？村里真拿不出这笔钱来。"赵支书用手挠着头皮说。

方玉婉刚想说话，赵支书的手机响了起来，他起身走到一边接电话。

方玉婉没心思偷听他的电话，便将眼睛望向天空，上弦月出来了，凄楚地挂在天边，就像女人眯着的一只秀眼。月亮直眼俯视着大地，一缕缕云烟飘移在它的周围，使其越发神秘。方玉婉自小就喜欢看月亮，尤其喜欢看月牙，村里人还编过一首顺口溜："月亮牙本姓方，骑着大马去烧香，大马拴在梧桐树，小马拴在花枝上。"上学以后，她知道月牙又称上弦月，似是圆月出来之前的亮相预演。

方玉婉正看得出神，赵支书转身奔了过来，颇为得意地说："这回真有钱给你们玩了，有个卖玉的人说是项氏后裔，想投资项王的电视剧，手上又没有太多钱，想请素人出演，还想在咱们村实景拍摄，他若真来投资电视剧，找素人当演员，那村里这帮老妇女还愁没舞跳吗？当群众演员足够她们玩的了。"

"真的？"方玉婉一下子跳起来，拍着屁股上的土说："这人在哪儿？什么时候来咱村？我好找他谈谈。"

"咱不能等他来，咱要亲自上门去拜访他，他若真来咱村实景拍摄，那咱村就成了网红打卡之地了，还用得着费劲巴力搞什么项羽旅游项目吗？"

方玉婉眼睛一亮说："那咱们什么时候去拜访他呢？"

赵支书说："你先别急，村里要先开会商议一下，达成共识，别等人家来了又七嘴八舌的。"

"好，那我就静候佳音了啊。"方玉婉哼着歌跑到前边

去了。

赵文书在后边喊："你等等我，天都黑了，一个人走夜路不害怕吗？"

方玉婉头也不回地扔出一句话："有赵支书在后边压阵，鬼早就吓跑了，神鬼怕恶人啊。"

赵支书推起自行车追赶说："我怎么成了恶人了？我是给留守妇女们找营生干的大好人啊。"

前边不远处传来方玉婉的笑声，清脆清脆的，像银铃铛被风吹响了一样。

## 5

关于项氏后人到村里拍摄电视剧之事，村里人各执一词，有人建议先斩后奏，有人建议先往上边汇报。坚持汇报的是何进，坚持先斩后奏的是赵支书，赵支书说八字没有一撇，汇报上去等领导批下来可能就要黄了，以他的经验，领导只看结果不问过程。他坚持先去拜访电视剧投资人，待事情有个眉目了再汇报不迟。胳膊扭不过大腿，何进只好随赵支书进城，随行的还有方玉婉。

三人进了城，按电视剧投资人给的地址，七拐八绕总算到了他的住处，进去后眼睛都不够用了，从外面看不出什么，老墙老街道，但里面却是一座民国时期建的大别墅，装修得低调而奢华。听说别墅的主人去了国外，现在这里是项总的文化公司，公司过去主营玉石，近几年生意难做，项总就想用过去的积蓄拍一部有关老祖宗项羽的电视剧。

别墅里里外外摆满了玉雕，除了福禄寿的吉祥三宝外，大多是项羽与虞姬的主题雕刻，有鸿门宴、霸王别姬、四面楚歌

等。项总的办公室里也摆满了项羽的雕像，项羽在后人的刻刀里或怒目圆睁、或仰天长啸、或扬鞭奋蹄、或血拼杀场，每尊雕像都是项羽王者风范的凝固，他在历史的时间与空间中定格了，好像是给后人树立了一个虽败犹荣的榜样。

几个人刚落座，项总就出场了，他头顶稍秃、目光犀利，一副不可一世的表情。未跟来人客套，话匣子就打开了，他语速极快地表达着，生怕没有时间把话讲完。

"我的老祖宗项王，虽惨败自刎乌江，可他始终活在我们后人的心里，他是个典型的明人不做暗事之人，鸿门宴上本可以斩杀刘邦，可最终还是放虎归山留下大患。项王坦荡为人，虽败为寇，却给后人树起一个顶天立地大丈夫的榜样。令我们生厌的倒是那个吃里扒外的项伯，这要放在抗战那会儿，就是个大汉奸呢。"

屋里没人打断项总，任他一个人继续侃。

"我已经想了很久了，中国人的习惯思维就是成王败寇，但我要以老祖宗项羽为例，拍一部电视剧纠正人们的这种想法，试想想，世上哪有那么多称王的英雄，有英雄豪杰就会有草寇流民，关键是要总结失败教训，不因失败而失人格，有人格的人虽败犹荣。

"说句实话，我手里没有多少闲钱折腾，请个大牌明星动辄几百万上千万，有的演技还可以，有的演技也不怎么样，与其把钱都砸到明星们身上，还不如请素人出演。项王是我老祖宗我就可以扮演，再配上个年轻貌美的虞姬，主角就齐活了。下面的配角多呢，你们都可以参演。但我先声明，主演和配角都没有演出费，我这点钱只够剧本、导演、取景和拍摄用。"

项总说完，用打量的目光扫着在场的每个人，见赵支书、何进、方玉婉都不说话，又说："如今想当演员的人多了去

了，你不演他演，他不演我演。"

三人相互望望，谁也不说话。赵支书先起身说："项总您的想法很好，但电视剧在我们村里取景是个大事情，我们首先要向上边汇报一下征得领导同意，只要领导点头了，群众也就好办了。你们不给报酬可以，群众演员的盒饭还是要管的吧？上百号人的盒饭也是一笔不小的开销呢。"

项总也站起身说："饭还是要管的，连盒饭都管不起，我哪里有资格拍电视剧呀。回头你们村干部先在村里招呼一下，看有多少人喜欢当群众演员的。不过你们要跟大伙儿说清楚，虽然眼下没有报酬，但电视剧一旦火起来了，赚了大钱，最终报酬还是要分给大伙儿的。"

赵支书说："这都是后话了，眼下要先上报给领导，看看上边同意不同意我们村做这个事情。"

赵支书说罢就往外走，项总先一步挡在门口说："先别急着回去，一起吃个饭，我们公司就有厨房，吃个便饭再走，边吃边议嘛。"

"这……"赵支书转身看着何进和方玉婉，两人都只待他发话，赵支书只好说："那就客随主便吧。"

三人留在项总的公司吃了顿便饭，四菜一汤荤素搭配。饭毕，项总要午休一会儿，三人便告辞回转。

走在路上，赵支书问何进和方玉婉有啥想法？

何进说："这是个好事，对推动项羽文化旅游项目是一种舆论上的支持，证明这个项目在民间的呼声还是不小的。回头我去跟周主任汇报一下，再听听他的意见吧。"

"你索性征得他的同意，电视剧如果能在咱村开拍，以后就是一笔不可撤销的旅游资源。"赵支书说罢又转身问方玉婉，"方主任，你说呢？"

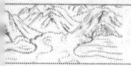

方玉婉笑道："这下在家的留守妇女们都有营生干了，能当群众演员的就当，不能当的就去做盒饭，有事干了谁还有闲心跳广场舞啊。"

赵支书一拍巴掌："那这事一举三得了。"

三人开心地笑了起来，笑声盖过了市井生活的一切声音，那真是开怀而放纵的大笑啊。

6

何进没有回村部，直接驾车去了周志远的办公室，这几天他频繁去见周志远，有私事有公事，前日去送周甜甜，算是私事；今天他是公事，但愿周主任别心烦。

周志远正在收拾办公室的东西，他的神情有点疲惫，见到何进便惊讶地问："你这么快就知道消息了？"

"什么消息呀？"何进一脸懵懂。

周志远把手里的几本书放在桌角上说："我马上要去苏北扶贫了，早上组织部已经找我谈过话了。你刚进来时，我还纳闷怎么这么快消息就传出去了呢？还以为你听到消息了呢。"

何进愣了一下，满脸不解地说："我真没听说，再说调动一个干部也不能这么急呀，我眼下有事情要请您帮助解决呢。"

周志远急忙解释："是市里的一位领导干部去扶贫，要配个副职，正好我也有去扶贫的要求，这事也就一拍即合了。我这种人在哪里都是干活，党的一块砖嘛，愿意往哪里搬就往哪里搬。只是项羽文化旅游项目要搁置了，还不知道什么时候能重拾这个项目呢。对你和村里的乡亲，我只能说对不住了。"

何进索性坐下来，沙发正对周志远的办公桌，周志远也坐

下来，两人忽然都没了话说，沉默了几分钟，何进终于憋不住了说："当初要搞这个项羽文化旅游项目时，村人本来是反对的，后来村委会反复做工作，村民思想总算通了，准备工作都开始了，现在又说项目搁置了，我都不知道怎么跟村民解释了，村民早就盼着搬到城里生活了。"

周志远说："你的心情和村民的心情我都理解，其实我心里比你们还焦虑呢，在我看来人生最大的败笔就是半途而废，这跟言而无信没什么区别。"周志远双眉紧锁，一脸的痛苦不安。

何进长叹一口气，本来不想说什么了，看到周志远期待的目光，只好说："今天我是满怀希望跑来向您汇报情况的，想让您给拍板做主。有个项氏后裔想投资电视剧，准备在我们村的鬼门关那里实景拍摄，但需要搭建一些虚景，还要素人出演，估计村里在家的留守人员大部分都能派上用场。"

周志远忽然站起身，大笑了一声说："哎，这是好事啊，这个项氏后人是哪里的？要拍什么内容的电视剧呀？"

"项氏后裔自然要拍有关项羽的电视剧了，投资商是个玉石商人，在江南主城，玩玉多年挣了点钱，想为老祖宗正名，拍一部电视剧，又请不起明星大腕，就要素人出演，他本人要演项羽。"何进如实道来。

周志远搓着双手围着办公桌来回踱步，他身材高大，在坐着的何进面前晃来晃去的，一会儿就把何进晃晕了。何进也索性站起身，跟着他后面晃。周志远忽然转身拍了拍何进的肩膀说："这绝对是一件大好事，对项羽文化旅游项目会起到推波助澜的造势作用。虽然我不在位了，但这个项目还在我心中，以后有机会还是要做的，比起那些没有历史文化依托的旅游项目，项羽旅游项目如果不做真是太可惜了，他向后人彰显一种

襟怀坦荡、虽败犹荣、敢于担当的精神,这种精神在他于乌江拔剑自刎时达到了极致。你回去跟投资商说,如果想去项王故里取外景,我会帮助协调。"

"可我们村担心这事上边不批,做不成。"何进说出了自己的担忧。

"投资电视剧主要是看能否通过广电审核机关审批,至于取景那要看投资商跟你们村协商了,如果他肯出钱租用村民的地,村民同意并有合同签约,那就没有问题,用不着行政审批,又不是卖地是临时租用。"

周志远的一番指点让何进脑洞大开,他有点兴奋地说:"这事如果成了,也算我为村民谋了一点事情。"

周志远说:"莫急,只要你想干事,总是能干成事的。我们都要让自己的精神积极向上,要相信组织呀。"

何进笑道:"周主任,您又在为我鼓劲了,那我试试看吧。"

何进刚开车离开机关大院,于欢就把电话打来了,问:"周志远是否调走了?"

何进说:"那你打电话问他好了。"

于欢说:"我不方便问的。"

何进笑说:"你们可是一起进藏兵洞探过险的,这有什么不敢问的呢。"

于欢说:"正因为此我才要避嫌呀,周主任那个温柔善良的贤妻,我真不敢冒犯她,免得人家夫妻有误会闹矛盾。"

何进接着问:"那你就不怕卓然和我闹矛盾吗?"

于欢说:"我早就跟卓然谈判过了,你我之间没有任何可能性。再说,我已名花有主了。"

何进调侃道:"你倒挺有自知之明的。"

于欢说："那当然了，哎，我今天请你喝杯咖啡行吗？"

"不行呀，我们村最近有个大料要爆，我马上要赶回去。"何进说出拒绝的理由。

"什么大料？"于欢急忙问。

"有个项氏后人要在我们村拍项王的电视剧，全部请素人出演，我回去要操办这事。好了，我在开车，只能简单说这么两句。"

于欢大声嚷起来："这是天大的好事情，我也要参演，你推荐我演女一号如何？我保证带资金参演。"

何进听于欢说有资金加盟，立刻答应她到茶客老店喝杯咖啡。

两人在老店落座，要了两杯拿铁咖啡，于欢就开始问拍电视剧的事情，何进就把来龙去脉述说了一遍。

于欢紧跟着问："如果女主角虞姬也请素人出演，那请你跟剧组推荐可否考虑我呢？"

何进笑说："剧组还八字没一撇呢，如果真成立剧组拍电视剧了，男女主角是不是应该由导演确定啊？"

于欢纠正说："过去是导演说了算，现在是制片人说了算。我如果当制片人，女主角非我莫属吧。"

何进眼睛突然一亮说："你只要能弄来资金，所有的角色都由你说了算，别说是演女一号，你就是女扮男装演男一号都没人干涉。"

于欢往窗外望了一眼，街上过往的男女大多是年轻人，打扮得也都时尚新潮，女孩的牛仔裤多有洞眼，有的从腿根到脚踝全裸，中间只有一条布相连，于欢忽然想起一个笑话，说是某年轻人穿过的牛仔裤连收废品的都不要，说没办法缝补。还有笑话说，如今经济太萧条了，年轻人都穿露洞的衣服了。于

欢想着，不由笑起来。

何进在一旁问："窗外的什么美景调动了你的笑神经？"

于欢见何进问自己，于是止住了笑说："社会变化太快了，我自感是年轻人，但跟街上更年轻的人相比，我真算是徐娘了，你看那样全露的牛仔裤我就不敢穿了。"于欢说罢叹息了一声。

何进将目光瞟向窗外，正有两个穿破洞牛仔裤的女生走进他的视野。何进将目光收回来说："社会的变化令人称奇，但也没什么可奇怪的，每一代人都有每一代人的活法。"

于欢赶紧接话："就是，如今电视剧演员都可以由素人扮演了，这说明机会对人是均等的，每个人都可能成为明星大腕，只要你能抓住机会。好了，我马上抓机会去了。"

"那么急干吗？既来之则安之嘛，我正准备约卓然一起来吃简餐呢，这家店的意大利面还是很不错的。"何进举起手机准备打电话。

于欢急忙制止说："你不要让卓然太难为情好不好？她那么温柔内向，看到我们俩在一起喝咖啡，会不会又多想？本来我和她已经深谈过了，彼此把误会都解除了。"

何进突然大笑说："想不到还有人为我争风吃醋。"

"以后再也不会了，我在几个男朋友中已选定了一个目标，玩笑也就免开了。"于欢拎起包准备走，看了看何进说，"我马上去找钱了，眼下对我来说当制片人是头等大事。"

何进随之站起身说："我也走，筹拍电视剧压倒一切。"两人一前一后走出茶客老店。这时，不知从哪家店里传出歌曲《雾里看花》："你知哪句是真，哪句是假……"歌声又很快被马路上汽车的奔跑声淹没了。

## 7

　　于欢最想见的人是初恋男友钱大标，小名钱串。

　　钱大标与于欢是中学同学，钱大标喜欢盘钱，于欢喜欢诵诗，在学校毕业联欢会上，于欢朗诵了一首诗，声情并茂，钱大标被感动，当晚送了她一朵玫瑰，于欢第一次感到爱神在走向自己。

　　钱大标是暴发户出身，父母原是本地农民，一家数口靠几亩地为生，有吃的没穿的。但他父亲颇有心计，开放搞活后，组建了一支工程队，带领村里的强壮劳力进城打工，支援城市建设，城市的高楼一幢又一幢如林耸立，上面的每一块砖瓦都浸透了他们工程队的血汗，他父亲为此曾被评为"农民工劳模"，自然也赚了一笔钱，就把孩子老婆都接到了城里，还买了房子。谁知几年以后房价大涨，钱大标的父母也就成了有房子的城里居民，脸上自然有光彩。

　　钱大标把父母的辛苦看在眼里，从小喜欢盘钱的他考大学填报志愿时选择了金融，他想父辈用血汗砌成的高楼大厦居然卖到几万十几万一平方米，他要把这砖头瓦块变成数字，数字年代谁不玩数字谁是傻瓜。

　　钱大标考进大学后，与于欢的恋情也就进入了实质性的阶段。父母为了他们结婚买新房，把城里的楼房卖了，返回到乡下去住，家里还有老宅和一亩三分地，够他们两条老命活了。可钱大标并没有买新房，而是把父母留给他的房款完全彻底投进了股市，钱大标自有他的理由，他要把父辈的水泥楼林变成一组数字，数字时代，他要把数字玩成金鸟。

　　于欢不得不离开了这个极度迷恋数字的男人，初恋的失败让她泪流满面、心如死灰。更可气的是钱大标不光把他父母的

房产变成了数字，还把于欢父母给的二十万买车钱也投进了股市的一堆数字中。于欢要他偿还，钱大标说一年以后他付于欢双倍，两年以后付她四倍。

于欢知道钱大标不靠谱，她也不想拾捡往日风尘，让那不堪的往事折磨自己，足有两年的时间她没有去见钱大标，却风闻他在股市大赚了一笔。现在她要去见欠她钱的初恋男友了，为了当上电视剧女一号，于欢要千方百计动员钱大标投资，往最坏处想也必须把他欠自己的二十万元要回来。

钱大标不住在城里，他在郊外租了个农庄，主要帮助散户炒股，高抛低吸，业余时间钓鱼。他门前的池塘不小，里面有大小鱼游动。于欢进去时，钱大标正全神贯注钓鱼，一条大鱼即将上钩的时候，于欢啊地叫了一声，鱼跳了一个高就潜入水里游走了，鱼很感激这个年轻的女人，她的突然而至救了自己一命，可惜鱼说不了人话，只能游到远处摇摆尾巴。

"你来也不打个招呼，早不来晚不来偏偏这个时候来，眼看到手的大鱼被你搅没了，哎，净坏我的好事。"钱大标收起鱼竿，嘴里抱怨着。

于欢心里一惊，她的被重视程度还不如池塘里的一条鱼，她真是自讨没趣来了。转而又想，倘若能把钱要到手，那就有趣多了。于是她按捺住自己的情绪说："看你这全神贯注的样子！难道除了股票和钓鱼，你就没有别的爱好了吗？譬如爱情……"下面的话于欢未说出口。

"好汉不提当年勇，我生来是为了使一个女人幸福的，可我连一个女人也没有找到。当年我从爱情的旁边走过，在那看似甜蜜的花园里徘徊了一段时间，便永远地离开了，后来我明白，爱情只是一场梦幻而已，太不好玩了。如今我只玩股票，不再想谈爱情，从内心里就不欣赏她们。"钱大标直眼盯

着于欢。

　　于欢索性问："那为什么？说说你的理由嘛。"

　　钱大标长叹一声说："一个没有爱情也没有金钱的男人，仍然是自己的主人，可他如果恋爱了，那就不属于自己了，一条可怜虫罢了。爱情是可怕的灾难，除非你愿意接受种种折磨。"

　　于欢感到钱大标的某些观点似与自己不谋而合，这与当年的他简直判若两人，便接过话说："那男人对女人来说，是不是也意味着地狱呢？当年我以最多情的心、最温柔的感情、最富有诗意的幻想与一个最现实、最冷酷的男人相遇，就像一只美丽的鸟，将羽毛剥落净尽。"

　　钱大标未直接回答于欢，而是顾左右而言他："漂亮女人经常有一种心血来潮的冲动，连她们自己都无法解释。你看我农庄前面的这座山像不像一个身强体壮的男人啊？他仰面朝天，每天目睹日出日落，所以这山就叫面子山。农庄的这个池塘就是女人塘，女人是水做的，女人塘与面子山遥相呼应，他们用意念相爱，不需肢体接触，一念一想之间就孕育了一群又一群的鱼娃。面子山的壮汉与女人塘的美人，唯我天浦独有哈。"钱大标几乎高喊起来，不，是欢呼起来。

　　见于欢沉默不语，他继续说："我每天目睹大自然恩爱的美景，对生活中的女人还有兴趣吗？我早就不渴望了，可以说是麻木不仁了。"

　　于欢见缝插针问："对我也麻木吗？你将我20万元的陪嫁都拿去炒股了，你现在要还给我，我不想让你在这个问题上麻木。"

　　钱大标将目光射向远方的面子山，神情不屑地说："在这个问题上，我不仅是麻木，还有不仁。你的20万元早就化成

数字在股市里滚动了，如果你运气好，这个数字会越滚越大，一个令万千人向往却可遇而不可求的大数字，它就是我生活的追求，我抬高身价的资本，当这个数字越来越庞大时，我就会跻身有钱人的行列，届时我一定把你那 20 万小钱连本带利偿还。"

"你这是赌，炒股就是赌博，一群人的狂欢之赌。"于欢板起脸说，她甚至有点痛斥了。

"赌是真功，色是一场空，人生本来就是一场豪赌，一个不敢赌、不会赌、不能赌的人过的还算是人生吗？"钱大标不以为然地回敬于欢。

于欢的心里灰暗极了，她觉得自己不应该来找钱大标，她内心的所有企盼都在钱大标面前崩溃了，她真幼稚，还以为钱大标可以给她光明的前途，事实上他在钱的问题上完全是个无赖。

"我这次来找你，本想动员你投资电视剧的，如此看来你不光不会投资，连我的钱也不可能还了。"于欢心情的至暗让她嗓音发哑了。

"我凭什么投资电视剧呀？你难道不知道有上千部电视剧被打入冷宫吗？那本想靠帅哥美女的脸演绎一个故事骗老百姓眼球的电视剧，最终也不过是为了那灼人闪光的数字，而这数字当下正被我操控在手中，我想放飞时就放飞，这有多爽你肯定体会不到的。你呀，就是个女人，永远长不大了。"钱大标一脸炫耀地望着于欢。

于欢无语地盯着钱大标，这个男人让她既陌生又琢磨不透。她唯一能看透的是自己那 20 万元很可能在这个男人手里定格了，再也难归原主了。

于欢高声喊起来："钱大标，今天你必须还我的钱，你不

还钱我就跟你拼命!"说着扯起钱大标手中的渔竿,一条上钩的鱼趁机溜进水里。

钱大标忽然扑上来, 把揪住于欢的头发吼道:"老子没说不还你钱呀,你竟敢摔我,你再摔,我把你扔进老山的密林里去,让野狼吃了你。"

于欢越发激愤了,几乎是歇斯底里地叫喊:"你甭吓我,我不怕,今天我就是死了你也必须还我钱。"

钱大标忽然冷笑一声说:"难道你只值20万吗?那好,我这就成全你!来人呀——"

随着钱大标的一声吼喊,两个剃光头的彪形大汉立刻出现在于欢面前,他们架起于欢就往门外拖,于欢的身子悬在半空中,鞋子在地上拖出一条印迹,她边挣扎边喊:"姓钱的,你还我钱、还我钱啊!"

钱大标得意地吼道:"你去野地里跟老狼要钱吧……"随后发出一阵大笑。

于欢感觉后背发冷,好像有风嗖嗖吹,那是钱大标如刀的目光刺在她的背上。

于欢被两个彪形大汉扔到了老山下的一片野地里,她久久遥望着重重叠叠的山峦和笼罩着山峦的雾霭,还有那淡蓝的有一丝云飘动的柔和天空,天空下是被秋阳抚慰着的一望无际的深绿,偶有黄色和红色的花叶在深绿间闪烁,向人们提醒着季节的转换,冬天不会远了吧?

"也许有朝一日我会融进这片重叠的山峦中,但现在未免太早了一点,在生命的年轮滚动到花甲之前,我要站起来,现在、马上、必须。"

于欢浑身一激灵,一股不服输的意志力突然强大起来,她靠住了一棵树,试图走几步,可她迈不开腿,刚刚经过挣扎的

两条腿又酸又痛。这时，她发现距她不远处有一截破旧的粗竹竿，她俯下身子将竹竿拾了起来，一只蜥蜴突然从竹竿里溜出来，吓得于欢惊恐地大叫，她的声音好大，蜥蜴立刻溜之大吉了。

惊魂未定的于欢四处张望，只见一个胖胖的中年男人手持念珠从山间林子里走了出来，他站在远处打量着于欢，问："女士，需要帮忙吗？"

于欢循声望去，定睛细看，忽然发现眼前这个中年男人似曾相识，沉默了半晌，她终于想起来了。

## 8

这个中年男人是一家企业的老总，资产不算太多，但特别爱折腾，动辄就上电视，一会儿给贫困山区捐款，一会儿又去敬老院做慈善，去趟台湾把钱堆在机场大厅，证明大陆企业家的实力，媒体登出来后，众多网友议论，赞同的只是极少数，七嘴八舌的评论特别多，都骂他太作了。他很不以为然，并扬言说哪个名人不是作出来的呢？

于欢早几年曾采访过他，不过一时竟想不起他的名字来了，好像是一个复姓，欧阳什么的，对，就是欧阳，全名是欧阳大兴。

"欧阳先生好！"于欢轻声打招呼。

欧阳大兴慢悠悠将念珠往手腕上绕了几圈说："女士，好久不见了，谢谢你还记得我。你还在电视台当主持人吗？"

"是的。"于欢回答。

"到老山上探险吗？怎么一个人来了，也不拉上个伴，够勇敢的哈。"欧阳大兴伸手拉起于欢。

于欢突然想哭，但她还是忍住了，说："我想独自在老山上走走，发现一些别人没发现的风景。刚刚一只蜥蜴把我吓没魂了，真吓人啊。"

"你的惊叫我听见了，还以为碰到一条蛇呢。"

"那您来这里干吗？"于欢问。

"老山的氧气多，我来做有氧运动。"

欧阳大兴边说边将于欢带到自己的车上，一脚油门驰进他的办公区。

欧阳大兴的办公室在城区的最高楼 A 座，站在他的办公室可俯瞰城市，他喜欢手拈一串念珠看窗外。

于欢坐下后，打量着面前的大茶台，这是一个原生态大木桩，长成这样的形态恐怕要历经千年的风雨了。人真是会作，上至天空下至地府，能捣的、能挖的，都弄到自己身边享用了，不过为了一个贪字。

"美女喝什么茶？"欧阳大兴问。

于欢瞬间的思考被欧阳大兴打断了，急忙微笑说："随便吧，喝什么都行，我不像你们当老总的有讲究。"

"那你就喝玫瑰花茶吧，美容养颜。我喝普洱古树茶，我们各取所需。"

欧阳大兴说罢就开始泡茶，杯子是和田白玉的，晶莹温润，这种籽料应该是做首饰用的，手镯吊坠戒指，放在专柜里都很贵，雕琢成茶具只有达官显贵用得起，欧阳大兴虽非达官却可称显贵了。

"我这玉杯用了很多年了，现在什么杯子都不想用，只喜欢用这个玉杯。感觉这玉杯泡出来的茶都是玉味。"

于欢忍不住笑起来说："这玉还能嗅出味道吗？"

欧阳大兴一本正经回答："能啊，高大上之味。不信你闻闻看。"说罢，托起玉杯呷了一口茶。

于欢笑声更响了："高大上怎么能用来形容味道呢？"

欧阳大兴说："那些形容玉的词汇早就被人用烂了，用高大上形容玉也算是我的发明吧。"

于欢的眼睛突然在欧阳大兴的腕上定格了，她盯着那串念珠说："那你的念珠为什么不用高大上的玉珠呢？"

欧阳大兴将腕上的蜜蜡珠子散开，在空中抖着说："这你就不懂了，这是老蜜蜡。蜜蜡玩老不玩轻，玩大不玩小，我这一百零八颗珠子都长出包浆了。蜜蜡由白垩纪年代的松柏和枫树脂石化而成，是大自然赐予人类的天然的珍贵宝物。它的产生形成过程须经历数千万年，可谓历尽沧桑，这又令它增添了无数瑰丽的色彩。蜜蜡肌理细腻、触手温润，又称软玉，不似其他宝石般冰冷，而多出一份人情味。蜜蜡是有机宝石，享有'地球之星'的美誉。"

欧阳大兴不停地诉说着蜜蜡的妙处，又指着龙柱吊坠说："白蜜蜡的骨瓷白市场上是不流通的，是放在保险柜里收藏的，我这个蜜蜡龙柱是苏州雕刻大师一刀一刀雕出来的，在市场上极具收藏价值，蜜蜡按克卖，都是几万起步的。"

欧阳大兴又喝了一口茶，放下茶杯突然问："你这个记者今天不会是又要采访我吧？我先跟你声明，我不再接受任何媒体的采访了，人怕出名猪怕肥。我现在什么都不干了，只养生、玩珠宝蜜蜡。"

欧阳大兴将手中的蜜蜡在半空中荡悠了一下，嘴里哼出几句歌词："社会很单纯，复杂的是人心……"

于欢在一旁看着说："看样子您还挺有表演才华的，口袋里那些钱用来投资电视剧如何？如果投资数目大，还可以跟制片人争取出演一个角色呢。"

欧阳大兴突然睁大了眼睛，他几乎是从椅子上弹跳了起来，兴奋地前后悠着自己的蜜蜡手串说："那我多投一点，争取演个角色，待我成为影视明星了，看谁还敢占尽我的风光。"

"你准备投多少？起步价二百万，只能演群众，最多给个镜头。"于欢趁机说。

"那投多少钱才能出演一个主要角色？"欧阳大兴问。

"一千万左右，这要问制片人，还要征求导演的意见。"于欢表情镇静地说，她感觉欧阳大兴的情绪已在出演电视剧的角色中翻腾了。

欧阳大兴一拍桌子嚷道："就这么定了，我投资一千万，确保出演一个角色，不是主角也要配角，我保证能演好，自己出钱演戏不演好就白糟蹋自己的钱了。"

于欢见机行事急忙说："那我们马上签个合同吧？这事就这么定了。"

欧阳大兴摆摆手说："先意向，等剧组那边定妥了我立马投钱。"

于欢听他这话，心立刻凉了半截，这就玄了。但她嘴里还是吐出了两个英文字母："OK！"

欧阳大兴执意留于欢吃饭，说是自家的便饭，吃饭时还可以再聊聊。

于欢不肯，她想起一个人，她必须马上去见他，明天他就要远赴他乡走马上任了。

## 9

周志远想不到于欢会为自己饯行，她找了城里最僻静的茶楼，请他喝茶。

于欢不想让自己的心被太多的情绪困扰，便直奔主题说："听说你明天就要远行了，是吗？"

周志远点点头。

"高升了吗？"于欢问。

"哪里呀，平调。"周志远心有酸楚，语音低沉。

"你是祖国一块砖，哪里需要哪里搬呀。"于欢调侃。

"哎，其实到哪里工作都一样，我们这种人要相信组织的安排。只是这边的项羽文化旅游项目尚未有着落呢，心有不甘啊。"

"我刚刚去拜访了一位企业家，他答应给项王的电视剧投资一千万，但需要给他个角色演。"于欢趁机说。

"都是八字没一撇的事情，人的想法总是大于现实。"周志远望着窗外，窗外一片湖光山色，茶楼选择在此或许是看中了这片风景。

"有想法就好，理想很重要，有了理想才能实现远大的目标。"于欢说。

周志远接过她的话："如果电视剧能投拍，对项羽文化旅游项目还是十分有意义的，可以先声夺人啊。"

"那我一定尽力而为，不辜负领导的期望。"

于欢看着湖面上的黑天鹅，不由羡慕地说："比起动物的自由自在，人真是不自在多了，人的思想被各种意识捆绑，使心灵无法释怀。细思细想，人的前后左右都有夹板的，每行动一步都步履维艰，真是好累呀！"

"累并快乐着。"周志远接过于欢的话说。

于欢转身望着他，目光充满了欣赏，便情不自禁说："我的前男友要是有您这样的好心态，我们也不会分手的。男人一定要有胸怀，要大气磅礴，要风物长宜放眼量。这样才能牢牢吸引住女人的目光，否则这个世界对人的诱惑太大了，人分分秒秒都会移情别恋。"

周志远将目光抛向湖面。他长叹一口气说："其实忠诚是人永远的美德，不管社会怎么变，对爱情忠诚都是艺术家和作家们要歌颂的永恒主题，你看我们俩现在站在湖边欣赏的就是天鹅，这生动的画面让我们想到地老天荒、我欲与君长相知等对爱情忠诚的故事。后人所以津津乐道项羽和虞姬，更多的是对他们爱情忠贞的羡慕。你觉得我说得对吗？"

"对，很对。周主任这么一分析，我觉得项羽和虞姬的电视剧非拍不可了，而且着重点放在他们彼此忠贞的爱情上。"

于欢话音刚落，周志远立刻接话："爱情是年轻人永远喜欢的主题，如果剧本过硬，再加上素人出演，仅江北岸就要刷屏了。那时你就是大牌明星了，如果我想请你喝茶，你手一挥档期排满，我只能遥望和仰视了。"

"看你说的，周主任，这事还八字没一撇呢。"于欢纠正他的话。

"心想总会事成，祝你成功！"

于欢以为周主任会跟她握手话别，自己便先把手伸了出来。哪知周主任并没跟她握手的意思，他一只手在半空中划了个弧，另一只手也跟着划了个弧，然后两手交叠在一起搓着说："天冷了，要多穿些衣服，免得感冒啊。"

于欢说："谢谢周主任关心，我会注意的。周主任，您马上要远行了，能陪我到湖边走走吗？"

周志远抬起手腕看看表说："我女儿高考没考好，成绩不理想，今晚我要好好跟她谈谈，她想吃韩式烧烤，我答应她了。"

"好，那您忙去吧。"

于欢奔跑起来，沿着湖岸奔跑，她要环湖放松自己，一人独钓一湖景。

## 10

李亚芬在流动车上买哈密瓜，她先后拣了三个称了都嫌贵，摊主是个中年男人，着肥裆裤短汗衫，露着大肚脐。见李亚芬挑三拣四又没诚意买，他便说起了风凉话："十几块钱不敢花，怎能当个企业家？十几块钱还嫌贵，想想种瓜多受累。"

李亚芬忍不住笑起来，她本想发火的，见卖瓜人颇有幽默感，便忍不住说："想不到你嘴里的小词还一套一套的，那我就买了吧。"说着把刚刚扔下的三个哈密瓜又拾了起来，让卖瓜人重新称了一下，爽快地砸钱走人。

李亚芬买这三个瓜是有赠送目标的，一个给何进，一个送医生，一个自留，她和老伴都喜欢吃哈密瓜。

自从何进动员她投资电视剧未果，她总感到对不住这个准女婿，女儿跟他恋爱时，她觉得他是农村的穷小子，如今他驻村创业，她也未助他一臂之力，倒是他帮了她家里不少忙，卓大林生病住院时他跑前跑后，让她终于发现了何进身上的闪光点。

李亚芬先是把哈密瓜送回家里，待跟老伴分吃完一个，忽然想去何进的村里看看，但她这回想一个人去，不想让老伴知道她的行踪，于是便打发老伴去医院给医生送哈密瓜，她带着一个哈密瓜出门拦辆出租车就奔了何进的村子。

何进的村庄离城里着实不近，打车费要一百多元了，李亚芬有点心疼钱，但想到自己将要实现的远大目标，又觉得一百多块钱根本不算钱。

何进正在会议室接待络绎不绝的村民。自从筹拍电视剧需要素人出演的消息传出，全体村民都积极行动起来了，纷纷跑到村部要出演角色，自己带钱也行，只要上个镜头。高涨的民间热情让村委会有点招架不住，于是专门派何进和方玉婉分管此事，他们每天接待一批又一批的村民，男的归何进负责，女的归方玉婉负责。

李亚芬不管三七二十一，到了村部直接找何进，她的到来让何进大吃一惊。

"您怎么来了？家里有什么要紧的事情吗？"何进站起身，围着他的男村民自动往两边闪开一条路。

李亚芬趁势钻进人群，将哈密瓜往桌上一摆说："我给准女婿送哈密瓜来了，这大老远的，打车费就花了一百多块呢。"

众村民面面相觑，悄声嘀咕："原来是准丈母娘来了。"

"您就为给我送个哈密瓜跑这么远的路，太让人感动了。您看这会儿这么多的人，我正忙着呢，没时间接待您啊。"何进一脸的难为情。

李亚芬用手抹着脸上的汗说："我来这里不光是为送哈密瓜，还有别的事情呢。那天你动员我投资拍电视剧，当时我没怎么想明白，后来听说角色由素人出演，你看我能演个什么角色呢？如果对我胃口，我投点资。"

何进真是哭笑不得，李亚芬原来是想出演电视剧角色才大老远跑来的，看样子每个人心里都有明星梦，只是不知这梦何时能圆、有没有机会圆而已。

何进说："您看这些村民都是报名参演电视剧的，您老能不能出演角色，不是我说了算而是制片人和导演说了算，再说选女演员也不归我管，在对面的房间里，归我们的村主任方玉婉管。您可以去找她谈谈。"

李亚芬一下子绷起了脸说："你是我的准女婿，我大老远跑来了你就这么对我？你真是廉洁到家了，连准丈母娘都不认了。"

何进微笑说："公事公办，您去跟方玉婉主任谈谈吧。"

李亚芬转身奔了对面办公室，门口已挤满了妇女，后面的妇女不停地跟前边的妇女喊："赶快进去赶快出来，就是报个名而已，导演还没来呢。"

前边的妇女进去一会儿，没说两句话就出来了。有的满脸欢喜，有的不高兴，还有的无所谓。

李亚芬看看拥挤的妇女们，不知何时能排到自己，于是急中生智喊："我是江南过来的，找你们妇女主任有别的事情，不是想当演员的。"

村里的妇女们纷纷转身往李亚芬的身上看，见她穿得光鲜靓丽一副城里人的时髦派头，便往两边闪，李亚芬趁机冲进屋里。

方玉婉奇怪地打量着李亚芬，她显然已经听见她在外面说的话了，便开门见山问："您找我何事？莫非也想凑热闹演电视剧里的角色？"

李亚芬满脸堆笑说："何进是我的准女婿，他前几天动员我给你们村投资拍电视剧，我来看看如果真投了资，我能不能演个角色？"

方玉婉有点惊讶地望着李亚芬，拍电视剧由素人出演可说是全体村民的福利，何助理怎么把自己的准丈母娘都招来了，是不是有点利用职权之便呢？

　　李亚芬见方玉婉看着自己的眼光有点异样，急忙说："我只想试试自己的镜头感，年轻时就梦想过当演员，那年头条件差没机会，如今终于碰上机会了，我怎么也要做最后的一搏了。"说着扭动腰肢，踮起一只脚在房间里转动起来。

　　方玉婉以为她转一圈会停下来，谁知她竟转起来没完没了，方玉婉也不好阻止，眼看着她旋转，感觉自己都要被眼前这个老妇女转晕了。突然，李亚芬哎哟一声倒在地上，满脸痛苦地叫喊："我脚脖子崴了。"

　　"呀，这怎么办呢？我赶快去喊何助理吧。"

　　未等方玉婉出屋，何进就带着卓然进来了，原来何进见到李亚芬后立刻给卓然打了电话，卓然接到电话就匆匆开车赶过来了。

　　何进与卓然将李亚芬架到车上，李亚芬不肯离开，边挣边说："我还没表演给方主任看呢，这该死的脚脖子怎么就这么不争气呀，偏偏这个时候崴了，真是倒霉透了。哎，何进，你必须答应我让我演个角色，否则我不会投资，也不让女儿嫁给你！"

　　何进不卑不亢笑说："这要问卓然，她最有发言权了。"

　　卓然没好气说："妈您烦不烦啊？这把年纪还想当演员，真是做白日梦呢。还跑到何进这里来搅局，别人会说他以权谋私的。"

　　何进推上车门对卓然说："赶快去医院吧，路上注意安全。我走不开，就不陪了。"

　　李亚芬抬高声音说："你若能帮我争取演个角色，比陪我去医院要强一百倍。"

　　卓然发动车子说："妈，你的嘴怎么没崴了呀？"

　　李亚芬气鼓鼓说："妈年轻时就有演员梦，后来跟你爸结婚了，再后来又生了你，带孩子做家务根本没时间实现梦想，这好不容易碰到机会了，你不支持还说三道四，妈真是白养你了。"

"梦想离现实远着呢，再说拍电视剧是何进村里的事情，角色都由村民演，你瞎搅和什么呀？"卓然说罢一脚油门，车奔跑起来。

"我有钱投资，靠钱实现梦想不行吗？"李亚芬说完，又嚷起来，"哎哟，我的脚脖子真疼啊。"

"妈，您系好安全带，过了江就到您信任的那家大医院了。"李亚芬听话地将安全带系在腰上。

中午，村委们在食堂吃饭的时候，方玉婉见到何进就笑了，何进知道她笑什么，故意调侃："今天长见识了吧？"

方玉婉说："这城里的丈母娘就是厉害，有钱就想演电视剧当明星，哪像村里的妇女们有的一辈子都没去过江南城呢。"

何进说："江南江北有差别，城里农村更有差别了，不过以后农村都美丽了，城里人就跑到美丽乡村来了。"

"还是希望项羽文化旅游项目能变成现实，让村里的面貌大变样。"方玉婉说。

"这已成了全村人的共识，可计划总赶不上变化呀。"何进叹了一口气。

方玉婉知道他叹息什么，眼下全村人都在叹息着，不知项羽文化旅游项目何时还能重启。

这时，赵支书端着碗凑了过来："二位在议论什么呢？"

方玉婉抢先说："拍电视剧的事呗。"

赵支书叹道："眼下也就这一件事能提升村民的精气神了，千万把它搞成了，再虎头蛇尾我就没脸在村里待了。"

何进说："这不都在竭尽全力嘛。"

三人的筷子同时伸向碗里，一下子把碗边擦响了。

## 11

吃饭的时候，郑苹提议让周甜甜复读，周志远不置可否，说看女儿自己的想法。

周甜甜不想跟父母讨论前途命运，她吃完烧烤就回去了，闷在自己房间写了一夜的小说。

"大王，你不能再杀人了！你想想，河南人为什么对你恨之入骨？关中人为什么心向刘邦？你要输在一个杀字上了。"虞姬拉着项羽的衣袖苦劝。

项羽横眉怒目看着虞姬吼道："你竟敢如此对我言说，放肆！"

虞姬深情地望着项王，几乎要哭出来了："大王，我爱你呀，我从心里爱你，不愿意看到你失败，更不愿意看到你败给一个小人。"

项羽看到虞姬满脸的深情，怒气顿消道："我不会像刘邦那样假仁假义！"

虞姬抱住项羽，他身上的铠甲冰冷，就如同她冰冷的心。

"大王，自古只有仁义可以服人，请你听我一句话，除了那些十恶不赦的人，你一个都不要杀了。"

"你不杀他他杀你，虞姬，我不讲仁义了吗？"

"项王是大仁大义之人，如果不是这样，你就不可能为天下苍生而浴血奋战了，也不会把刘邦放走留下后患……"

"可是有几个人能理解我呢？我项羽如果失败，那就遗臭万年了啊。"

虞姬突然哭起来，她感觉项羽身上的冰冷铠甲更冷了，自己的心也更冷了。

……

第二天一早，她没跟任何人商量，自己上网填报了志愿。

周甜甜在家无所事事一个多月，郑苹多次欲言又止。终于有一天，周甜甜脸带兴奋从外面回来，对着休假在家的郑苹和周志远连续来了两个飞吻，拍着巴掌说："爸妈，女儿的未来终于有着落了，我已被江南技术学院的考古专业录取了，怎么样？女儿不是笨蛋吧？"

周志远故意问："你别神经兮兮的，到底怎么回事，快跟我们说清楚吧。"

郑苹随声附和："就是，我们还没弄清楚是怎么一回事情呢。"

周甜甜头一扬说："我肚子都叫了，你们马上请我去吃饭，我什么都告诉你们哈。"

周志远急忙表态："完全没有问题，你想吃什么呀？"

周甜甜说："我想吃霸王鱼，这道菜只有汤泉宾馆有，那里离楚霸王败走的鬼门关最近。"

郑苹拎起外衣说："那咱们就去汤泉吧，你爸明天又要去苏北了，吃霸王鱼也算给他饯行了。"

车在老山大道上飞奔，周志远开车，郑苹坐在副驾驶位子，周甜甜坐在后面，她隔着窗玻璃望外面的绿树，老山的林海一眼望不到头，总是那么美那么幽深莫测，她想起自己第一次去霸王祠遇险，自然就想到了一个人，便说："爸，您能不能请何进叔叔跟我们一起吃霸王鱼呢？我第一次去霸王祠遇险，幸亏他救了我。我高考失意后去霸王祠，又是他把我带回来的。"

"好啊，我马上给他打电话。"周志远打开手机。

"开车不能打电话的，爸你不知道吗？"周甜甜说。

郑苹接话道："左也是你右也是你。"

周甜甜笑嘻嘻回说："左也项王右也项王。"

这时，周志远的手机响了，一看是何进打进来的，他立刻接听说："正说你呢，马上到汤泉宾馆吃霸王鱼，我开车不多说了。"

周甜甜忽然拍着巴掌嚷起来："我终于明白什么叫心有灵犀一点通了。"

郑苹打开音响，京剧《霸王别姬》夺人耳膜。

周甜甜说："大声点，再大声点哈。"

到了汤泉宾馆，远远就嗅到一股硫黄味，郑苹说："今天正好泡个温泉澡。"

室外大屏幕上，正有一位穿红衣的年轻女子讲解温泉水："这里的温泉水很正宗，含多种矿物质。早在 1921 年，德国医师费纳熙、日本农学博士山崎百治分别对汤泉的泉水进行过化验鉴定，有益于人体的物质有 19 种之多。2016 年，经国土资源部地下矿泉水及环境监测中心检测，汤泉温泉含有 40 多种对人体有益的微量元素和矿物质。"

郑苹像是忽然想起了什么，对周志远说："江南有个老中医曾撰文说泡温泉对身体的益处颇多，可惜我们今天才有空来体验一下，亏你还是个领导，说出来人家都不会相信。"

"忙呀！"周志远抱歉地拍了拍郑苹的肩膀，指指大屏幕说，"继续听讲解，长见识。"

大屏幕上的红衣女子正说道："宋代秦观在《游汤泉记》中称赞汤泉温泉'其色深碧沸白，香气袭人。爬搔委顿之病，浴之辄愈。'北宋大文学家王安石在《汤泉》诗中写道:'寒泉诗所咏,独此沸如蒸。一气无冬夏,诸阳自废兴。人游不附火,虫出亦疑冰。更忆骊山下,歘然雪满塍。'将这里的温泉与西安骊山下的华清池相媲美。"

"嗨,这个女主播颜值真挺高的,讲话也挺溜的。我的评价正确吗?"周甜甜拍着周志远的肩膀问。

就在周志远无从回答的时候,何进悄然而至说:"汤泉出美女,这个女主播就是汤泉人,在文旅局任职,她亲自当主播,介绍这里的旅游资源,刚好合适。"

周甜甜好奇地问:"这里的温泉水有什么神话传说吗?"

周志远愣了一下,一时不知怎么回答女儿,说不知道吧,女儿会笑自己孤陋寡闻。正为难时,何进接过话说:"关于温泉水的来源,民间还真有一个传说呢。原天浦县城有座白马寺,寺里有一匹白马。相传过去汤泉街上有户人家子媳旺兴,有五个儿子五个媳妇,儿媳轮流做饭,每人一天。二媳妇天生会做事,头一天晚上就把水缸挑满水,这样第二天早晨就能节省很多时间。可第二天她发现自己头一天晚上挑满的水缸居然没有水了。她就躲在暗处偷偷观察,看到夜里有匹白马把水缸里的水饮干了。二儿媳妇就把这事悄悄跟老公公讲了,老公公听罢说:这是白马寺的神马,浑身是宝,如果想把这宝马留住,下次白马再来时,就用你们女人的裤衩盖在白马的头上,白马就变成宝永远留在咱们家里了。二儿媳妇听后说:那白马不就没命了吗?我可不贪这个财,会遭老天报应的。老公公与二儿媳妇的对话恰被白马听到了,白马感动得一边流泪一边对天长啸,顷刻间天上电闪雷鸣、暴雨倾盆,地下开始冒温泉水,供汤泉镇的百姓世代洗浴享用。"

周甜甜兴致勃勃地说:"这么说,马通人性呢。"

　　何进接话说："小时候我听爷爷说过，每匹马心里都藏着仇恨，马要对人进行报复，因为人役使它，成天给它套上挽具，让它无休止地运、拉、驮、载，无休止地奔驰。马厩里的气味浓重而污浊，那不光是粪便的气味，还有马本身的气味、挽具的气味、腐烂的干草的气味，诸多的气味形成马厩里的气味……"

　　未等何进讲完，周甜甜就抢白道："呀，我终于明白马为什么尥蹶子踢人了，那是对人进行报复呢。万物真的皆有灵性，我们要对动物好一点，生命是平等的啊。"

　　几个人说话之间就进了汤泉宾馆，宾馆装修虽显老旧，但整体风格却有文化内涵，既显示地理位置上的优越，又体现"天地人"的关系。一层为地，叫金玉大厅。餐厅南边为火，叫凤凰厅，北边为水叫九龙厅，这里紧靠九龙湖和凤凰山。二楼以"人"为本，均与儒家文化相关，有论语厅、春秋厅、诗书厅、周易厅、颜回厅、子路厅、子贡厅、冉有厅。三楼为"天"，有太阳厅、月亮厅、北斗厅。喝茶的地方叫"风云厅"，天下大事风云际会。

　　楼上楼下转了一圈，周志远颇有兴致地说："有意思，这个宾馆的装修文化含量不低呀，这些厅都是谁取的名字呢？"

　　刚好宾馆经理走了出来，听见周志远的话，便迎过来说："这是前任领导取的名字，他对整个镇街都有一个五行意识的规划，叫金木水火土。"

　　何进建议先去老街上走走，走着走着就到了千年惠济寺，三棵古银杏赫然入目，何进说："这三棵树上结的银杏无芯，传说明太祖朱元璋曾带马娘娘来洗浴温泉，在寺里敬香品尝银杏时，说要是无芯就好了。后来，这里的银杏果就真的无芯了。"

　　周甜甜笑起来说："皇上果然是金口玉言啊，谁敢不服呀？"

周志远说:"这只是传说罢了。"

郑苹突然插话:"别扯那么远好不好?我们马上回去研究一下霸王鱼是怎么做的吧。"

周甜甜突然拍起了巴掌,高喊:"我举双手赞成,妈妈要是把霸王鱼研究出滋味来,我一定写进网络小说里。"

周志远笑道:"你就认吃。"

"食色,性也。"周甜甜抛了个鬼脸说,"这可是老祖宗说的啊!"

何进插话:"除去吃喝,老祖宗还有一句诗需要永远铭记呢,'长风破浪会有时,直挂云帆济沧海'。"

周志远接过话说:"诗仙李白写的,他的诗我早就烂熟于心了。他还为我们天浦写过诗呢,把这里的长江叫横江。"

何进故意问:"那诗怎么写的?"

"这你都不知道吗?那我告诉你吧,'人道横江好,侬道横江恶。一风三日吹倒山,白浪高于瓦官阁。……'"周甜甜自炫地说。

周志远急忙说:"要我看,这里就应该叫江岸向北。"

何进接过话说:"周主任您这个定位不错啊。"

郑苹在一旁喊:"哎,我建议你们先去品尝霸王鱼,边吃边聊吧。"

周甜甜一跳老高嚷道:"我肚子早就咕咕叫了。"

(完)

1999年1月起笔,2021年10中旬初稿,11月中旬修改第一稿。2021年11月30日二稿修改。2022年1月12日局部再改。2022年2月26日定稿。